KB198654

야생의 철학자들

한 그루의 나무가 모여 푸른 숲을 이루듯이
청림의 책들은 삶을 풍요롭게 합니다.

자연에서 배운 12가지 인생 수업

야생의 철학자들

신동만 지음

추수밭

언제나, 내 곁의 야생에서

따스한 봄날, 아침 햇살을 받으며 야트막한 야산의 숲길을 걷는다. 막 도착한 되지빠귀의 청량한 지저귐이 연하디 연한 새순들 사이로 울려 퍼지면서 낯선 방문자를 반긴다. 이에 뒤질세라 수줍은 꽃들이 고개를 내밀며 눈인사한다. 내가 이곳 숲으로 발길을 옮기고 있는 이유는 나무들이 뿜어내는 피톤치드를 마시기 위해서가 아니다. 요사이 유행하는 맨발 걷기를 하기 위해서는 더더욱 아니다. 봄을 맞아 새로운 여정을 시작하는 참매를 만나기 위해 동이트길 기다려 나선 참이다.

"키익~키키익~ 키익~."

아니나 다를까 참매가 쭉쭉 뻗은 일본잎갈나무에 앉아 울어댄다.

"지난주에도 오더니 또 왔네. 반갑습니다."

참매 암수 간에 주고받는 그들만의 신호일 테지만 나에게는 이렇게 내게 인사하는 것으로 들린다. 다른 귀퉁이에선 어치의 참매 흉내 소리도 만만찮다. 숲의 식구들은 각자의 방식대로 짝을 만나 새 생명을 준비하고 있다. 지난봄, 휴일이면 참매를 만나기 위해 산을 오르며 만난 익숙한 풍경이다. 새들은 그들의 언어로 나에게 손짓했고, 나는 그 이끌림에 기꺼이 숲으로 발길을 옮겼다. 야생을 만날 수 있는 곳이 어디 이곳뿐이겠는가. 가까우면 가까운 대로 멀면 먼 대로 야생은 생생히 살아서 그들만의 삶을 이어가고 있다.

"왜 평생 야생과 함께 살았나요?"

탐조 강의를 하다 보면 흔히 나오는 질문이다. 틈만 나면 스스로에게 던지는 질문이기도 하다.

"야생이 좋으니까."

나의 한결같은 대답이다. 젊은 날부터 이 순간까지 야생과 벗하며 살아왔으니 달리 무슨 말을 하겠는가. 방송사 PD로서 평생 자연 다큐멘터리를 제작하면서 알게 모르게 자연 친화적 삶에 젖어든 건 아닌가 싶다. 처음으로 목격하는 동물들의 몸짓 하나하나가 나의 관심을 끌었고 그걸 기록하기 위해 밤낮을 가리지 않고 야생으로 달려갔다. 그러다 보니 야생을 만나는 일이 힘들긴 했어도 언제나 두근거림과 설렘으로 가득했다. 그 설렘은 오랜 시간이 지난 지금도 다르지 않다.

다른 분야의 일도 그렇지만, 야생을 만나고 그걸 다큐로 만드는 일은 특별한 사람만 할 수 있는 게 아니다. 관심만 있으면 누구든 야생으로 들어가서 뭇 생명의 삶을 기록할 수 있다. 야생과의 대화는 가장 원초적인 대화이기 때문이다. 누구나 마음의 문을 활짝 열면 동물이든 식물이든 그들이 던지는 몸짓의 의미를 알아들을 수 있다. 마음의 문을 닫고 있기에 그들을 향한 첫발을 떼기가 쉽지 않을 뿐이다.

야생의 세계 또한 사람이 살아가는 세상과 다르지 않기에 그들이 살아가는 모습에서 인간의 일도 많이 배웠다. 그들에게도 의(털)·식(먹이)·주(둥지)의 문제는 늘 존재한다. 한배에서 태어난 형제끼리 다투기도 하고 이웃과 생사를 건 싸움을 벌이기도 한다. 사람 역시 다투고 화해하고 사랑하고 배척하고, 그렇게 공동체를 이루며 살아간다. 책 속 야생의 모습에서 삶의 철학을 엿볼 수 있다면 야생과 인간 세상의 유사함 때문일 것이다.

이 책은 지난 30여 년 동안 야생과 함께하며 깨닫고 배운 것에 대한 기록이자 내 삶에 대한 기록이다. 뷰파인더와 마음으로 마주한 왕소똥구리, 수리부엉이, 뿔논병아리, 쇠제비갈매기, 황조롱이, 고라니 등 수많은 한반도의 야생동물에 대한 생생한 기록물이다. 또한 그들을 왜 만났으며 그 기록을 만들기 위해 어떤 노력을 했는지에 대한 자기 고백이다. 그렇기에 '자연의 품에 안겨 어떻게 살아가야 할 것인가'에 대한 삶의 고민을 조심스럽게 털어놓는 자리이기도 하다.

　지금 창밖의 여의도 샛강은 가을의 절정으로 치닫고 있다. 성장을 위해 봄여름을 힘차게 달려온 나무들은 울긋불긋 마지막 불꽃을 태우고 있다. 하지만 다가올 차가운 겨울은 삶의 끝이 아니라 새로운 성장을 위한 준비를 하는 시기이다. 그렇기에 매서운 바람이 불어도 나목은 꿋꿋하게 찬란한 봄을 기다릴 것이다. 그래서 늘 그막에 나는 새로운 삶을 살아보기로 과감하게 결심했다. 이 책이 세상에 나올 무렵이면 산속 어딘가에서 야생과 벗하며 살고 있을 것이다. 이게 나다운 삶이고 그들과 함께하는 것이 가장 행복한 삶이라 생각하기 때문이다.

　이 책은 살아온 과거의 기록이지만 내가 살아갈 미래의 지침서이기도 하다. 앞으로도 나는 야생을 기꺼이, 아니 더 자주 만날 것이다. 지금까지 그래온 것처럼 그들에게 다정한 눈길과 관심을 담뿍 주며 살고 싶다. 관심의 마법과 끌어당김의 법칙을 믿기에.

　책의 출판을 제안하고 애써준 청림출판에 감사의 인사를 드린다. 끝으로 자연 다큐멘터리 제작한답시고 허구한 날 출장 가서 야생을 쏘다니던 남편을 묵묵히 응원해준 아내 김숙경 씨에게 이 책을 바친다.

동물은 여름부터 겨울을 준비한다

처음은 낯설어도 이 또한 익숙해진다

03 기다림

서두른다고 꽃이 피지 않는다

포기하지 않으려면 용기가 필요하다

믿음은 관계의 시작이다

땀 흘리지 않는 한 기적은 없다

07 선택

생명은 선택하는 존재다

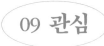

08 관계

생명은 홀로 존재하지 않는다

09 관심

마음을 주지 않으면 아무것도 보이지 않는다

10 시선

관점에 따라 다르게 보인다

11 포용

살아 있는 모든 것은 존재 이유가 있다

12 잠시 멈춤

멈춰야 더 자세히 볼 수 있다

1

준비

동물은 여름부터
겨울을 준비한다

한여름 밤의 세레나데

"부엉~."

무더위가 기승을 부리는 8월 초, 모두 잠든 한밤중에 저음의 목소리가 적막한 어둠 속으로 울려 퍼진다. 그러자 저쪽에서 고음의 목소리가 화답한다.

"부~엉."

이 울음소리는 수리부엉이가 내는 것으로 암수 간 애정전선에 '이상 없음'을 확인하는 의사소통이다. 수리부엉이는 우리나라에서 살아가는 야행성 조류 중에서 가장 큰 텃새다. 이런 수리부엉이가 무더위가 기승을 부리는 이 계절에 무슨 연유로 울음소리를 내는 걸까?

"부엉~."

"부~엉."

"부엉~."

암컷의 무한신뢰를 확인한 수컷은 가장 높은 나무 꼭대기로 날아가 더 힘찬 목소리로 울어댄다. 이번에 내는 수컷의 울음소리는 암수 간의 시그널이 아니다. 정확하게 말하자면 '이 땅은 내 소유다'라는 사실을 만천하에 공표하는 울음이다. 이쯤 되면 '수리부엉이는 왜 한여름 밤에 특별한 울음소리를 낼까?' 하는 의문이 자연스레 든다.

나는 지난 2007년부터 우리나라 수리부엉이를 연구하고 있다. 사람들이 저마다 꿈나라에 빠져 있을 시간에 나 홀로 수리부엉이의 울음소리에 귀를 기울이다 보면, 그 순간은 오롯이 나만의 세상이 된다. 모든 생물의 몸짓에는 하나하나 의미가 깃들어 있다. 의미 없는 행동은 없다. 한여름 밤 수리부엉이의 이중창에도 그들만의 언어가 내포돼 있다. 수리부엉이는 덩치가 큰 만큼 번식 기간도 긴데, 이즈음은 한겨울에 알을 낳아 키워온 새끼가 독립을 앞둔 시기이다. 9월에 접어들면 둥지를 떠나 사냥 능력을 키워온 새끼들이 하나둘 독립하기 시작할 것이다.

수리부엉이 부모 새는 이 한여름 밤에 벌써 새로운 번식 준비를 한다. 유성이 흐르고 은하수가 오작교를 만드는 고요한 밤을 수놓는 암수 이중창이 그 출발점이다. 부부의 인연을 맺고 살아오는 동안 소유했던 약 20제곱킬로미터의 영역은 앞으로도 자신의 소유임을 만방에 선포한다. 수리부엉이 사회에는 인간 사회에 존재하는 토지등기부가 없다. 그러니 오직 소리로써 경쟁자들에게 자신의 영역을 각인시킨다. 고요가 지배하는 밤의 세계에서 소리는 가장 중요한 의사소통 수단이다.

수리부엉이는 한겨울(12~1월)에 알을 낳는다. 그들의 긴 번식 사이클(겨울~여름)을 고려해보면 한여름의 울음소리는 일종의 새해 의식인 셈이다. 8월에 주변의 경쟁자들과 벌이는 치열한 영토 각

눈이 내리는 한겨울에 번식을 하는 수리부엉이

축전은 그 서막에 불과하다. 수리부엉이는 생후 3년 차가 되면 번식을 할 수 있다. 이때가 되면 젊은 수리부엉이들은 자신의 영토를 확보하기 위해 이미 땅을 지배하고 있는 수리부엉이에게 도전한다. 자신만의 영역*territory*을 소유한 수리부엉이들도 땅과 짝을 빼앗기지 않으려고 사력을 다한다. 도전자는 이전의 균형을 깨고 새로운 소유자가 되기 위해, 기존의 암수 수리부엉이는 영역에 대한 지배력을 행사하기 위해 보이지 않는 싸움을 벌인다.

수리부엉이의 영역 방어는 1년 내내 이루어진다. 그래서 8월은 수리부엉이의 세력권 방어가 더욱 강화되는 시기라는 게 더 적확한 표현일 것이다. 자기 영토를 지키는 데 성공한 수리부엉이는 그다음 단계로 나아간다. 둥지 자리를 미리 물색하기 시작하는 것이다. 수컷은 기존 둥지를 포함해 자신의 영역 내에 두세 개의 후보지를 물색한다. 수리부엉이의 둥지는 나뭇가지나 풀을 활용하는 다른 새들의 둥지와 다르다. 암벽이나 절벽의 선반처럼 생긴 곳에 발톱으로 긁거나 몸을 비벼 움푹한 둥지를 마련한다. 그래서 한 군데가 아닌 여러 군데에 둥지를 만들 수 있다. 수컷은 후보 둥지를 만들고 나서 암컷을 초대한다.

암컷은 수컷이 만든 둥지가 마음에 드는지 살펴본다. 보통 둥지 결정권은 암컷에게 있다. 만약 둥지 주변에 위험 요소나 돌발변수가 생기면 둥지를 다른 후보지로 옮기기도 한다. 이처럼 수리부엉이는 밤의 제왕으로 군림하는 강력한 존재지만 그 지위를 유지하기 위해 그리고 성공적인 번식을 위해 작은 것 하나까지 철두철

미하게 준비한다. 그게 야생이고 생존의 법칙이다.

멧비둘기의 달콤한 사랑

"훅후우우욱 훅 훅."

살을 에는 듯한 영하 10도의 추위가 엄습한 1월 초, 산책을 하다가 누군가의 소리를 들었다. 가던 걸음을 멈추고 앙상한 가지를 올려다보았다. 두리번거리던 눈길이 멈춘 곳에는 바로 멧비둘기가 있었다. 예의 울음소리를 몰라서가 아니라 '이 엄동설한에 무슨 이유로 구애의 울음소리를 낼까?' 하는 궁금증이 앞섰다. 수컷의 신호가 반복되자 다른 나무에서 화답하는 노래가 울려 퍼졌다.

"훅후우우욱 훅 훅."

암컷의 톤은 약간 더 높다. 한겨울의 이중창이 시작됐다. 한참을 그렇게 노래 부르더니 수컷이 암컷 옆으로 날아왔다. 수컷은 암컷에게 가까이 밀착해 목덜미의 깃털을 부리로 쓰다듬어주었다. 암컷은 눈을 지그시 감으며 만족한 내색을 표한다. 이번엔 암컷이 수컷의 목과 얼굴을 쓰다듬는다. 주거니 받거니 서로를 쓰다듬어주는 모습은 애무의 손길 그 자체다. 갑자기 찾아든 추위를 완전히 녹여버릴 듯한 열기였다. 한참을 그러더니 암수는 마침내 교미로 사랑의 시간을 마무리 지었다. 며칠 후 멧비둘기 부부는 둥지를 틀고 번식에 들어가 두 개의 하얀 알을 낳았다. 눈보라가 몰아치는 한겨울에 말이다.

사이좋게 온기를 나누고 있는 멧비둘기 암수

　멧비둘기가 연중 두세 차례 번식한다는 사실은 잘 알려져 있다. 주로 열매나 씨앗을 먹고 생활하기에 객관적 조건만 보자면 한겨울에도 번식은 가능하다. 비록 알을 품는 동안 한파가 몰아치면 번식 성공률이 다른 시기보다 떨어질 수는 있지만. 어쨌거나 멧비둘기가 한겨울에 산란하고 새끼를 키우는 모습은 종종 관찰된다.

　그런데 왜 한겨울에 산란을 시도하는 것일까? 수리부엉이와 멧비둘기는 둘 다 우리나라에서 살아가는 텃새인데 두 종의 번식 전략은 너무 다르다. 수리부엉이는 1년이라는 긴 번식 과정을 한여름부터 차곡차곡 준비해서 한겨울에 알을 낳는다. 반면, 멧비둘기는 겨울을 택한 것이 아니라 번식 횟수의 증대를 꾀하기 위해 한

겨울의 산란도 마다하지 않는다.

멧비둘기는 생태적 지위에서 수리부엉이와 정반대의 위치에 있다. 수리부엉이와 같은 포식자 맹금류의 사냥 대상이다. 우리나라 중서부 지방에 서식하는 수리부엉이의 먹이를 조사한 바에 따르면, 멧비둘기는 수리부엉이 먹이 빈도의 20.8퍼센트 그리고 먹이 생물량의 15.5퍼센트를 차지했다.* 그렇지만 자연은 언제나 균형을 찾아간다. 멧비둘기는 보통 한배에 두 개의 알만 낳지만 그 대신 번식 시기를 분산해서 새끼의 생존율을 높인다. 연중 번식을 하면 일부 새끼가 혹시 포식을 당하더라도 전체적으로는 새끼의 생존율을 높일 수 있다. 다양한 맹금류로부터 종을 지켜내기 위한 멧비둘기의 전략이다.

멧비둘기가 달콤한 사랑을 나누는 모습을 보고 있노라면 이들에겐 혹한의 추위를 이겨내는 마법이 있는 것 같다. 사실, 사랑의 분위기가 무르익으면 체온이 올라가기에 추위를 견디기에 좋은 보온재가 될 수도 있다. 하지만 수리부엉이만큼 깃털이 풍성하지 못한 멧비둘기에게 칼바람이 숭숭 들어오는 둥지에서 영하의 날씨를 견디며 알을 품고 새끼를 키워내기란 여간 힘든 일이 아니다. 그럼에도 유전자를 대대손손 이어가기 위해서는 계절에 상관

---

* Dong-Man Shin and Jeong-Chil Yoo, Reproductive Success of Eurasian Eagle-Owls in Wetland and Non-wetland Habitats of West-central Korea, *Journal of Raptor Research*, 50(3):241-253.

없이 반복적으로 번식을 시도해야 하는 것이 멧비둘기가 처한 숙명이다. 멧비둘기처럼 다른 새의 먹이동물이 될 수밖에 없는 조건에서는 반복 번식이야말로 좋은 생존전략 중 하나가 될 수 있다.

수리부엉이와 멧비둘기 중 누구의 번식 전략이 더 뛰어난지를 묻는다면 그건 우문에 불과하다. 그저 거친 야생 속에서 살아남기 위해서 각자의 전략대로 움직일 뿐이다. 다만 미리 준비하는 자만이 야생의 일원으로 당당하게 살아갈 수 있다. 또 그렇게 살아왔기에 살아남은 것이다. 살아남은 자에게는 나름의 생존 이유가 반드시 존재한다. 베일에 가려졌던 야생을 알아갈수록 삶의 지혜가 하나씩 늘어간다.

야생에는 허투루 보내는 시간이 없다

미래에 대한 준비를 철저하게 한다고 해서 만사가 다 잘되는 것은 아니지만, 그래도 준비는 모든 일의 출발이다. 우리 삶이 그렇고 야생의 세계가 그렇다. 유비무환이라는 고사성어가 그냥 나온 게 아니다. 불확실한 미래를 대비해 차곡차곡 준비해두면 위기 극복의 가능성이 커진다. 우리 삶이든 야생이든 '1+1=2' 식의 직선적 결과는 존재하기 어렵다. 하지만 노력이라는 에너지 투입 없이 좋은 결과를 기대하기 어렵다는 것만은 쉽게 어긋나지 않는 진실이다.

찬바람이 도는 늦가을 우리는 겨울나기를 준비한다. 예전에는 장작이나 연탄을 쌓아뒀다. 김장은 여전한 겨울 준비의 풍경이다. 갑작스러운 추위와 폭설에 당황하지 않도록 자동차를 정비하기도 한다. 동물들도 나름의 방식으로 추위를 대비한다. 털을 풍성하게 하고 지방을 축적한다. 그런데 이러한 준비를 푹푹 찌는 여름이 채 끝나기도 전부터 시작한다. 새는 이 시기가 되면 깃갈이를 한다. 좋은 짝을 만나기 위해 특별 제작했던 화려한 깃은 제 임무를 마친 터라 색이 바래고 빠져서 볼품이 없다. 그 대표적인 새가 원앙이다. 원앙 수컷은 교미철 암컷을 유혹하기 위해 화려한 장식깃으로 무장하고 한껏 뽐내지만, 이제 그때 그 원앙이 맞나 싶을 정도로 영 딴판이다. 새로운 장식깃을 장만하기 위해, 임무를 다한 깃털은 하나둘 버린다. 채움은 버림에서부터 시작된다.

원앙만 초라한 행색으로 돌아다니는 건 아니다. 숲의 수다쟁이 직박구리도 볼품없기는 마찬가지다. 목의 깃털이 듬성듬성 빠져 언뜻 보면 병에 걸린 게 아닌지 의심이 들 정도. 이러한 경향은 그해에 태어난 새끼들에게서 특히 두드러진다. 어린 티를 벗고 어른 새의 깃털로 갈아입을 채비를 하는 것이다. 마치 성인식 잔칫날 애송이 티를 팍팍 풍기는 청년 같다고나 할까. 이러한 변신의 과정을 거쳐서 완전한 어른 새로 자라난다.

어릴 때 대머리 까치를 본 적이 있다. 칠월칠석 무렵이면 까치들은 어김없이 대머리로 변했다. 항상 왜 그럴까 궁금했다. 하지만 뚜렷한 이유는 찾지 못했다. 견우와 직녀 설화에 의하면, 은하수를 사이에 두고 떨어져 있는 견우와 직녀가 만날 수 있도록 오작교를

놓아주기 위해 머리를 맞대느라 까치와 까마귀의 머리가 다 벗겨졌다고 한다. 칠월칠석(음력 7월 7일)은 양력으로 치면 보통 8월쯤이다. 직박구리나 원앙의 깃이 빠지는 시기와 비슷하다. 까치의 머리 깃털이 빠진다는 설화에는 한반도의 생태적인 변화가 고스란히 담겨 있다. 8월 어느 날, 밤하늘 은하수에 오작교가 펼쳐지면 견우와 직녀만 운우지정을 나누는 것이 아니라 까치들도 새로운 사랑을 찾는 여정을 서서히 시작한다. 긴 여정은 몸의 작은 변화에서부터 시작된다. 기존의 머리털이 빠지고 새 깃털이 돋아난다. 아직 참매미의 기세가 꺾이지 않은 8월 한여름의 일이다.

이제 새들에게 필요한 것은 혹한의 한겨울을 대비하는 것이다. 풍성한 깃털로 재무장해서 추위를 견딜 수 있는 몸 상태로 바꿀 준비를 한다. 제 역할을 다한 번식깃과 미래의 보온용 겨울 깃이 교차하는 지점이다. 원하는 것 한 가지를 얻으려면 다른 한 가지는 버려야 한다. 그게 세상의 이치다. 새 깃이 돋도록 도와주는 호르몬이 분비되면서 새의 깃털은 시나브로 풍성한 모습으로 탈바꿈한다.

11월쯤 차가운 바람이 불기 시작하면 야생 새의 모습은 완전히 달라져 있다. 초라한 몰골은 어디론가 사라지고 빵빵한 깃털로 무장해 있다. 살이 포동포동 오른 것처럼 보이지만(일부 지방층은 증가했겠지만) 사실은 추위를 이기기 위해 깃털의 양을 늘려 풍성하게 만든 측면이 더 크다. 작은 쇠박새는 동글동글 공 같다. 온몸 구석구석에 깃털을 채워 넣었다. 이렇게 이중삼중으로 찬 공기의 유

머리털이 빠진 까치

입을 막아내기에 영하의 추위에서도 견딜 수 있다. 새들만이 아니다. 우리나라 고유종인 고라니와 같은 사슴과 동물도 찬바람이 불기 시작할 무렵이면 이미 조밀한 털로 무장하고 있다. 겨울의 추위를 이겨내는 데 털만 한 방한 재료가 없다. 진화 과정에서 털을 벗어버린 인간이 계절 변화에 맞춰 옷을 갈아입는 것과 같다.

야생의 세계에서 한겨울에는 생존이 최우선 화두다. 동물이든 식물이든 여기에 모든 생체리듬을 맞춘다. 그리고 겨울이 되면 또 하나의 준비, 생존의 지상 과제인 번식도 준비한다.

DMZ 인근의 철원평야는 두루미의 천국이다. 인적이 드물고 주변에 먹고 쉴 수 있는 논과 강이 자리 잡고 있어 두루미들이 겨울을 나기에 적격이다. 게다가 야생 최대의 낙원 DMZ를 마음대로 들락거릴 수 있는 서식지이니 이보다 더 좋은 곳이 어디 있을까. 이들 두루미 무리를 관찰할 때 가장 인상적인 것은 구애춤이다. 두루미는 암수와 어린 새가 함께 무리 생활을 하는데, 틈만 나면 고개를 쳐들고 '꾸룩~ 꾸룩~' 울며 구애춤을 춘다. 짝이 있으면 있는 대로 없으면 없는 대로 분주하다.

두루미는 한번 맺은 부부관계를 평생 유지하는 것으로 알려져 있다. 짝이 있는 두루미는 구애춤으로 부부의 관계를 더욱 돈독히 한다. 아직 짝이 없는 두루미는 구애춤을 통해 새로운 짝을 만나려고 한다. 미리 짝을 정해놔야 다가오는 3월에 북상해서 제때 번식할 수 있다. 월동하며 한곳에 모여 있을 때가 짝을 만날 최적기다. 번식지인 시베리아의 허허벌판에서 짝을 만나려고 애쓰는 것보다 월동지에서 미리 짝을 구해두는 것이 훨씬 경제적이다.

특정 계절에 맞춰 그때 일어나는 생태 변화를 얘기해서 그렇지, 사실 '다음을 위한 준비'는 사계절 내내 계속된다. 지구상 모든 생명은 계절에 맞춰 생활하기 때문이다. 겨울에는 봄을 준비하고 봄에는 겨울을 준비한다. 정교한 생체 시계가 그렇게 설계되어 있다. 여기에 이상이 생기면 야생에서 도태되고 만다. 아무 생각 없어 보이지만 야생의 생명체는 그렇게 한 계절, 두 계절을 앞서서 준비하며 살아간다.

시계열을 하루의 삶에 국한해서 봐도 매한가지다. 나의 하루는 새들이 지저귀는 소리와 함께 시작된다. 아침 해가 뜨기 전 아직 어둑어둑한데도 창밖은 새들의 지저귐으로 요란하다. 번식기인 봄에는 짝을 유혹하는 노랫소리가 가득하다. 동장군이 기승을 부리는 한겨울 날에도 창문을 꽉 닫아두었음에도 성에 낀 틈새를 비집고 직박구리의 울음소리가 들어온다.

"째~액. 째~액."

텃새인 직박구리는 밤새 주린 배를 채우기 위해 일찍 깨어나 먹이활동을 준비한다. 일찍 일어나는 새가 좋은 먹이를 구할 수 있기 때문이다. 모든 생명이 잠들어 있는 것처럼 보이는 겨울에도 봄을 맞을 준비가 이어지는 것처럼, 직박구리는 하루의 에너지를 얻기 위해 새벽부터 일과를 시작한다. 다른 새들도 직박구리와 다르지 않다. 얼리버드*early bird*가 되어야만 야생을 살아갈 수 있다.

물론 아무리 일찍 깨어나 움직인다 한들 생태계의 먹이사슬을 벗어날 수 있는 열쇠를 쥔 건 아니다. 작은 새를 먹이로 살아가는 맹금류도 이러한 움직임에 맞춰 미리 활동하기 때문이다. 텃새인 황조롱이는 주로 등줄쥐 같은 작은 쥐를 노리지만 참새나 뱁새, 멧비둘기 등 조류도 자주 사냥한다.

황조롱이 같은 맹금류의 치열한 사냥 준비는 감탄을 자아낸다. 쥐가 들락거린 흔적을 발견하면 쥐구멍이 보이는 공중에서 정지비행(호버링)을 하면서 쥐가 나올 때까지 기다린다. 그러다가 쥐의 움직임이 포착되면 비행 높이를 낮춰가며 정확히 겨냥한 다음, 하강 공격에 나선다.

초원의 지존 사자나 표범도 사냥할 때 함부로 덤비지 않는다.

정지비행 중인 황조롱이

결정적인 순간을 위해서 철저하게 준비한다. 아무리 약한 존재라고 해도 상대를 완전히 파악한 다음, 결정적인 시기를 노린다. 얼마 전에 세렝게티에서 토끼를 사냥하는 표범의 모습을 TV에서 봤는데, 그 신중함과 진지함에 다시 한번 탄복했다. 표범은 나무 사이에 은신한 토끼를 발견했다. 며칠을 굶은 탓에 당장 덮치고 싶은 마음이 굴뚝 같았을 것이다. 그러나 표범은 자세를 최대한 낮추었다. 포복하듯 엎드려서는 조심스레 이동한다. 표범의 표정만 보아도 이 사냥에 얼마나 진지하게 임하는지가 느껴진다. 관목 사이로 서서히 접근하는 표범의 발걸음은 그야말로 압권이다. 그런데 이렇게까지 진지하고 조심스러워할 이유가 있을까? 역지사지하면

답이 금방 나온다.

집토끼rabbit와 달리 야생토끼bare의 털은 주변 환경에 따라 색깔이 변하는 위장 능력을 갖추었을 뿐만 아니라 포식자에게 잡히면 쉽게 뽑히도록 설계돼 있다. 다시 말해 포식자가 야생 토끼의 몸 전체를 잡지 않고 털만 잡았다가는 빠져나갈 확률이 높다. 피식자도 살아가야 하니 사냥을 피할 방법을 발달시킨 것이다. 최상위 포식자 표범도 이러한 상황을 모를 리 없다. 한번 실패하면 또 긴 시간을 먹잇감을 기다리는 데 투자해야 한다. 이 모든 것이 다 에너지다. 그렇다 보니 상대가 어떤 상태에 있는지를 고려해서 위치를 선정하고 그다음 행동을 결정한다. 상대가 허점을 보이지 않으면 절대 공격하지 않는다. 상대를 제압할 만반의 준비를 하고 행동에 나선다. 이건 야생동물이 지켜야 할 생존의 제1법칙이다.

삶을 향해 쉼 없이 발걸음을 옮기는 야생의 생명체를 바라보며 오늘도 나를 돌아본다. 내가 원하는 것을 위해 나는 얼마나 오랫동안, 얼마나 신중하게 준비했던가 하고. 인생을 잘 살아내는 데도 사전 준비는 필수다.

다큐멘터리를 준비하는 시간

방송사에서는 매년 8월이 되면 다음 해 다큐멘터리 제작을 위한 기획안을 내달라는 이야기가 나온다. 8월은 수리부엉이가 내년도 번식을 위해 영역 방어 활동을 개시하는 시기이자 프로그램 제작이 시작되는 시기이다. 한 편의 다큐멘터리를 제작하기 위해서는 사전에 준비해야 할 것이 있다. 정규 프로그램은 전체 방향이 정해져 있기에 그에 맞춰 아이템을 준비하면 된다. 하지만 특집 프로그램이라면 절차가 까다롭다. 제작 관련 사내 최고 의사결정 기구인 '편성제작위원회'의 승인이 필요하다. 통과를 위해서는 참신한 기획안을 작성해서 제출해야 한다.

지상파방송사가 황금기를 구가하던 시기, 그러니까 2010년 이전에는 좋은 기획안만 있으면 제작을 진행하는 데 별다른 어려움이 없었다. 그러나 케이블방송, 위성방송, 인터넷방송, OTT 등이 생겨나 다채널 시대가 되면서 지상파 독과점은 무너졌다. 제한된 광고를 나누어 먹자니 지상파의 수입이 줄어들 수밖에 없다. 아무리 훌륭한 기획안을 만들어도 예산이 없으면 무용지물이다. 반면, 협찬만 유치하면 무슨 프로그램이든지 제작할 수 있는 시대이기도 하다. 실제로 내가 2016년 이후 제작한 특집 다큐멘터리 프로그램은 대부분 협찬 유치를 통해 예산을 조달했다.

하지만 방송 환경이 어떻게 변하든 기획안에 심혈을 기울여야 한다는 데에는 변함이 없다. 제작 자체보다 더 까다롭고 힘들다. 아무리 협찬이 중요해졌다고 한들 아무 프로그램이나 제작할 수는 없지 않은가. 프로그램의 최종 책임을 지는 PD로서 그 무엇도 허투루 제작할 수 없다. 나는 미리 준비하는 습관이 있어서 기획안도 평소에 고민을 해두는 편이다. 다큐멘터리, 그중에서도 자연·환경 다큐멘터리를 본격적으로 제작하고 나서부터는 더더욱 그랬다. 평상시에 관심사를 정리하고 관련 전문가를 만나서 이 기획이 적절한지 그리고 뭐가 필요한지 조사했다. 90년대까지만 해도 제작팀은 자료조사를 신문 기사에 의존하는 경향이 강했다. 방송작가는 예비작가 단계에서 자료조사 담당자 역할을 하는데, 그가 기사를 프린트해서 모아두면 관심 있는 것을 밀착취재하곤 했다. 인터넷이 보편화한 지금도 자료조사를 담당하는 사람을 두고는 있지만 나는 그 자료에 의존하지 않는다. 이미 알려진 것은 신선하지 않을뿐더러 누구나 접근할 수 있어서 정보성이 떨어지기 때문이다.

그렇다면 어떠한 기획으로 세계적인 다큐멘터리들 사이에서 경쟁할 수 있었을까? 나의 가장 소중한 자산은 현장 경험이다. 경험이 쌓이면서 야생을 보는 안목도 차츰 넓어졌다. 프로그램을 제작하는 와중에도 새로운 환경, 새로운 동물을 접하면 왜 이런지를 고민하고 궁금하면 전문가를 만나서 의견을 듣는다. 그럴 때마다 항상 같은 대답이 돌아왔다.

"신 감독님은 어떻게 이런 동물행동을 알게 됐어요? 우리도 잘 모르는 사실인데요."

28년째 PD와 조류 생태전문가로서 만남을 유지해오고 있는 백운기 박사의 말이다. 〈녹색보고-나의 살던 고향은〉을 제작할 때인 1996년 말에 그를 처음 만났다. 궁금한 점에 대한 자문을 구하면 언제나 친절하게 답변해주었다. 짬이 날 때는 개인적인 만남도 가졌다. 아무 용건 없이 만나 이런저런 이야기를 나누고 나면 새로

운 아이디어가 떠올랐다. 그러니 가깝게 지낼 수밖에 없었다. 백
박사를 통해 다른 생태전문가들을 만나는 행운도 얻었다. 만날 때
마다 하나 이상의 아이템을 얻어 나만의 방식으로 숙성시켰다. 백
박사는 나의 PD 인생에서 늘 고마운 존재로 남아 있다.

정규 프로그램인 〈환경스페셜〉과 특집 자연 다큐멘터리를 넘
나들며 오랜 기간 제작을 해왔기에 동료들에게 나는 조금 특별한
존재였던 것 같다. PD의 생명은 새로운 아이디어 창출 능력에 있
음에도 '아이템 하나 달라'는 얘기를 수도 없이 들었다. 그럴 때마
다 줘서는 안 되는 선물을 건네곤 했다. 환경팀이 만들어진 초기부
터 자리를 지켜온 나로서는 잠시 왔다가 떠나는 PD들에게 그 정도
의 선의는 베풀 수 있었다.

97년도의 일이다. 한 선배가 아이템을 하나 달라고 졸라댔다.
당시는 나도 경험이 부족했지만, 선배 눈에는 유경험자로 보였던
모양이다. 고민하다가 그럴싸한 아이템 하나를 건넸다. 충남 태안
의 '신두리 모래언덕'에 관한 내용이었다. 그 전해에 신두리 지역
을 촬영하면서 나는 이 지역에 매료되었다. 언젠가 제대로 한번 만
들어보고 싶었는데, 그 포부를 펼치기도 전에 반강제적으로 선배
에게 아이템을 헌납했기에 기분이 좋을 리 없었다. 그래도 이미 계
획하고 있는 다른 프로젝트가 있었기에 미련 없이 내주었다.

2월쯤으로 기억한다. 그 선배는 답사를 겸해서 며칠 동안 신
두리 모래언덕에 갔다가 돌아왔다. 그런데 선배의 표정이 시무룩
했다.

신두리의 대표적인 식물, 통보리사초

"뭐 이런 데를 하라 카노?"

진한 경상도 사투리의 목소리는 실망 그 자체였다. 눈을 부릅
뜨고 살펴봤는데도 모래바람 말고는 아무것도 없더라는 것이다.
그러고는 신두리 모래언덕 아이템을 못 하겠다고 선언해버렸다.
울며 겨자 먹기 식으로 제공하긴 했지만 잘 진행되길 바라는 마음
도 있었기에 의외의 반응에 무척이나 당황스러웠다. 하지만 뭐 어
쩌랴. 아무리 좋은 기획안이라 하더라도 담당 PD의 마음에 들지
않으면 무용지물이다.

그 선배가 2월에 신두리 모래언덕을 방문해서 모래바람을 보
고 왔다면 사실 그 지역의 진면목을 제대로 본 것이다. 원래 겨울

의 신두리 모래언덕은 바람과 모래가 지배하는 땅이다. 겨우 내내 바다에서 북서풍이 몰려와 바닷가의 모래를 육지로 실어 나른다. 모래언덕이 쌓이며 그간 모래땅을 뒤덮고 있던 사초들은 모래에 묻히는 신세가 된다. 물론 따뜻한 봄이 되면 바람은 잦아들고 새싹이 올라와 모래언덕을 푸른색으로 물들일 것이다. 이 계절이 오려면 아직 두 달이 더 남은 시점이었다.

결국 신두리 모래언덕에 관한 다큐멘터리는 나의 품으로 돌아왔다. 세상의 빛을 보기까지는 그 후로 3년의 세월이 더 소요됐다. 그사이 자료조사를 통해 기획안을 보완했다. 기존 기획안에다 '왕소똥구리' 소재를 가미해 주제를 더욱 구체화한 이 아이템은 2000년 11월 〈최후의 모래땅 신두리〉라는 제목으로 전파를 탔다. 신두리 모래언덕과 초지에서 벌어지는 왕소똥구리의 생태를 녹여낸 색다른 자연 다큐멘터리였다. 결과는 기대 이상의 대성공이었다. 15.6퍼센트라는 경이적인 시청률을 기록했다. 21세기 들어 자연 다큐 사상 가장 높은 시청률이었다. 이러한 결과는 그 후 내가 자연 다큐멘터리스트로서 성장하는 데 초석 역할을 해주었다.

다큐멘터리 기획안을 준비할 때는 거름을 미리 잘 뿌려둬야 한다. 제대로 준비하지 않고 달콤한 열매를 기대하는 건 욕심 과잉이다. 자연 생태계에서와 마찬가지로 사회생활을 할 때도 사전에 뿌린 만큼 결실을 거둔다는 평범한 진리는 언제나 유효하다.

자연 다큐멘터리가 다른 다큐멘터리와 다른 점이 있다면 장비 활용이 많다는 것이다. 이러한 특성 때문에 아이템이 정해지면 우선 촬영 계획을 세워야 한다. 야행성 동물을 촬영할 생각이라면 적외선 장비 활용이 가능한지부터 챙겨야 한다. 새의 둥지를 촬영하고자 한다면 새의 경계감을 줄여줄 소형카메라를 어떻게 확보할지를 고민해야 한다. 땅속에 사는 동물을 주인공으로 삼았다면 굴 내부를 들여다볼 수 있는 내시경 카메라가 필수다.

시간이 지나면서 장비는 점점 고도화했다. 아날로그 카메라에서 디지털카메라 그리고 DSLR, 4K 카메라로 바뀌면서 특수 촬영을 지원하는 다양한 기능이 개발됐다. 핸드폰에도 웬만한 부가 기능이 장착되면서 영상시대가 앞당겨졌다. 일정한 시간 간격을 두고 한 프레임씩 촬영하는 미속촬영을 내가 처음 시도한 건 1996년이었다. 당시 주류 카메라인 아날로그 베타캠*BetaCam(Sony)*으로는 구름의 이동, 일출, 일몰 등의 시간 변화를 담는 장면을 미속촬영할 수가 없었다. 이러한 특수한 촬영기법이나 더 높은 화질이 필요한 경우에는 여전히 필름 카메라를 사용해야 했다. 알다시피 필름은 즉석에서 촬영 결과물을 모니터할 수 없다. 현상소에서 현상을 해봐야 영상이 제대로 찍혔는지 알 수 있다. 만약 실패하면 그다음에 다시 시도해야 하고 그 필름 비용은 고스란히 제작비에 부담된다. 지금 생각해보면 그 비용도 만만찮았다.

미속촬영 외에도 팬 미속(피사체와 카메라 움직임을 동시에 인터벌 촬영), 줌 미속(피사체에 대한 줌과 피사체의 움직임을 동시에 인터벌 촬영), 별 미속(별의 움직임을 인터벌 촬영) 등을 다큐멘터리 특성에 맞게 활용하면서 장비 활용을 선도했다. 방송 이후 영상 전문 잡지에 다큐 제작 후기를 기고해 현장에서 터득한 장비 활용법을 공유했다. 그동안 보지 못했던 새로운 영상은 비록 짧더라도 시청자에게 강력하게 각인된다. 이런 이유로 나는 제작 전에 필요한 장비를 준비하는 것을 자연 다큐 제작의 필수 덕목으로 생각했다. 물론 적절한 예산이 수반되어야 가능한 일이고 촬영감독과의 조율도 필수다. 새로 시도하는 장면을 카메라에 담는 당사자는 촬영감독이기 때문이다. 이러한 온갖 준비를 거친 다음에야 비로소 시청자들과 만나는 가슴 설레는 순간을 기대할 수 있다.

야생의 뭇 생명이 대를 잇기 위해 정해진 유전적 설계도에 따라 준비하듯, 그들을 영상에 담는 사람도 촬영 준비를 게을리하면 안 된다. 인생 설계 또한 마찬가지리라. 새로운 인생을 계획한다면 시장조사와 역량 강화가 먼저다. 그다음에 본격적인 도전에 나서야 한다. 찬바람이 매섭게 몰아치는 오늘, 나는 따스한 봄에 만날 새들을 어떻게 담아낼지 구상하고 있다.

02

적응

처음은 낯설어도
이 또한 익숙해진다

모든 생명은 적응을 위해 투쟁한다

우리가 발 딛고 살아가는 푸른 지구는 적응의 공간이다. 작은 풀 하나에서 대형동물까지 모든 생명은 주변 환경에 적응하기 위해 수천만 년 이상을 투쟁해왔다. 과거에 그러했듯, 지금도 그러하고 미래에도 그러할 것이다. 어쩌면 살아남은 모든 존재는 적응에 성공한 자들의 후손이다. 추위와 더위, 땅과 물이라는 조건에 맞춰 적응하며 살아낸다. 만약 극단적인 변화가 찾아온다면 지구상의 생명이 대혼란에 빠질 것은 자명하다. 최근의 기후변화와 기후위기가 두려운 이유는 그것이 초래했던 부적응과 멸종 때문이다. 평균기온이 1도 상승하고 빙하가 녹아 해수면이 1미터만 높아져도 대재앙은 불을 보듯 뻔하다. 현재 지구에서 살아가는 생명의 상당수가 기후에 적응하지 못해 도태되거나 멸종의 길로 접어들 것이다. 적응하는 종만이 살아남아 지구의 새로운 주인이 될 것이다.

살아가는 터전을 스스로 바꿀 수 없다면 적응하면서 살 수밖에 없다. 기후뿐만 아니라 생존을 위해서는 주변의 물리적 환경에도 반드시 적응해야 한다. 모든 생명은 주변의 조건에 몸을 적응시킨다. 그래야만 자신을 보호하고 살아남을 수 있기 때문이다. 가장 보편적인 적응법은 주변 색에 맞춰 몸의 색깔을 바꾸는 것이다.

　호랑이는 숲에 사는 최고의 지존이지만 몸 색깔을 주변의 색과 어울리도록 만들었다. 나무색을 닮은 줄무늬는 겨울철에는 언뜻 주변과 구별이 안 된다. 자신을 보호하기 위한 첫 번째 적응이다. 인간 외에 천적이 없긴 하지만 주변 색과 조화를 이루어야만 살아남을 수 있다. 호랑이는 비교적 큰 동물을 사냥한다. 그런데 노루나 사슴이 그의 존재를 먼저 알아채면 사냥은 실패로 귀결된다. 최고의 포식자라지만 무턱대고 사냥하지 않는다. 사냥 대상도 숲에 적응한 동물이니 공격을 회피할 수 있는 능력을 키워왔다. 그들은 상대방을 인지하는 순간 죽기 살기로 줄행랑을 칠 것이다. 토끼라면 덤불 속에 숨을 테고, 산양이라면 절벽으로 내달릴 것이다. 그러면 호랑이로서도 도리가 없다. 쫓아가봐야 따라잡기가 현실적으로 쉽지 않기 때문이다. 노루나 사슴, 산양처럼 호랑이가 지배하는 숲에서 살아남은 종에게는 그만한 생존의 이유가 있다. 다시 말해, 평상시에 천적으로부터 자신을 보호할 위험 회피 능력을 가지고 있다. 어떤 때는 포식자가 승리하겠지만 어떤 때는 먹이동물이 포식자를 따돌리는 데 성공할 것이다.

　긴 시계열로 본다면 자연 그대로의 먹이사슬은 쉽게 깨어지지 않는 균형을 유지하고 있다. 하지만 생태계에 조금이라도 균열이 생기면 균형추는 한쪽으로 기울고 혼란의 도가니에 빠진다. 과거 한반도의 생태계를 한번 살펴보자. 조선 초기까지만 해도 한반도는 가히 호랑이의 왕국이라 할 만했다. 그런데 조선은 국가의 경

휴식 중인 시베리아호랑이

제적 필요에 따라 농지 확장 정책을 적극적으로 추진했다. 하천과 강 주변의 범람원에 제방을 쌓아 논으로 개간하는 등 농지를 늘리면서 농업 생산량이 증가했고, 이는 곧 인구의 증가로 이어졌다.

　문제는 여기서부터 시작됐다. 야생의 땅이 인간의 농지로 바뀌니 그곳에 살던 원주인은 쫓겨날 수밖에 없었다. 그 대표적인 동물이 호랑이다. 호랑이를 산중호걸山中豪傑로 비유하는 데서도 알 수 있듯이 사람들은 흔히 호랑이를 산악형 동물로 오해한다. 하지만 호랑이는 산속에서 살아가지만 기본 습성은 산보다 물에 가깝다. 한마디로 저지대형 동물이다. 평지의 물가를 중심으로 살면서 산을 오가는 동물이 호랑이다. 우리 시베리아호랑이와 아종관계인

벵갈호랑이가 강이나 하천에서 헤엄치는 모습을 TV 다큐멘터리를 통해서 종종 본다. 그만큼 호랑이는 물을 좋아하고 물 주변의 먹잇감을 노린다. 노루나 멧돼지, 고라니 등이 호랑이가 주로 사냥하는 동물이다. 현재 시베리아호랑이가 살고 있는 러시아 아무르 지역을 방문했을 때도 호랑이가 저지대를 중심으로 산을 오르내린 흔적을 확인할 수 있었다.

다시 조선시대로 돌아가보자. 저지대를 농지로 개간하는 과정에서 무슨 일이 일어났는지 짐작할 만하다. 물가 숲에서 마음 편히 쉬고 있던 호랑이는 난데없는 인간들의 침입으로 도망갈 수밖에 없었다. 상대는 혼자가 아니라 수십 명이기 때문이다. 자신의 영역을 빼앗긴 호랑이는 생존을 위해 이따금 마을로 내려온다. 그곳엔 말이나 소 등 가축이 있다. 호랑이의 관점에서는 가축이 아니라 먹잇감에 지나지 않는다. 사람들이 잠든 사이 호랑이는 주린 배를 채우기 위해 민가로 잠입한다. 애지중지하던 가축이 사라지면 분개하지 않을 농민이 어디 있겠는가.

호랑이로 인한 피해가 날이 갈수록 급증하자 조선은 특별대책을 내놓는다. 이른바 착호군捉虎軍 편성이었다. 호랑이를 때려잡겠다는 대책이다. 조선 500년은 다른 말로 '호랑이 전쟁'이었다. 그동안 조선이 호랑이로 인해 입은 물적·인적 피해도 적지 않았다. 조선(대한제국 포함)은 20세기에 들어와서야 호랑이와의 전쟁에서 승리를 거둔다. 초기의 무기는 죽창과 활이었지만 차츰 화승총이 들어왔고, 마침내 신식총으로 무장한 인간 앞에서 한반도의 호랑이는 마지막 숨을 쉬고 말았다. 그중 일부는 훗날을 기약하며 압록강을 건너 연해주로 이동했다. 그곳에서 호랑이 망명정부를 꾸려 먼 훗날 한반도에 다시 호랑이 왕국을 건설할 날을 꿈꾸고 있다.

과거 호랑이를 중심으로 유지되던 한반도의 생태계는 어떻게 되었는가. 오랜 적응의 과정을 통해 형성된 생태계는 무너지고 말았다. 호랑이와 표범의 땅 한반도는 역사 속 기록에 지나지 않는다. 중대형 포식자가 사라진 빈 땅의 소유권은 멧돼지와 고라니 등 초식·잡식 동물이 차지했다. 멧돼지는 새끼를 많이 낳는다. 그중 일부는 상위 포식자에게 희생당한다. 나머지는 끝까지 키워낸다. 그러한 생태환경에 적응해 진화한 동물이다. 그런데 멧돼지를 사냥하던 호랑이가 사라졌다. 한 번에 열 마리도 키울 수 있으니 그 번식력을 어떻게 제어할 수 있단 말인가. 그들이 살던 숲은 논밭으로 바뀌고 도시화로 없어졌으니 갈 수 있는 곳은 한정돼 있다. 먹이가 있는 곳, 바로 인간의 농경지로 몰려들 수밖에 없다. 멧돼지는 벼, 고구마, 옥수수를 가리지 않고 싹쓸이한다. 농경지는 아주 좋은 먹이터일 뿐이다. 반면, 농민들은 분통이 터질 노릇이다. 심지어 멧돼지는 도심으로까지 잠입한다. 대부분 먹이를 찾아 돌아다니다가 도시에서 길을 잃은 경우이다.

애써 키운 농작물을 멧돼지가 다 먹어치우니 농민들은 최후의 수단을 마련할 수밖에 없다. 인간은 멧돼지, 고라니와의 전쟁을 선포했다. 호랑이에게 겨누던 총부리를 이제 이들에게 겨눈다.

법적 근거는 '유해조수 지정'이다. 인간의 농작물에 손해를 입히니 유해하다고 판단한 것이다. 이미 전쟁은 선포됐고, 지금도 그 전쟁은 계속되고 있다. 멧돼지와 고라니를 모두 없애면 우리의 숲은 평온해질까? 호환虎患 없는 세상을 갈구하면서 500년 동안이나 전쟁을 하며 생태계 균형을 무너뜨렸는데, 그 균형을 어떻게 하면 바로잡을지 고민하지 않고 또 하나를 없애는 네거티브 작전을 구사하고 있다.

이 '유해조수 구제 작전'은 성공할 수 있을까? 설사 성공의 샴페인을 터트릴 수 있다고 한들 또 다른 문제에 직면하고 말 것이다. 생태계의 균형은 인간 중심적 사고방식으로는 바로잡을 수 없다. 뭇 생명들의 상호작용을 통해 형성되어왔기 때문이다. 모든 문제를 방치하자는 말이 아니다. 문제해결의 관점을 생태계 자체에 두어야 한다는 사실을 강조하는 것이다.

각각의 생명은 그 자체로 필요한 존재이자 고귀한 존재이다. 오랜 적응의 과정으로 상호관계를 형성해왔다는 점을 잊어서는 안 된다. 멧돼지가 최고 포식자 역할을 하는 기이한 현실과 이로 인한 문제는 호랑이를 없앰으로써 생겼다는 사실을 기억해야 한다. 그 기억이 있어야지만 해법도 찾을 수 있다.

적응한 자만이 살아남는다

비단 변신의 귀재 카멜레온이 아니더라도 야생의 동물이 살아남기 위해 피부색을 바꾸는 모습은 주변에서 쉽게 관찰할 수 있다. 햇빛이 많이 들지 않는 어두운 곳에서 사는 동물은 피부색이 칙칙하다. 푸른 풀 사이에 있을 때 참개구리는 녹색 무늬를 띤다. 반면 가을에 접어들어 낙엽이 주를 이루면 주변의 색에 맞춰 피부를 갈색으로 바꾼다. 천적의 눈에 잘 띄지 않아야 생존확률이 높아지기 때문이다. 무당개구리도 마찬가지다. 위험을 감지하면 몸을 뒤집어 검은 무늬가 있는 붉은색 배를 드러내고 경고 신호를 보내지만, 평상시에는 녹색과 검은색 무늬를 띠는 등 쪽이 보인다. 이처럼 호랑이와 같은 큰 동물뿐만 아니라 개구리 같은 작은 양서류도 생존을 위해 주변에 적응해서 살아간다. 만고의 진리이다.

식물도 예외가 아니다. 어떤 식물은 산성 토양에서 자라느냐 아니면 알칼리성 토양에서 자라느냐에 따라 꽃의 색이 달라진다. 자라는 조건에 맞게 적응하는 것이다. 대표적인 예가 산에 서식하는 산수국이다. 이름에서부터 생태가 드러난다. 산에서 자라고 물을 좋아하는 국화라는 뜻이다. 그래서일까. 야산을 오르다 보면 약간 습한 곳에서 산수국을 심심치 않게 관찰할 수 있다. 요즘에는 정원수로도 많이 심어서 곳곳에서 쉽게 볼 수 있는 종이다. 일반적으로 산수국 꽃은 흰색 또는 옅은 푸른빛이 돈다. 만개하면 그 색상이 은근한 매력으로 다가온다. 네 장의 꽃받침은 꽃잎으로 오해받기도 하지만 사실은 헛꽃이다. 곤충을 유인하기 위한 산수국의 치밀한 전략이다. 커다란 가짜 꽃으로 곤충들을 유인한 다음, 그 안에 있는 진짜 꽃의 수분을 유도한다.

그런데 어떤 곳에 가면 그 헛꽃의 색이 연분홍빛이다. 산수국이 자라는 곳이 알칼리성 토양이어서 헛꽃의 색이 바뀐 것이다. 산성 토양에서는 흡수한 알루미늄이 산수국에 있는 안토시아닌이라는 색소 성분과 결합해서 꽃받침이 푸른색이 된다. 반면 알칼리성 토양에는 알루미늄이 부족해 푸른색이 생성되지 않고 연분홍빛이 된다. 있으면 있는 대로 없으면 없는 대로 사는 곳에 적응해 살아간다. 자연이 빚어내는 오묘한 조화와 생명의 강한 적응력을 엿볼 수 있는 대목이다.

산수국의 신비스러운 모습은 여기에서 끝나지 않는다. 산수국의 가짜 꽃인 꽃받침은 애초부터 진짜 꽃의 수분을 돕기 위해 존재한다. 그렇기에 나비나 벌에 의해 수분이 이루어지고 나면 새로운 신호를 보낸다.

"나의 주인님이 아기를 가졌으니 더 이상 오지 마세요!"

산수국의 꽃받침은 끝까지 자신의 임무를 충실하게 수행한다. 수분이 끝나면 윗면을 아래쪽으로 뒤집어버린다. 하늘을 바라보다가 이제 땅을 바라보는 것이다. 이렇게 진짜 꽃의 사랑이 이루어졌음을 만천하에 선포한다. 그동안 수분해주느라 애쓴 벌과 나비가 꽃받침을 보고 유혹돼 찾아오는 수고를 덜어주려는 의도도 있다. 친절하다는 말이 절로 나올 정도다. 말 못 하는 식물도 상대에 대한 배려를 잊지 않는다. 이것이 진정한 야생의 모습이다.

그렇다면 우리나라 최고의 야행성 포식자 수리부엉이는 어떻

알칼리성 땅에서 꽃받침이 분홍색으로 바뀌는 산수국

게 숲의 환경에 적응하며 진화했을까? 수리부엉이를 보고 있자면 진화의 결정판이라는 생각이 든다. 수리부엉이의 조상은 진화의 초기 단계에 나무 구멍에 알을 낳아 번식한 것으로 알려져 있다. 빛이 들지 않는 나무 구멍 속이니 알은 흰색이었다. 어두운 곳에서는 알이 흰색이어야 깨뜨리지 않고 잘 품을 수 있다. 그런데 수리부엉이는 몸집을 키우는 쪽으로 진화의 방향을 정했다. 이렇게 되자 이제 나무 구멍에서는 번식이 불가능해졌다. 수리부엉이는 과감하게 나무를 박차고 나왔다. 하지만 땅 위에는 감당해야 할 천적이 있었다.

여우나 너구리 등 다양한 육상동물이 신경 쓰였을 것이다. 그래서 가장 적합한 둥지 공간으로 바위 절벽을 선택했다. 네발 달린 동물이 가파른 절벽에 튼 수리부엉이 둥지에 접근하기란 건 사실상 불가능하다. 또한 절벽 뒷공간은 바위로 막혀 있기에 전면과 좌우만 잘 경계하면 천적의 침입을 사전에 알아차릴 수 있다. 몸집이 커진 대신에 민첩성이 떨어진 수리부엉이로서는 최선의 선택이었다.

수리부엉이가 선택해야 했던 진화의 방향이 한 가지 더 있다. 날개 길이가 1미터 80센티미터가량인 거구로 어떻게 벌건 대낮에 먹이를 조달할 수 있을지가 진화를 고민한 이유였다. 밤과 낮의 갈림길에서 수리부엉이는 빛을 버리고 어둠을 선택했다. 낮에는 속도전이 필요하다. 비행 속도가 느리면 먹이동물에게 발각될 위험이 크다. 꿩이나 멧비둘기 등 대부분의 조류는 대낮에 생활한다는 전제조건으로 시각과 시력을 발달시킨 상태였기에 큰 덩치로는 사냥 성공률이 떨어질 수밖에 없다. 좌우에 눈이 달린 대부분의 조류는 천적의 공격을 쉽게 알아챈다.

수리부엉이처럼 절벽에 번식하는 매(송골매)는 시속 300킬로미터에 달하는 비행 능력을 갖춰 먹이동물의 방어체계를 무력화했다. 이를 뒷받침하는 신체가 바로 매끈한 깃이다. 먹이동물이 접근을 눈치채도 매는 빠른 속도로 먹잇감을 낚아챈다. 하지만 이웃집 매의 속도전을 따라 하기엔 수리부엉이의 신체가 어울리지 않았다. 밤의 세계로 들어온 수리부엉이는 매와 정반대의 길을 갔다. 매복을 통한 기습작전이다. 은밀하게 접근해 쥐도 새도 모르게 먹이를 낚아채는 전략이다.

수리부엉이는 덩치에 어울리지 않게 왜 이러한 전략을 선택했을까? 밤은 만물이 숨을 죽이고 있는 고요의 시간이다. 어둠 속 작은 움직임도 공기와 마찰하며 소리를 일으킨다. 밤에 활동하는 쥐의 일거수일투족을 다 알아챌 수 있다는 장점도 있지만 수리부엉이의 움직임 일체가 노출될 위험이 함께 존재하는 모순적 상황이다. 그래도 처한 조건에 적응해야 살 수 있다. 수리부엉이는 과감하게 신체 구조를 바꾸는 모험을 감행했다. 공기와 부딪혀도 소리를 내지 않고 흡수하는 구조로 깃털을 바꿨다. 깃털 표면은 융단은 깔아놓은 듯 폭신폭신하게 디자인했다. 게다가 비행 과정에서 조금이라도 마찰음이 덜 나도록 첫째 날개깃을 성기게 만들었다. 깃털의 전면이 참빗처럼 생긴 첫째 날개깃은 비장의 무기다. 공기를 가르더라도 부딪힘 없이 바람이 통과하는 구조다. 대형 양탄자가 날아가는데 아무 소리도 나지 않는다! 수리부엉이는 적에게 발각되지 않는 살아 있는 스텔스기였다.

물론 수리부엉이는 무소음을 얻은 대가로 다른 한 가지를 포기해야 했다. 바로 속도다. 밤에는 속도보다 무소음이 더 중요하기 때문이다. 대신 어둠 속에서도 먹잇감의 위치를 알아낼 수 있는 청력을 개발했다. 좌우 귀의 위치를 비대칭적으로 만듦으로써 소리를 입체적으로 들을 수 있게 된 것이다. 보완책으로 고개도 270도까지 돌릴 수 있게 유연하게 만들었다. 사실상 한 바퀴를 돌리는 것과 마찬가지다. 다른 새들처럼 좌우에 눈을 둘 필요가 없어졌으니, 두 눈은 인간처럼 얼굴 전면에 배치했다. 공격을 최대한 빨리 알아차리기 위해 눈을 좌우에 배치한 다른 새들과는 근본적으로 발상이 다르다. 수비적인 대응보다는 공격적 자세를 반영한 결과이다. 야생의 밤에 수리부엉이를 공격할 자가 누가 있겠는가.

흔히 수리부엉이는 야간시력이 뛰어나다고들 하는데 틀린 말은 아니다. 수리부엉이의 눈은 어두운 밤에도 사물을 식별할 수 있을 만큼 성능이 뛰어나다. 하지만 사냥에 있어서는 보조적인 수단에 불과하다. 만약 칠흑 같은 어둠 속에 있다면 수리부엉이가 사물을 볼 수 있을까? 아니, 현실에서는 존재하기 힘들 정도의 이런 완벽한 어둠 속에서 수리부엉이는 사물을 볼 수 없다. 그런데도 사냥은 할 수 있다. 사물을 보지 못하는데 어떻게 사냥할 수 있느냐고 반문하겠지만 수리부엉이라면 가능하다. 앞서 얘기한 뛰어난 청력이 있기 때문이다. 실험 결과, 빛을 완전히 차단한 조건에서 수리부엉이는 쥐를 완벽하게 낚아챘다. 쥐의 움직임을 눈으로는 볼 수 없지만 부스럭대는 소리의 위치를 입체적으로 파악해서 정확하게 덮칠 수 있었다. 비대칭적 귀를 통해 소리의 진원지를 GPS 좌표 찍듯 정확하게 알아낸 것이다.

수리부엉이는 밤이라는 조건 아래서 소리 없는 사냥을 구현하기 위해 눈, 귀, 깃털 등 모든 신체 구조를 바꾸었다. 이렇게 환경에 적응했기에 밤의 세계에서 제왕으로 군림하게 되었다. 각자의 생활 조건에 적응해야 살아남을 수 있다. 적응은 생존의 제일 조건이다.

밝은 달이 뜬 밤의 수리부엉이

높은 산에서도, 깊은 바다에서도

고등학생 때 《논어》에 심취한 적이 있다. 다니던 학교의 도서관 구석에 있던 빛바랜 책을 시간 날 때마다 읽었다. 여러 구절 가운데 요산요수樂山樂水에 대한 내용이 생각난다.

"지혜로운 사람은 물을 좋아하고, 어진 사람은 산을 좋아한다智者樂水 仁者樂山. 지혜로운 사람은 움직이고, 어진 사람은 고요하다智者動 仁者靜. 지혜로운 사람은 즐겁게 살고, 어진 사람은 장수한다智者樂 仁者壽."

물과 산 모두를 좋아한다면 금상첨화겠지만 그게 쉬운 일은 아니다. 나 스스로에게 물어보았다.

'나는 산과 물 중 어느 것을 좋아할까?'

요사이는 MBTI를 통해 자신의 심리 성향을 알아보기도 하지만 당시에는 이런 철학적인 물음으로 사고 유형을 분류했다. 사람은 자기가 태어나 자란 곳의 영향을 받기 마련이고, 그 과정에서 세계관이 형성된다. 나는 산골에서 태어났다. 주로 산과 나무 그리고 거기서 살아가는 동물들을 보며 자랐다. 나의 소우주에는 이런 것이 대부분이었다. 방학 때 소를 몰고 뒷산에 올라가 놀던 추억은 언제 꺼내도 신이 난다. 고향 친구를 만나면 그 이야기로 밤을 지새워도 이야기보따리가 넘쳐난다. 반면, 물과 관련된 추억은 별로 없다. 기껏해야 장마철 폭우로 시냇물이 넘쳐 등교를 포기하고 집으로 돌아가던 일이나 동네 형들과 함께 저수지에서 멱을 감다가 수영 미숙으로 물을 먹고 죽을 뻔했던 일만 기억 속에 남아 있다. 대학 시절 친구들과 추억을 쌓은 곳도 대부분 산이다. 설악산, 지리산 등 국내의 내로라하는 큰 산은 다 다녔다. 이렇다 보니 지금도 수영은 개헤엄밖에 치지 못한다. 이만하면 나의 성향은 '요수'보다는 '요산'에 가깝겠다.

산을 좋아하는 성향은 다큐멘터리를 제작하면서도 지속됐다. 물 관련 프로그램을 의도적으로 제작하지 않은 것은 아니지만 쉽사리 손이 가지 않았다. 잘 알지 못하는 영역은 잘하지 못할 가능성이 크다. 그렇다면 굳이 물 아이템을 선택할 필요는 없지 않은가. 게다가 물속 생태를 촬영하기 위해서는 스쿠버 다이빙을 할 줄 알아야 한다. 수중 촬영감독이 찍어오는 영상으로 제작하는 방법이 있긴 했지만 영 내키지 않았다. 이런저런 이유가 더해져 2009년 이전까지 수중 관련 다큐는 한 번도 제작하지 않았다.

그런데 산을 좋아하는 유형이라도 영원히 물을 좋아하지 말라는 법은 없다. 2008년 무렵, 나는 자연 다큐 제작의 전환기를 맞이했다. ENG 촬영, 편집, 객관적인 내레이션 등으로 제작하는 정통적인 자연 다큐 방식을 바꿔보고 싶었다. 그간의 생태 촬영 경험이 어느 정도 축적되었다는 자신감도 이런 마음에 한몫했다. 게다가 프로듀서가 야생 현장에 프레젠터로 출연해 시청자와 직접 호흡하는 것도 나쁘지 않겠다는 생각이 들었다.

2006년 영국 브리스톨에서 개최된 BBC 주최 자연 다큐멘터리 페스티벌 '와일드 스크린*Wild Screen*'에 참가한 적이 있다. 내가 연출한 〈고라니의 사랑〉이 이 대회에 국내 최초로 최종 결선에 올라서였다. 여기서 국내에도 잘 알려진 애튼버러*David Attenborough* 경을 만났다. 프로듀서이자 작가인 그는 〈식물의 사생활*The Private Life of Plants*〉, 〈플래닛 어스*Planet Earth*〉 등 수많은 자연 다큐멘터리에서 프레젠터를 맡았다. 이 같은 다큐를 보면서 '나도 언젠가 다큐에서 프레젠터를 해보고 싶다'는 꿈을 가졌다. 이런 배경에서 〈환경스페셜〉 프로그램 안에 〈신동만 PD의 생명 이야기〉 시리즈를 기획했다. 〈집단의 힘〉, 〈야생의 반쪽, 수컷〉, 〈뿔논병아리의 선물〉 등 세 편이다.

한 종을 다루는 방식이 아니라 육해공 모든 영역에 사는 동물을 다루는 방식이다 보니 수중 촬영이 필요했다. 촬영이야 수중 전문 촬영감독에게 맡긴다고 해도 그 현장에 프레젠터가 있어야 했다. 기획회의를 하기 위해 김동식 수중촬영 감독을 만났다. 그는 당시에도 국내 최고의 수중촬영 전문가였다. 특유의 결단력으로 판을 벌이긴 했지만 어떻게 제작할지 걱정이 앞섰다.

"나는 수영도 잘 못하는데…."

김 감독은 의외의 답을 했다.

"수영 못해도 아무 상관 없어요. 공기통 메고 들어가는데 뭐…. 스쿠버 다이빙은 배우면 다 해결돼요."

두려움도 있었지만 김 감독을 한번 믿어보기로 했다. 그의 권유대로 실내 다이빙 연습장을 찾았다. 간단한 교육을 받은 후 훈련 조교와 함께 공기통을 메고 물속으로 들어갔다. 처음에는 물에 대한 공포증을 완전히 떨칠 수 없었다. 불안감에 호흡이 가빠졌다. 호흡은 시간이 좀 흐른 뒤에야 정상을 되찾았다. 중성부력을 유지하는 법, 비상시 호흡기를 사용하는 법, 계기판을 읽는 법 등 물속에서의 기본 생존법을 배우며 그렇게 정신없는 하루가 지나갔다.

스쿠버 다이빙 연습을 며칠 하고 나니 물에 대한 두려움이 하나둘 가시기 시작했다. 물에 조금씩 적응이 되는 느낌이었다. 어느새 물속에 들어가면 편안해지는 느낌도 생겼다. 공기통에 의지해 수중 10미터에 혼자 있을 수 있게 되자 다이빙 훈련이 끝났다.

'나도 물을 마냥 싫어하는 사람은 아니었구나!'

그 후에는 예정된 일정에 따라 제주 문섬과 태평양 팔라우 바다에 들어갔다. 배운 대로 버디(짝)인 김동식 감독만 졸졸 따라다녔다. 더 정확하게 말하자면 김 감독이 시키는 대로 했다. 물속 다이빙은 기본 2인 1조로 이루어진다. 만에 하나 생길지도 모르는 긴급상황에 대비하기 위해서다. 나로서는 김 감독의 말은 무조건 따라야 했다. 다이빙 초보인 내가 낯선 물속에서 살아남을 수 있는 유일한 길이었다.

　마음이 편안해지자 처음 접하는 열대 팔라우 물속은 별천지였다. 수심 30미터까지 내려갔다. 수심 30미터는 초보자가 내려갈 수 있는 임계치다. 그곳에서 신기한 장면도 목격했다. 태평양전쟁 때 가라앉은 군함이 있었는데, 물고기의 쉼터이자 번식처로 탈바꿈해 있었다. 숨 쉴 수 있는 공기만 떨어지지 않는다면 영원히 그곳에 머물고 싶었다. 아마도 어머니와 아버지의 사랑으로 잉태되어 어머니 자궁 속에 있었을 때 이러한 평온을 느끼지 않았을까 싶다. 내가 팔라우 바다에서 느낀 바다란 그런 곳이었다.

　'요산'하다가 '요수'하게 되었지만 그곳 팔라우 바닷속에 영원히 머물 수는 없다. 스쿠버 다이빙을 할 때는 수압에 적응하면서 천천히 내려가야 하듯 나올 때도 서서히 올라와야 한다. 그래야지만 수압의 변화에 몸이 적응할 수 있다. 나는 수압이나 수심 등을 측정할 수 있는 손목시계를 차지 않았기 때문에 김 감독의 지시에 따라 행동했다. 가장 중요한 건 수면 5미터 아래에서 감압하는 것이다. 물 아래로 내려갈 때는 공기가 압축된다. 반대로 올라올 때는 공기가 팽창한다. 이러한 성질 때문에 올라올 때는 몸속에서 공기를 충분히 빼주어야 정상적인 몸 상태로 돌아올 수 있다. 이러한 적응 단계를 거치지 않고 그대로 올라오면 공기가 팽창해 폐가 터지고 만다. 감압한다는 건 몸을 바깥의 상태로 적응시키는 행동이다. 이는 다이버의 생존과 직결된 문제다.

스쿠버 다이빙이 아니더라도 주어진 환경에 적응하면 살아남지만 적응하지 못하면 도태된다. 이 지구상에서 살아가는 모든 생명의 숙명이다.

해발고도가 높은 곳으로 올라갈 때도 적응 단계가 필요하다. 우리나라처럼 해발고도가 높지 않은 곳에서 사는 사람들은 고지대에 가면 호흡곤란을 느낀다. 현지인은 아무런 문제 없이 생활하는데 이방인은 왜 머리가 아플까? 그건 우리 몸이 고지대 환경에 적응돼 있지 않기 때문이다. 물속으로 내려갈수록 수압이 올라가듯이 산 위로 올라갈수록 기압이 올라간다. 이러한 기본적인 상황을 알지 못해서 겪은 일화가 있다.

2003년에 여우 촬영을 위해 몽골에 갔을 때다. 몽골은 해발고도 2,000미터 대의 고지대에 자리 잡고 있다. 나 같은 이방인이 이러한 고지대 환경에 적응하자면 시간이 걸린다. 그걸 모르고 날뛰다가 죽을 뻔했다. 촬영팀이 찾아간 곳은 해발 2,200미터 정도가 되는 곳이었다. 이 지역을 돌아다니다가 우연히 여우와 마주쳤다. 본능적으로 촬영해야겠다는 마음이 앞섰다. 촬영하기 좋은 위치를 찾기 위해 촬영감독과 함께 여우가 뛰어가는 방향으로 함께 뛰었다. 그렇게 1분 정도 뛰었을까? 갑자기 땅바닥에 꼬꾸라지고 말았다. 다리 힘이 쫙 풀린 것이다. 가쁜 숨을 몰아쉬어도 쉬 진정되지 않았다. 한참 후에야 한숨을 돌릴 수 있었다. 그런데 이번에는 심한 두통이 밀려왔다. 처음에는 왜 그런지 이유를 모르다가 나중에야 알았다. 현지 고지대 적응이 문제였다. 몸은 적응되지 않았는데 마음만 앞서서 벌어진 일이다.

우리의 몸과 마음은 살고 있는 사회에 적응되어 있다. 새로운 환경에 가면 그에 맞는 적응의 단계를 거쳐야 한다. 그렇지 않으면 부적응으로 인해 심각한 후유증을 겪는다. 산을 좋아하고 물을 좋아하는 마음이 생겼다면, 혹은 어쩔 수 없이 높은 산과 깊은 물에 가야 한다면 우선은 적응에 무엇이 필요한지부터 살필 일이다.

낯선 곳에서 원하는 것을 얻으려면

육류를 안 먹지는 않지만 즐기지는 않는다. 어릴 때 소고기를 거의 먹지 못해서 다 큰 후에도 소고기 누린내를 맡으면 좀 힘들었다. 지금은 소고기에 대한 특별한 거부감은 없지만 다른 고기도 처음에는 적응 과정이 필요했다.

앞서 얘기한 여우 촬영 답사 차 몽골에 갔을 때였다. 3월이었는데도 여전히 밤이면 추위가 장난이 아니었다. 이동 중에 해가 떨어져 초원에서 일명 식빵차로 불리는 러시아제 승합차에서 야영했는데 벌벌 떨었던 기억이 아직도 생생하다. 그런데 첫 몽골 출장에서 가장 어려웠던 것은 추위가 아니라 음식이었다. 다음 날 목적지에 당도해서 현지 가이드의 안내에 따라 몽골식 가옥인 게르에 들렀다. 나이 지긋한 주인장은 솔롱고스*Solongos*에서 찾아온 손님을 무척 환대해주었다. 대한민국을 부르는 몽골어 솔롱고스는 '무지개의 나라'라는 뜻이다. 함께 차와 빵을 들면서 여우에 대한 정보를 얻었다. 식사자리에도 초대해주었다. 어차피 식사는 해결해야 했으니 염치 불고하고 사양하지 않기로 했다.

초원의 아주머니는 손수 반죽해 끓인 국수를 내놓았다. 고명으로 말린 고기를 넣었는데 시장하기도 해서 군침이 돌았다. 그런데 수저를 대자마자 나의 코는 기대와는 정반대의 결과를 내놓았다. 양고기의 누린내가 역하게 느껴졌다. 도저히 입을 댈 수가 없었다. 하지만 손님으로서 주인의 호의를 저버릴 수도 없었다. 이러지도 저러지도 못 하고 그야말로 고역이었다. 그러다가 묘안을 하나 떠올렸다.

'한국의 고추장을 국수에 풀면 어떨까?'

마침 몽골로 오는 비행기에서 받은 고추장 튜브가 있었다. 국수 그릇에 고추장을 풀고 나니 양고기 냄새가 어디로 도망갔는지 싹 없어졌다. 입맛에 익숙한 고추장이 모든 냄새를 집어삼킨 것이다. 그렇게 별미로 허기를 잘 해결할 수 있었다. 그 후에도 몽골에서 촬영하는 동안 양고기 국수를 먹을 때는 고추장을 풀었고 그 맛은 잊을 수가 없다. 시간이 지난 후 양고기에 적응하고 나서는 고추장 없이도 양고기 국수를 맛있게 먹을 수 있었다. 이렇게 낯선 외국 몽골에서 가장 원초적인 식사 문제를 해결함으로써 1년간 이어진 여우 촬영을 무사히 마칠 수 있었다. 글을 쓰는 이 순간에도 당시 먹은 몽골 양고기 국수의 맛이 스멀스멀 떠오른다.

자연 다큐멘터리를 제작하면서 원하는 성과를 거두려면 촬영하는 곳에 잘 적응하는 것이 제일 과제다. 적응은 프로그램의 성패를 좌우할 만큼 중요하다. 적응할 것이 어디 음식뿐이겠는가. 2002년 월드컵축구대회가 열리던 해에 나는 문경 봉암사에서 1년을 보냈다. 〈봉암사의 숲〉은 PD 인생에서 새로운 도전이었다. 생태와 철학이 접목된 다큐멘터리를 제작한다는 것이 기획 의도였다. 불교의 생명사상은 건강한 생태계를 보전하고자 하는 자연 다큐의 방향과 공통점이 많다. 이것을 연결고리로 해 지인의 소개로 불교 개혁운동인 '봉암결사'로 유명한 참선도량 봉암사 경내에 들어갈 수 있었다.

그런데 주지 스님의 허락을 받았음에도 불구하고 촬영 진행은 또 다른 문제였다. 3월 초에 첫 촬영을 한 후 봉암사에서 연락이 왔다. 앞으로 한 달 동안은 오지 말라고 했다. 스님들의 대중회의에서 그렇게 결정됐다는 것이다. 사실 3월은 모든 생명이 약동하는 시기여서 담아야 할 게 많다. 촬영 여건이 좋아도 초조할 판인데, 그 기간에 아예 촬영을 하지 말라니 이 얼마나 청천벽력 같은 얘기인가. 그럼에도 제작팀은 대중회의의 결정을 따를 수밖에 없었다. 이유를 들어보니 낯선 이들이 어슬렁거려서 스님들의 참선에 방해가 된다는 것이었다. 결과적으로 그 중요한 시기에 아무것도 할 수 없었다. 한마디로 개점휴업이었다.

4월 초가 되어서야 다시 봉암사에 갈 수 있었다. 나는 촬영감독과 협의해서 봉암사 제작팀의 행동 방향을 정했다. 봉암사에서는 봉암사 식으로 행동하자는 것이 골자였다. 우선, 절의 예법에 따라 새벽 3시 예불에 참여하고 스님을 만나면 무조건 합장하기로 했다. 촬영팀원 중에 불교 신자가 없었음에도 반대하는 사람은 아무도 없었다. 촬영은 후순위로 미루어두고 우선 절 생활에 적응하는 데 방점을 찍었다. 부득이하게 촬영해야 할 경우에도 스님이 안 보이는 곳에서만 진행했다. 새벽 3시 예불에 참여하려면 늦어도 2시 30분에는 기상해야 했다. 일반인으로서 쉽지 않은 일이었다. 하지만 우리 제작팀이 봉암사라는 특수한 공간에서 살아남으려면 그것 외에 딱히 다른 방법을 찾을 수가 없었다. 심지어 절의 사소한 일도 거들며 절의 일원으로 살기 위해 노력했다.

　　그렇게 한 달이 흘렀다. 이방인인 제작팀을 대하는 태도에 조금씩 변화가 나타나기 시작했다. 길을 가다가 마주쳤을 때 처음에는 합장 인사만 의례적으로 받아주더니 차츰 말도 건넸다.

　　"수고하십니다!"

　　합장과 눈인사로 끝내지 않고 상대에게 말을 건다는 건 관심의 표시였다. 심지어 뭘 찍느냐고 물어보기도 했다. 촬영거리를 제보해주는 스님도 있었다.

　　"지붕 처마에 새가 둥지를 틀고 있는데 무슨 새인지 모르겠어요. 한번 가보세요."

　　"감사합니다. 스님."

"저를 따라오세요."

그렇게 스님과 제작진 사이에 가로놓인 벽이 하나둘 무너져 갔다. 이런 변화를 만든 계기가 무엇이었는지는 주방에서 일하는 보살들을 통해서도 확인할 수 있었다. 새벽마다 꼬박꼬박 예불에 참석하는 제작진의 모습이 스님들 사이에서 화제가 되었다고 한다. 그 후 몇몇 스님은 참선이나 포행(참선하다가 잠시 나와 한가로이 뜰을 걷는 일)하는 모습의 촬영도 허락해주었다. 이제 계획한 대로 촬영하는 일만 남았다. 우리와 한편이 된 스님들이 마음의 문을 열어준 덕분일까? 봉암사와 그 주변에서 벌어지는 다양한 생태를 사람과의 관계에서 풀어낼 수 있었다. 영상에 담아낸 봉암사는 그야말로 야생과 스님이 아름다운 동거를 하는 공간이었다.

2002년 6월 월드컵축구 폴란드전이 열리던 날. 어느 스님의 제안으로 스님들과 제작진은 인근 읍내 음식점에서 TV 축구 중계를 함께 시청했다. 스님들도 전국민적인 축구 열풍을 외면할 수 없었던 모양이다. 우리는 하나가 돼 대표팀을 응원했다. 낯선 곳에 잘 적응한 결과가 낳은 화려한 피날레였다. 방송이 나간 후 〈봉암사의 숲〉은 나에게 첫 국제상을 안겨준 영광의 작품이 되었다.

낯선 사회에 적응한다는 건 어려움을 동반한다. 이 어려움을 극복하고 잘 녹아들어야 그 사회의 진정한 일원이 될 수 있다. 또 현지의 관습과 법도를 따를 때 적응 속도도 빨라진다. 원하는 것을 빨리 얻으려고 하기보다 우선 그 사회에 어떻게 적응할지부터 고민해야 한다. 느린 것 같지만 그것이야말로 성공의 지름길이다.

주변 자연과 조화를 이루며 자리한 봉암사 전경

너무 가깝지도 너무 멀지도 않게

야생동물을 촬영하다 보면 근접촬영이 가장 어렵다. 아무리 망원렌즈의 성능이 뛰어나다고 해도 가까이서 촬영하는 것보다는 못하다. 가까이 접근해서 더 좋은 영상을 얻고 싶은 마음이야 굴뚝같지만 야생동물은 그리 호락호락하지 않다. 낯선 촬영자는 야생동물에게 일종의 천적일 뿐이다. 천적으로부터 자신을 보호하기 위해 경계심을 갖는 건 당연하다. 그래서 어느 정도의 거리를 유지할지 촬영할 때마다 고민이다.

'접근할 것인가 말 것인가, 그것이 문제로다!'

이 문제를 해결하려면 촬영자의 근본적인 태도가 바뀌어야 한다. 야생동물은 처음부터 가까운 거리를 내주지 않는다. 낯선 존재끼리 거리를 좁히려면 서로 간에 어느 정도 적응 시간이 필요하다.

야생동물이 보기에 인간 또는 카메라를 든 촬영자는 낯선 존재다. 낯선 존재를 경계하는 건 인간을 포함한 모든 동물의 본성이다. 고래로 거친 야생에서 살아남으려면 낯선 존재를 제거하거나 회피해야만 했다. 낯선 자들은 늘 기존 집단을 해치거나 문제를 만들었기 때문이다. 동물들은 자신을 해치지 않을 것이라는 확신이 들지 않는 한 절대 곁을 내주지 않는다. 오랜 시간을 투자해 가까워지든지 천적이 아니라는 점을 알게 해줘야 한다.

고라니는 들과 산에서 흔하게 만날 수 있는 동물이지만 촬영하기에는 겁 많고 예민하기 그지없는 동물이다. 고라니 다큐멘터리를 제작했을 때의 일이다. 처음에는 예의 방식대로 고라니가 자주 나타나는 곳 주변에 텐트를 치고 잠복해 기다리는 방법을 선택했다. 촬영을 준비하면서 카메라에 잘 찍히도록 고라니가 다니는 길목의 갈대 몇 개를 제거했다. 얼마 후 조심스럽게 모습을 드러낸 고라니는 풀을 뜯을 생각은 안 하고 킁킁거리기만 했다. 처음에는 '왜 저러나?' 했는데, 나중에 사태를 파악해보니 제작진이 고라니의 길목에 남긴 냄새를 맡는 행동이었다. 고라니는 후각이 발달한 동물이다. 경쟁자나 천적의 냄새를 미리 알아차려야 위험을 회피할 수 있기 때문이다. 인간은 정착 생활을 하면서 대체 수단이 많이 생겨서 후각의 필요성이 줄어들었다. 하지만 고라니와 같은 포유동물은 살아남기 위해 후각을 발달시켰고, 그 후각은 다른 어떤 기관보다 더 강력한 생존 수단이다. 이러한 사실을 망각하고 고라니가 흔하다는 이유로 너무 안일하게 접근한 스스로를 탓할 수밖에 없었다.

고라니의 습성을 확인한 다음, 촬영을 위해 새로운 방식을 선택했다. 텐트 안에서 고라니를 기다리지 않고 고라니가 있는 곳으로 직접 찾아가기로 한 것이다. 그것도 어둠이 찾아든 야간에⋯. 우선, 카메라를 장착할 수 있게 차량 지붕을 개조하고 야간촬영을 위한 휴대용 조명도 갖췄다. 당연히 고라니는 빛에 민감하다. 그러나 그 빛에 적응시키면 촬영팀의 존재를 노출하지 않고 촬영할 수 있다. 카메라를 거치한 상태에서 안정적으로 이동해야 해서 내가 직접 운전대를 잡았다. 고라니가 놀라지 않게 접근하는 운전 실력이 필요했다. 여러 번의 시행착오 끝에 고라니를 놀라게 하지 않는 방법을 터득했다(별것이 아니지만 이 기술은 영업비밀이다).

예술적으로(?) 운전해서 차를 고라니 가까이에 붙이니 상황이 바뀌었다. 처음엔 도망가기 바쁘던 고라니들이 도망가지 않고 제작팀을 멀뚱멀뚱 쳐다보기만 하다가 하던 행동을 이어갔다. 제작진이 안정적으로 비추는 조명에도 전혀 자극받지 않았다. 처음에만 '이게 뭐야?' 하듯 고개를 들어 긴장했을 뿐이다. 고라니들은 차츰 경계를 풀었고 고라니와 제작팀의 거리는 그만큼 좁혀졌다. 제작진의 조심스러운 접근에 고라니도 우리를 천적이 아니라고 인

촬영을 눈치 채지 못한 고라니

지하는 듯했다. 고라니의 세상으로 들어가는 걸 허락받은 느낌이었다. 한번은 고라니가 차량에 너무 가까이 접근하는 바람에 촬영할 수 없는 상황이 벌어지기도 했다(망원렌즈는 초점거리가 있다). 적어도 우리와 고라니 사이에 거리는 없었다. 이 모든 건 고라니가 낯선 우리에게 적응할 시간을 줬기에 가능한 일이었다. 이러한 상호 적응을 활용해서 한밤중에도 고라니의 자연스러운 생활 장면을 영상에 담을 수 있었다.

인간의 뇌는 익숙한 것에 편안함을 느낀다. 그러나 인간은 그 익숙함에만 머물 수 없다. 끊임없이 낯선 것과 마주하며 살아간다. 어떻게 보면 낯선 것은 삶의 변화를 만드는 힘이다. 시간을 내 여행을 하는 이유도 낯섦을 통해 삶의 에너지를 얻기 위해서다. 낯선 것에 일정 정도 적응하고 나면 다시 익숙함과 편안함을 느낀다. 삶은 이렇게 낯선 것과 익숙한 것의 순환으로 이루어진다.

제대로 적응하기 위해서는 낯선 것을 아는 것에서부터 시작해야 한다. 알게 되면 어느 순간 낯섦은 사라지고 상대를 인정하게 된다. 사람과 사람, 사람과 동물 등 모든 사이가 그러하다. 상호 적응은 관계 발전의 출발점이다. 느긋하게 서로 적응하다 보면 언젠가는 야생과도 친구가 될 수 있을 것이다.

03

기다림

서두른다고
꽃이 피지 않는다

야생은 정해진 시간표를 착실히 따른다

잘 익은 열매를 따고자 한다면 그 전에 적절한 노력이 필요하다. 하지만 그 열매를 따기까지의 과정에 충실하지 않고 열매 자체에만 집착하는 경우가 더러 있다. 이 경우, 대개는 잘 익은 열매를 따는 데 실패한다.

자연 다큐멘터리 제작에 있어서 가장 중요한 촬영 항목은 새와 포유류의 교미와 부화(출산), 식물의 개화 그리고 곤충의 날개펴기(우화羽化)이다. 이는 해당 생물의 생태를 보여주는 전부는 아닐지라도 핵심적인 장면이다. 처음 자연 다큐 제작에 임하는 PD들은 이러한 결정적인 장면을 촬영하는 과정에서 심한 스트레스를 받는다. 그 생물의 생태적 특성을 제대로 파악하지 못한 상태로 시작했기 때문이다. 다들 비슷해 보이지만 종마다 고유의 생태 사이클이 있다. 같은 종이라도 사이클은 개체마다 조금씩 다르다. 이 때문에 경험이 없거나 준비가 부족한 PD는 시행착오를 무수히 겪는다.

"이거 뭡니까? 오늘도 안 피네요. 뭔가 문제가 있는 거 아닐까요?"

현장에서 흔히 보이는 장면이다. 기다림에 지친 촬영감독과 결과를 얻어야 하는 PD는 팽팽한 줄다리기를 한다. 이 순간, PD는 오만가지 생각이 다 든다. 그만 포기하고 싶은 생각과 촬영하지 못했을 경우 이야기 구성에 미칠 파장에 대한 두려움이 교차한다. 이러고 싶기도 하고 저러고 싶기도 하다. 내가 왜 PD가 돼서 이 고생을 하는지….그래도 결론은 하나다.

"조금만 더 기다려봅시다."

알다시피 매화는 한겨울에도 꽃망울을 터트린다. 그래서 '설중화'라는 별칭을 얻었고 고고한 삶의 표상으로 여겨진다. 2023년 1월 초에 이원규 시인이 사는 광양에 갔다. 이곳은 매화로 유명한 지역이다. 추운 날씨에도 불구하고 곳곳에 매화꽃이 피어 있었다. 어떻게 알았는지 동박새들이 모여들어 매화의 꿀을 빠느라 바쁘다. 매화는 다른 꽃과 달리 추위에 강하다. 따스한 기운이 계속되면 꽃을 피우고 추워지면 잠시 쉬었다가 다시 피곤 한다. 이처럼 매화는 다른 나무에 비해 먼저 꽃을 피워 열매를 맺는 방식으로 진화했다.

2월의 폭설에 눈을 뚫고 노란 고개를 내미는 녀석도 있다. 여러해살이풀인 복수초다. 이처럼 빨리 피는 꽃은 사진 애호가들의 시선을 사로잡는다. 그 매력적인 자태는 방송과 신문에도 자주 모습을 비춘다. 다른 꽃과 다르기 때문이다. 노란색 복수초꽃이 하얀 눈에 둘러싸여 피어 있는 모습은 그 자체로 야생의 아름다움을 물씬 뽐낸다. 눈이 쌓였다가 녹으면서 노란 복수초꽃이 모습을 드

한겨울에도 꽃을 피우며 봄을 알리는 복수초

러내는 미속촬영 영상은 봄을 알리는 상징적인 장면이다.

매화꽃과 복수초꽃에 이어 산수유꽃, 개나리꽃, 살구꽃, 벚꽃 등이 약속이나 한 듯 줄을 서서 그 뒤를 따른다. 이러한 순서는 매년 똑같다. 기껏해야 해마다 약 일주일 빨랐다 늦었다를 반복할 뿐이다. 새치기는 절대 없다. 꽃 피는 순서는 불문율처럼 반드시 지켜진다.

그렇다면 왜 개화 시기가 매년 같을까? 식물이 일정한 시기에 꽃을 피우는 건 식물의 유전정보가 계절에 맞게 작동하도록 설계되어 있기 때문이다. 이 유전정보가 바뀌지 않는 한 매년 정해진 순서대로 피고 진다.

그런데 유전정보에 영향을 미치는 특별한 요인이 있다. 한겨울에 시냇가 버들가지를 하나 꺾어 물이 든 병에 꽂아 따뜻한 방 안에 두면 어떻게 될까? 물론 너무 더우면 꽃이 피다가 말라비틀어질 염려가 있으니 너무 건조하지 않도록 유지하는 건 필수다. 그 버들강아지는 조금만 지나면 금방 앙증맞은 꽃을 피운다. 물가에 있는 버들강아지가 꽃을 피우려면 아직 한참 남았는데도 말이다. 실내에 있는 버드나무와 물가에 있는 버드나무의 개화 시기를 달리 만드는 건 기온, 더 정확하게 말하면 열이다.

식물이 꽃을 피우는 데 가장 필요한 요소가 바로 열이다. 겨우내 태양의 빛을 받으면 그 빛은 열로 바뀌어 식물에 전달된다. 식물마다 개화에 필요한 열량이 정해져 있다. 그 열량을 다 받으면 식물은 꽃을 피운다. 자연계보다 더 많은 열을 인위적으로 전달하면 더 빨리 꽃을 피울 것이다. 매년 개화 시기가 조금씩 차이 나는 것도 기온 변화에 따라 전달되는 열의 양이 달라졌기 때문이다. 벚꽃 개화 시기를 맞추는 게 신의 영역이라는 건 바로 이런 의미이다. 갑자기 추워지거나 더워지면 개화일은 빨라지거나 늦어진다. 일주일 이상 차이가 나기도 한다. 서울 기준으로 2023년에는 3월 말에 벚꽃이 개화했으나 2001년에는 4월 12일에 만개했다. 이쯤 되면 벚꽃의 개화에 맞춰 축제를 펼치려는 지자체는 골머리를 앓을 수밖에 없다. 갑자기 기온이 높아지면 며칠 사이에 꽃이 피기도 한다. 여러 날에 걸쳐 받아야 할 열에너지를 한 번에 받아서 꽃이 더 빨리 핀다. 반대로 갑자기 꽃샘추위가 닥치면 개화일이 일주일

가량 늦어지기도 한다. 이처럼 야생의 세계는 변화무쌍하다.

지구상의 생명은 대부분 태양계의 작동 원리에 따라 살아간다. 태양의 빛과 열은 생명의 필수 요소다. 1년 365일 동안 지구가 태양을 공전하는 원리에 따라 사계절이 만들어졌다. 지구의 자전축 기울기 23.5도가 만들어낸 마법이다. 그 마법의 핵심에 열이 있다. 열을 어느 정도 받느냐에 따라 꽃피는 시기가 결정된다. 만약 기후변화로 인해 이러한 순환에 문제가 생긴다면 생명은 대혼란을 겪을 것이다. 개화 시기가 달라지면 열매를 맺는 시기도 달라진다. 그러면 식량 생산 시스템에도 예측할 수 없는 변화가 초래될 터이다.

지구의 순환에 문제가 없다면 같은 식물은 비슷한 시기에 꽃을 피운다. 그 꽃을 만나려면 그 결정적 시기까지 기다려야 한다. 예정된 시기에 만반의 준비를 하고 진득하게 기다려야 한다. 급하게 서두른다고 미래의 시간이 현실이 되지는 않는다. 아직 일어나지 않은, 하지만 곧 일어날 일에 대한 믿음을 가지고 기다려야 한다. 그래야만 원하는 결과를 얻을 수 있다. 야생은 정해진 시간표를 충실히 따르는 착한 모범생이다.

날개를 펼치는 황홀한 시간을 위하여

식물의 개화 시기가 정해져 있듯, 곤충은 유충(약충)에서 성충으로 탈바꿈하는 시간표가 정해져 있다. 완전변태를 하는 곤충은 알, 유충, 번데기, 성체 등의 과정을 거치고, 불완전변태를 하는 곤충은 알과 약충의 단계를 거쳐 성체가 된다. 완전변태와 불완전 변태의 차이는 번데기 과정을 거치느냐 안 거치느냐에 있다. 매미 는 약충*nimph*으로 지내다가 성체로 탈바꿈한다. 반면, 나비는 애벌 레*larva*(유충)가 번데기가 된 다음에 성체로 우화한다. 나비처럼 완 전변태를 하는 곤충이 날개를 펴 어른 나비가 되는 모습은 생명의 경이 그 자체다.

완전변태를 하는 나비의 애벌레와 성체는 생김새가 완전히 다를 뿐만 아니라 먹이도 서로 다르다. 애벌레가 먹는 식초(먹는 풀) 는 종마다 정해져 있어서 살아가는 데 있어서 아주 중요하다. 잠자 리는 약충 단계를 대부분 물속에서 보내고, 한여름이면 세차게 울 어대는 매미는 땅속에서 약 7년을(참매미의 경우) 보낸다. 이 작은 생 명체들이 각기 다른 방식으로 살아가는 모습은 생명의 다양성을 보여주며, 이는 우리가 이들을 지켜야 하는 이유이기도 하다.

나는 나비와 매미 등 곤충의 날개펴기를 여러 차례 관찰하고 촬영했다. 번데기에서 허물을 벗고 나오는 나비의 모습은 언제 봐 도 새롭다. 특히 압축돼 있던 날개가 호르몬 분비를 통해 펼쳐지며 성체의 모습으로 바뀌는 과정을 보면, 자연의 대단한 설계도를 엿 본 기분이다. 그런데 나비의 번데기가 허물을 벗기 위해서는 정해 진 시간이 필요하다. 종마다 조금씩 차이가 있지만 그 황홀한 자태 를 보려면 그 시간까지 꾹 참고 기다려야 한다. 번데기의 발생 속 도와 성체 나비가 출현하는 시간은 외부 온도에 크게 영향을 받는다. 연구에 따르면, 온도가 1도 상승할 때마다 번데기 기간이 약 0.5일 단축되는 것으로 나타났다. 반대로 기온이 낮아지면 번데기의 발생 속도가 현저히 줄어든다.

한번은 3월 초쯤 사마귀 알집이 붙은 쑥대를 집에 가져온 적이 있다. 아이들에게 곤충의 신비를 직접 보여주기 위해서였다. 며칠 후, 퇴근하기 전에 아내로부터 연락이 왔다. 집 안에 난리가 났다는 것이었다. 퇴근해서 보니 어린 사마귀가 거실 곳곳을 기어다니고 있었다. 왜 이러한 일이 일어났을까? 핵심은 열이었다. 거실 온도는 23도 전후로, 사마귀 집 속의 어린 사마귀들에게 '빨리빨리'라는 신호가 전해진 것이었다. 외부 기온에 맞춰 호르몬 진행이 빨라졌고, 평소보다 한 달 이상 부화가 빨랐다. 이렇게 야생의 곤충은 기온에 민감하게 반응하며 살아간다. 새끼 사마귀는 모두 주워서 통에 모은 다음, 인근 숲에 풀어주었다. 아무쪼록 잘 살아남았기를 바란다.

자연계의 질서가 단순할 것 같지만 실제로는 다양한 변수에 의해 조절된다. 우리나라처럼 여름에 장마라는 특수한 기간이 있는 곳에서는 여기에 적응하는 것이 큰일이다. 6월 중순에서 7월 중순까지 이어지는 긴 장마 기간에 번식하는 종은 이 시기를 잘 견뎌야 살아남을 수 있다. 장마를 중심에 놓고 본 한반도의 야생은 필사적이었다. 그런 관점으로 제작한 다큐멘터리가 〈비와 생명〉(2013년)이다. 뒤늦게 번식에 나선 쇠제비갈매기 무리는 장마 때문에 집단 번식지가 물에 잠기고 말았다. 쇠제비갈매기는 둥지를 지키기 위해 사투를 벌였다. 호수의 뿔논병아리는 둥지가 비바람에 휩쓸려 물가로 떠밀린 상황에서도 자신의 임무를 완수했다.

하지만 모든 동물이 비를 두려워하는 건 아니다. 비가 오는 날을 학수고대하는 종도 있다. 맹꽁이는 비가 충분히 내려 웅덩이에 물이 고여야 '맹~꽁~' 하며 장단 맞춰 노래를 부른다. 짝을 찾기 위한 세레나데다. 맹꽁이는 이 한순간을 위해 꼬박 1년을 기다렸다. 서둘러 짝을 정해 포접한다. 이 시기 맹꽁이의 알은 기온이 높아 부화가 빠르다. 젤 속에 감싸져 있는 검은색 알은 하루만 지나도 세포분열을 거듭해 알의 형태를 벗어버린다. 올챙이의 성장 속도도 무척 빠르다. 폭염이 웅덩이의 물을 증발시키기 전에 올챙이 단계를 벗어나야 하기 때문이다.

맹꽁이 외에도 비를 기다리는 녀석이 또 있다. 바로 한여름의 노래패 매미다. 매미의 애벌레는 수년 동안 땅속에서 생활하다가 세상 밖으로 나온다. 날이 어둑어둑해지면 나무나 풀대에 올라 껍데기를 벗고 날개를 폄으로써 염원하던 노래패의 일원이 된다. 영롱한 연둣빛 날개를 펴면 성체의 모습이 갖춰진다. 그렇다고 바로 날 수는 없다. 밤새 날개를 말려야 한다. 생애 첫 비행을 하기 전에 반드시 중요한 단계를 하나 더 거친다. 바로 몸속에 축적된 체액을 배출하는 것이다. 날기 위해 몸을 가볍게 하려는 행동으로 추정된다. 성체 매미도 노래를 마치고 날기 전에 체액을 배출한다. 이 체액은 포유동물로 치자면 일종의 오줌이다. 촬영하다가 여러 번 매미의 오줌을 맞았다. 휴식을 취하던 새도 대부분 배설한 후에 난다. 날아서 이동하는 특성상 비행을 수월하게 하기 위함이다.

그런데 매미 약충이 뚫고 나올 흙이 단단하면 어떻게 될까? 아무래도 어려움을 겪을 수밖에 없다. 그래서 매미는 특정 시기를 기다려 세상 밖으로 나온다. 바로 장마 끝 무렵이다. 한 달간 이어진 비는 땅을 물렁물렁하게 만든다. 매미 약충이 흙을 파고 올라오기에 제격의 상태가 된다. 서울 기준으로 말매미가 처음으로 시끄러운 울음소리를 내는 시기는 보통 7월 초에서 7월 10일 사이다. 이 무렵에 여의도 벚나무 아래를 유심히 둘러보면 숭숭 난 구슬만한 구멍을 볼 수 있다. 매미가 새로운 세상으로 나온 여정의 흔적이다. 장마가 길어지면 매미가 날개를 말리는 데 어려움을 겪고, 비가 오지 않으면 땅을 뚫고 나오기가 쉽지 않다. 이래서 야생에서 살아간다는 건 녹록하지 않다. 이 또한 지구상에서 살아가는 생명이 감수해야 할 한 부분이다.

개화나 날개펴기와 마찬가지로 새의 번식도 긴 기다림을 요구한다. 부모 새가 품던 알이 깨어지고 새끼가 나오는 시간은 정해져 있다. 사전에 부화(알깨기)에 소요되는 일수를 알고 있다고 해도 처음부터 관찰하지 않았다면 정확한 날짜를 가늠하기는 어렵다. 그래서 '그날'을 기다리고 또 기다려야 한다. 둥지를 방문해도 되는 조건이라면 새끼의 울음소리가 나는지 그 여부를 살피면 유용한 정보를 얻을 수 있다. 이 경우 절대 하지 말아야 할 행동이 있다. 알을 흔들어보는 것이다. 발생 초기라면 알에 심각한 문제를 일으킬 수 있기 때문이다. 어떤 알은 거의 동시에 부화하고, 어떤

참매미 약충이 땅에서 나온 후 우화하는 과정

알은 시차를 두고 매일 한 개씩 부화한다. 전자는 새끼가 부화 후 몸이 마르면 둥지를 떠나는 조류(조성성)이고, 후자는 새끼가 둥지 떠나는 시기가 늦은 조류(만성성)이다.

둥지 주변의 온도에 따라 부화 날짜는 달라질 수 있다. 또한 천적이 활동하거나 간섭이 있으면 어미가 둥지를 비우는 시간이 늘어나 부화에 걸리는 시간이 그만큼 늘어난다. 반대로 외부 기온이 평소보다 과도하게 높으면 부화 날이 예상보다 빨라진다. 어미의 체온 전달이 얼마나 되었느냐에 따라 부화 날짜가 정해지는 것이다.

가끔은 당황스러운 일도 있다. 한번은 꼬마물떼새 둥지를 촬영하는데 부화 날이 훨씬 지났는데도 그럴 기미가 보이지 않았다. 일주일 이상 차이가 나면 뭔가 문제가 있다는 뜻이다. 부모 새가 더 이상 알을 안 품어서 둥지를 방문했더니 냄새가 진동했다. 안타깝게도 알은 썩어 있었다. 이런 경우는 야생에서 흔치 않다. 수정이 되지 않은 상태에서 산란하고 알을 품는 바람에 부화에 실패한 것으로 추정되었다. 탄생의 순간을 맞이하기 위해 몇 날 며칠을 기다렸는데 이런 결과를 마주하면 힘이 쫙 빠진다.

모든 기다림이 달콤한 결과를 낳지는 않는다. 있는 힘을 다해도 가끔은 맥없는 결과를 마주할 때도 많다. 그렇다고 기다리지 않으면 그 황홀한 순간은 얻을 수 없다. 알을 깨고 새생명이 세상을 마주하는 순간, 애벌레의 시간을 인내하고 드디어 날개를 펼치는 순간, 언제 졌냐는 듯이 꽃이 다시 피어나는 순간을 말이다. 지금까지 그랬듯이 앞으로도 야생에 나가면 생명이 날개를 펼치는 신비를 담아내기 위해 기다리고 또 기다릴 것이다. 그 순간 나의 날개도 활짝 펴질 것을 알기에.

결정적 찰나를 위해 에너지를 응축하고

맹금류 촬영의 백미는 사냥이다. 매, 수리부엉이, 참매 등 맹금류는 생존을 위해 사냥한다. 아무리 손쉬운 먹잇감을 발견했다고 해도 함부로 덤비지 않는다. 공격을 위한 결정적 순간을 기다린다. 한번 공격해서 실패하면 또 다른 사냥을 위해 시간과 에너지를 투자해야 하기 때문이다. 그래서 목표물이 무방비 상태에서 안심하고 자기 일에 몰두하는 바로 그 순간 덮친다.

숲속의 지존 참매는 겨울철이면 개활지로 자주 나와 하천에 서식하는 오리류를 노린다. 가끔은 논이나 밭에서 먹이를 줍고 있는 민가의 닭을 습격하기도 한다. 참매는 매처럼 아주 빠른 사냥꾼은 아니다. 오히려 나무 사이를 요리조리 다니면서 기습하는 스타일이다. 집 주변 안양천에서 참매의 사냥을 지켜본 적이 있는데, 해 질 녘 참매는 벚나무에 앉아서 안양천에서 노니는 오리를 노리고 있다. 최고의 포식자 참매는 꼼짝하지 않고 결정적인 순간이 오기를 기다린다. 쇠오리 여러 마리가 뭉쳐 먹이를 찾고 있다. 아직은 사냥할 때가 아니다. 사냥꾼은 잠시 긴장을 풀고 시선을 다른데로 돌린다. 아무 일도 없는 것처럼 깃털을 다듬으며 딴청을 부린다. 하지만 온 관심은 쇠오리에게 꽂혀 있다. 그 순간 무리에서 이탈해 혼자 먹이를 찾는 녀석이 보인다. 참매는 다시 시선을 집중하고 그 쇠오리의 일거수일투족을 노린다.

쇠오리까지의 거리는 약 80미터⋯. 기다린 지 10분 정도 흘렀다. 참매는 나뭇가지를 잡은 발톱에 힘을 준다. 내리꽂기 위한 마지막 단계다. 공격 개시 1초 전, 돌발상황이 발생했다. 사람들의 웅성거림이 들린다. 조깅 동호회가 소리를 내며 지나가는 참이다. 참매는 온몸의 긴장을 풀고 날개를 가다듬는다. 그러고 다시 5분여가 흘렀다. 일순간 참매의 눈매에 긴장감이 돈다. 쇠오리 한 마리는 여전히 혼자서 먹이를 찾고 있다. 이 순간이다. 참매는 주저없이 출발한다. 낌새를 전혀 알아차리지 못한 쇠오리는 날개를 퍼덕여보지만 참매는 그럴수록 발톱을 더욱 꽉 죈다.

참매는 사냥한 쇠오리를 하천가 둔덕으로 옮긴다. 몸부림치는 쇠오리의 움직임을 차단하기 위해 날카로운 부리로 멱을 딴다. 쇠오리는 마지막 숨을 몰아쉬고, 날개의 힘이 사그라진다. 참매는 죽은 쇠오리를 꽉 잡고 원래 있던 곳으로 되돌아온다. 다만 이번에는 나무 위가 아니라 나무 아래다. 해거름 무렵이라 인적은 드물었다. 내가 바로 앞 1.5미터까지 접근하는데도 신경 쓰지 않았다. 참매는 기다림의 힘으로 결정적인 순간을 포착했고 오늘도 끼니를 해결했다. 새는 일용 노동자와 같아서 매일매일 사냥해서 살아간다.

사냥꾼의 눈빛에 초조함이 묻어 있으면 실패다. 공격할 때 힘

높은 나무에 둥지를 튼 참매

이 들어가면 마지막 포획의 순간이 어긋날 수 있다. 먹잇감의 저항 때문에 사냥하다가 날개라도 다치면 생존에 치명적일 수 있다. 공격 목표를 세우고 치밀한 전략과 전술을 가지고 기다린다. 결정적인 순간까지의 기다림은 그저 시간 허비가 아니다. 에너지가 응축되어 오히려 시간이 효율적으로 사용된다. 사냥감이 한눈팔고 다른 곳에 몰두하고 있을 때가 바로 그 결정적인 순간이다! 이때는 누구라도 발톱을 벗어나기 힘들다.

기다림으로 만남과 성장이 이루어진다

야생의 기록자는 다큐의 완성을 위해 피사체와 함께 결정적 그 순간을 기다린다. 성질 급한 사람은 자연 다큐를 제작하면 안 된다는 말이 있다. 자연의 시계에 맞춰 기다릴 줄 알아야 그 기록의 과실을 맛볼 수 있다는 의미다. 그렇다고 아무 때나 아무 곳에서 기다릴 순 없는 노릇이다. 이는 자연 다큐 제작에서 아주 중요한 부분이다.

앞서 얘기한 바와 같이 곤충이 날개펴기를 하기까지는 일정한 시간이 필요하다. 성장을 위한 각 단계가 정교하게 설계돼 있기 때문이다. 이러한 사실을 받아들여야 자연의 기록자가 될 수 있다. 그런데 이러한 사실을 모르고 무작정 기다릴 때가 내게도 있었다. 자연 다큐 제작 초기에 의욕만 가지고 접근했던 때다. 다른 분야의 다큐를 제작하다가 자연 다큐로 넘어오는 초보 PD가 흔히 겪는 시행착오다.

파랑새 둥지를 촬영한 적이 있다. 파랑새는 번식을 마친 까치의 둥지나 까막딱따구리의 묵은 나무 둥지를 이용해 둥지를 튼다. 특히 5월이 되면 둥지를 차지하기 위한 치열한 싸움이 펼쳐진다.

"때그댁~ 땍땍땍~."

번식지에 도착한 파랑새는 자기들끼리 싸우고 또 싸운다. 한동안은 예정 번식지 주변이 시끄러울 정도다. 좋은 둥지를 차지해야만 번식에 성공할 수 있기 때문이다. 나는 파랑새가 산란한 둥지 안에 소형카메라를 설치하고 텐트 안에서 기다렸다. 파랑새 어미는 알을 품기 위해서 둥지로 들어가야 한다. 그런데 낯선 카메라가 있다. 그러니 함부로 둥지에 들어갈 수 없다. 둥지 입구에 앉았다가도 의심이 드는지 날아가기를 반복한다. 보통은 한두 시간 지나면 둥지에 들어오기 마련인데 이 새는 도통 의심을 풀지 않는다.

'왜 이 녀석은 몇 시간째 주변에서 기웃거리고만 있지?'

이쯤 되면 제작진은 고민에 빠진다. 속이 새까맣게 타들어간다. 촬영감독도 초조하기는 매한가지다.

"선배님. 카메라를 철수해야 하는 거 아닌가요? 벌써 세 시간이 흘렀어요."

"암컷과 수컷이 주변을 배회하고 있으니 조금만 더 기다려봅시다."

파랑새 부부는 둥지의 알을 지킬 것인가? 아니면 포기할 것인가? 두 가지 선택지를 두고 갈등했을 것이다. 제작진도 마찬가지

여서 가시방석에 앉은 기분이다. 파랑새가 둥지에 들어오지 않으면 난감한 상황이 펼쳐진다. 그 심정이 어떠할지는 현장에 있어본 사람만이 안다. 시간은 자꾸 흐른다. 그만큼 입도 바싹 마른다. 한계에 다다라, 힘들게 말문을 열었다.

"10분만 더 기다려보고 그래도….."

잠시 후, 하늘에서 '때그댁~땍땍땍~' 소리가 울려 퍼졌다. 암수가 함께 공중 곡예비행을 했다. 일순간 철수하려는 자세를 멈췄다. 주변에 파랑새가 있다면 장비 철수 자체도 문제가 될 수 있다. 가만히 모니터를 응시했다. 둥지 입구에 날아드는 파랑새가 보였다.

'제발~, 제발 들어와라.'

약 네 시간의 기다림이 헛수고로 끝나느냐 아니면 결실을 거두느냐가 결정되는 순간이다. 모두가 숨죽이고 파랑새만 뚫어져라 쳐다보는데 갑자기 화면이 어두워지더니 어미의 몸체가 둥지 앞으로 쑥 들어왔다. 몇 초 후 막혔던 둥지 입구가 다시 훤해지고 파랑새의 주황색 부리와 청록색의 깃털이 선명하게 드러났다. 녀석은 오랫동안 비웠던 알 상태를 부리로 점검한 후 네 개의 하얀 알을 정성껏 품었다.

비록 모니터 화면이지만 파랑새를 이렇게 가까이서 본 건 처음이었다. 심장이 멎을 것만 같았다. 이럴 때일수록 침착해야 한다. 녹화기 화면에 붉은색 녹화 표시가 있는지 먼저 확인했다. 기다리다가 너무 흥분한 나머지 녹화 버튼을 누르지 않는 실수를 범

곤충을 사냥한 파랑새

할 때가 가끔 있기 때문이다. 모든 것이 제대로 작동하고 있다. 오랜 시간 가슴을 졸이며 기다린 보람이 있었다. 긴장된 가슴을 쓸어내리며 촬영감독과 손뼉을 마주쳤다. 이런 기쁨의 표시는 나도 모르게 저절로 나오는 행동이다. 파랑새 둥지 하나 촬영한 걸 가지고 뭘 그렇게 호들갑을 떠느냐고 할 수도 있지만 당시에는 아주 대단한 성과였다. 둥지 촬영 성공 여부가 내게는 세상의 전부이던 시절이었다. 자연 다큐를 제작한 지 6년째 되는 해의 일이다.

누군가를 기다리려면 마음속에 간절함이 있어야 한다. 비바람이 몰아칠 때도 반드시 만날 수 있다는 간절함이 있다면 무엇이든 이룰 수 있다. 새가 둥지에 다시 돌아오는 건 품어야 하는 알이

나 새끼가 있기 때문이다. 여름 철새가 어김없이 매년 한반도로 날아오는 건 후대를 잇는다는 위대한 임무를 완수하기 위해서다. 부모 새는 허기를 채우기 위해 잠시 둥지를 비울 때도 다시 둥지로 돌아오는 걸 잊지 않는다. 두꺼운 알껍데기 속에서 세상으로 나오기 위해 몸부림치는 태어나지 않은 생명이 있기 때문이다. 미완성의 생명은 어미 새의 품에서 온기를 받아야 발달을 이어갈 수 있다. 어린 새끼들도 부모 새가 벌레를 구하러 나가서 금방 돌아오지 않더라도 끝까지 기다린다. 본능적으로 부모 새가 반드시 돌아올 것이라 믿기 때문이다. 매일 이어지는 기다림을 통해 만남과 성장이 이루어진다.

자연 다큐멘터리를 만들 때도 다루고자 하는 동물을 만나려면 기다려야 한다. 기다림은 제작자가 갖춰야 할 가장 기본적인 덕목이다. 기다림에는 언젠가 나타나리라는 믿음과 만나고 싶다는 간절함이 필요하다. 여러 가지 이유로 기다림에 지치면 만남을 포기하고 싶은 생각이 몰려올 때가 있다. 이 위기의 순간에 기다림을 이어갈 수 있는 원동력이 바로 간절함이다. 간절함이 있어야 포기하고 싶은 온갖 유혹을 물리칠 수 있다. 또 만나고 싶은 간절함이 강하면 '끌어당김의 법칙'이 상대를 눈앞에 데려다준다.

요사이 나는 동물을 무작정 기다리지 않는다. 만나고 싶은 동물의 특성과 번식 시기 등을 종합적으로 고려해 기다린다. 촬영하고 싶은 동물과의 거리를 서서히 좁혀간다. 그들에게 방해가 되지 않는 적정한 선을 찾으려고 노력한다. 또한 그 만남을 통해 지금까지 알지 못했던 행동양식을 조금이라도 더 이해하려고 한다. 자그마한 쇠박새의 재잘거림에도 다양한 의미가 포함돼 있다. 암수 간 신호를 주고받는 건지, 새끼에게 위험신호를 보내는 건지, '여긴 내 땅이야!' 외치는 건지 상황에 따라 다르다. 그 다름을 이해하기 위해서 그들을 만난다. 그전에는 몰랐던 것을 느긋한 기다림을 통해 알게 되면 흐뭇해지고 조금 더 야생에 가까이 다가선 느낌을 받는다. 아직도 우리 곁에서 살아가는 야생동물에 대해 아는 게 너무 적다. 그래서 오늘도 야생 속으로 달려가고 싶은 마음이 용솟음친다.

04

끈기

포기하지 않으려면
용기가 필요하다

열세 번이라도 다시 도전해서

야생동물을 촬영하다 보면 수많은 갈등을 겪는다. 대상 동물을 기다려도 나타나지 않을 때 그리고 원하는 행동을 포착하지 못하고 있을 때 '어떻게 해야 하는가?'를 늘 고민한다. 원하는 결과를 얻기 위해서라면 포기하지 않고 노력하는 자세가 중요하다. 세상에 거저 얻어지는 것은 없기 때문이다. 제작 현장에서 겪은 세 가지 사례를 통해 얼마나 끈기가 필요한지를 이야기해보려 한다.

그 첫 번째는 왕소똥구리를 촬영했을 때의 일이다. 어릴 적 시골에서 본 소똥구리가 소똥 경단을 굴리던 모습은 아직도 생생히 기억난다. 70년대 초까지만 해도 집마다 소를 키우던 시절이라 널린 게 소똥이고 소똥구리였다. 소똥 경단을 굴리는 소똥구리의 모습은 너무나 흔해서 호기심 많은 어린아이나 시선을 줄 뿐 아무도 관심이 없었다. 그저 예부터 보이던 별난 벌레에 지나지 않았다.

그렇게 시골 풍경의 한 조각을 수놓던 소똥구리는 부지불식간에 우리 곁을 떠나갔다. 70년대 이후 지금까지 소똥구리에 대한 공식 관찰기록은 없는 실정이다. 무분별하게 농약을 치고 소에게 인공사료를 먹인 탓이다. 그런데 최근 소똥구리에게 작은 희망이 생겼다. 국립생태원 종복원센터에서는 우리나라와 똑같은 소똥구리를 몽골에서 도입한 다음 증식해왔는데, 드디어 지난 2023년 9월 신두리 초지에 방사한 것이다. 소 다섯 마리를 방목해서 오염되지 않은 자연 소똥을 공급하고 있다고 한다. 과연 소똥구리는 신두리 초지에서 잘 살 수 있을까? 반면, 소똥구리와 함께 사라진 왕소똥구리는 실제적인 복원 노력조차 없다. 최종적으로 관찰·기록된 때와 장소가 2004년 전남 장흥이었으니 지역적으로 절멸됐다고 단언할 수도 없기 때문이다. 일반적으로 한 지역에서 50년 이상 관찰되지 않아야 지역적 절멸로 규정된다.

왕소똥구리는 내 인생에서 가장 의미 있는 곤충이다. 나는 왕소똥구리가 사라지기 전에 그들의 생태를 기록하기도 했다. 한참 나중의 일이지만 당시 관찰·기록한 내용을 바탕으로 곤충학술지에 논문을 발표하기도 했다.* 당시의 촬영물은 우리나라 야생 왕소똥구리의 생태에 대한 최초이자 마지막 영상기록이다. 국내 곤충학자가 아니라 현장을 누비던 PD에 의해 한 종의 생활사가 처음으로 기록되다니 아이러니한 일이 아닐 수 없다. 24년 전 야생에서 보기도 힘들었던 왕소똥구리를 기록하던 모습을 떠올리면 지금도 입가에 미소가 절로 지어진다.

---

*　신동만·배연재(2015), 신두리 해안사구에 서식하는 멸종위기 왕소똥구리(소똥구리과, 딱정벌레목)의 관찰기록, *Entomological Research Bulletin*, 31(3):155-163.

21세기 첫봄, 나는 충남 태안 신두리 모래언덕에 있었다. 이 곳에 왕소똥구리가 서식하고 있다는 정보를 입수한 터였다. 하지만 이전에는 한 번도 관찰한 적이 없어서 《파브르 곤충기》에서 읽은 일반적인 생태 정보를 바탕으로 접근할 수밖에 없었다. 4월이 되자 초조함이 몰려왔다. 새싹이 돋고 꽃이 피는 등 하나둘 봄기운이 몰려드는데, 어디서부터 어떻게 시작해야 할지 엄두가 나지 않았다. 일단 한 번이라도 녀석을 눈으로 보고 싶었다. 그래서 초지 옆에 있는 모래땅을 관찰하기로 했다. 말이 관찰이지 뒤진다는 말이 맞다. 그 넓은 모래땅에서 왕소똥구리를 찾겠다니! 지금 생각해보면 무모하기 짝이 없었다. 모래사장에서 바늘 찾기 하는 격이었다. 그래도 시도해야 했다. 녀석을 너무나 보고 싶었다. 봄날이 따스해서 그런지 저 멀리서 아지랑이가 피어올랐다. 모래에 작은 흔적이라도 보이면 손으로 파보았다. 하지만 한나절을 뒤졌는데도 녀석은 코빼기도 안 보였다.

'너무 시기가 이른 걸까?'

온갖 생각이 뇌리를 스쳤다.

'이러다가 왕소똥구리를 촬영하지 못하는 건 아닐까?'

머릿속이 복잡한 가운데서도 모래를 파고 또 팠다. 하지만 허탕의 연속이었다. 그만 포기하고 다음 기회에 다시 시도해봐야겠다고 생각했다. 그 순간, 모래 위에 뭔가 지나간 흔적이 눈에 띄었다. 마지막이라는 생각으로 모래를 뒤지는데 손가락에 뭔가 닿는 차가운 느낌! 순간적으로 깜짝 놀랐다. 검은색의 물체, 바로 왕소

똥구리였다. 따뜻한 날씨에 잠시 나왔다가 다시 모래 속으로 들어
간 것 같았다.

'이곳에 네가 있었구나!'

왕소똥구리에 대한 염원으로 무모할 정도로 끝까지 뒤진 보
람이 있었다. 왕소똥구리의 겉모습은 영롱한 검은 빛이었다. 소똥
을 먹고 사는 종이 맞나 싶을 정도로 깨끗했다. 신두리 초지에 왕
소똥구리가 서식하는 걸 확인했으니 이제 촬영할 일만 남았다. 소
똥 앞에서 경단을 굴리는 모습을 볼 수 있기를 기대하면서 녀석과
눈을 맞췄다. 그러고는 다시 모래땅 속에 파묻어주었다. 신이 나
서 초지를 터벅터벅 걷는데 저 멀리서 소를 끌고 나오는 주민이 보
였다. 이제 소를 방목할 참인 듯했다. 이는 왕소똥구리가 본격적
으로 활동할 때가 임박했다는 뜻이기도 했다. 소들이 초지에서 풀
을 뜯고 눌 소똥은 왕소똥구리의 소중한 식량이 될 것이다.

이곳 신두리의 초지는 넓어서(4킬로미터 × 1킬로미터) 주민들이
소를 방목해서 키우기에 안성맞춤이었다. 4월 하순이 되자 방목한
소의 숫자는 더 늘어나 40여 마리는 족히 돼 보였다. 여기저기에
서 소똥 무더기가 생겼다. 왕소똥구리의 존재를 확인한 터라 신선
한 소똥을 죄다 찾아봤다. 역시 그들은 그곳에 나타났다! 왕소똥
구리가 신선한 소똥을 찾을 수 있는 건 뛰어난 후각 덕분이다. 신
두리의 왕소똥구리는 모래땅 속에서 겨울을 나고 따뜻한 봄이 되
어 밖에 나오면 소똥을 얻을 수 있다는 걸 알고 있었다. 언제부터
였는지 잘 모르겠지만 과거 주민들이 소를 방목하고 나서부터 날

소똥을 굴리는 소똥구리

아와 정착한 것으로 추정된다.

겨우 내내 굶주린 왕소똥구리는 머리방패로 소똥 한 덩이를 잘라서 먹기에 바빴다. 어느 정도 허기를 채운 다음에는 소똥 경단을 만들어 굴려 가는 모습도 볼 수 있었다. 물구나무를 서서 소똥 경단을 굴리는 모습은 우스꽝스럽기까지 했다. 한참을 굴리더니 풀 사이에 모래 구덩이를 파기 시작했다. 머리방패를 사용해서 모래를 파는 모습은 사람이 삽질하는 모습의 축소판이었다. 왕소똥구리는 신두리 초지처럼 모래땅 지역을 선호한다. 소똥 경단을 땅속으로 가져가려면 땅을 파야 하는데, 모래땅이 파기가 수월하기 때문이다. 왕소똥구리가 경단을 땅속으로 가져가는 이유는 두 가지다. 하나는 은밀하게 식사하기 위해서고, 다른 하나는 산란하기 위해서다.

　시간이 지나면서 더 많은 왕소똥구리가 관찰됐다. 경단을 둘러싼 싸움도 심심치 않게 벌어졌다. 무임승차를 해서 빼앗으려는 녀석도 있었다. 암컷을 차지하려는 수컷의 경쟁도 치열하게 벌어졌다. 암수 짝이 정해지면 각자 역할을 나누어 대사를 준비한다. 암컷이 경단을 굴리는 동안 수컷은 소똥 경단을 꽉 붙들고 함께 구른다. 수컷이 한량처럼 놀고 있는 것으로 보일 수도 있지만 사실은 다른 수컷 경쟁자를 감시하기 위해서다. 산란용 굴 파기도 암컷의 몫이다. 그사이 수컷은 다른 경쟁자들에게 경단을 빼앗기지 않기 위해 열심히 지킨다. 경단을 가지고 땅속으로 들어가는 장면은 미리 준비한 내시경 카메라를 동원해서 촬영할 수 있었다.

　왕소똥구리의 굴은 10~15센티미터 깊이로, 안으로 들어갈수록 옆으로 휘는 구조다. 암수는 땅속에서 교미한 다음 알을 낳았다. 산란 위치는 서양배 모양의 경단 꼭지 부분이다. 알의 모양이나 색은 잣과 닮았다. 이렇게 알이 부화한 다음 애벌레가 소똥을 먹으며 성장하는 모습과 그 후 번데기가 된 다음 껍질을 벗고 성체로 나오는 모습 등을 처음으로 기록할 수 있었다. 내가 관찰한 바에 따르면, 알에서 성체가 되는 데는 음력 기준 평균 두 달(56일)이 걸렸다. 신두리 초지에서 왕소똥구리들이 소똥 경단을 가지고 펼치는 묘기 대행진(?)을 관찰하는 것만으로도 신났다. 기본적인 생태 외에도 왕소똥구리의 일거수일투족을 영상에 담느라 시간 가는 줄도 몰랐다.

　그런데 왕소똥구리의 중요한 생태를 하나둘 촬영하는 데는 성공했지만 중요한 한 가지를 해결하지 못하고 있었다. 바로 왕소똥구리가 해를 등지고 소똥 경단을 굴리는 모습이다. '경단'과 '해'라는 두 가지 둥근 이미지를 결부시키기 위한 다큐멘터리의 핵심 장면이었다. 이 장면을 촬영하려면 두 가지 조건이 맞아떨어져야 한다. 우선 일몰 때 붉고 둥근 해가 나와야 하고, 두 번째는 그 시각에 왕소똥구리가 경단을 굴려야 한다. 한 가지 우려스러운 점은 왕소똥구리가 서식하는 장소에서 볼 때 해가 떨어지는 방향이 구릉이어서 둥근 해가 담길 가능성이 아주 낮다는 점이었다. 그렇다고 포기할 수는 없었다. 1퍼센트의 가능성이라도 있다면 도전해보는 것이 나의 스타일이고 야생다운 일이다.

　제작팀은 해와 왕소똥구리가 교차하는 장면을 얻기 위해 카메라 위치를 최대한 낮췄다. 그러기 위해 1미터 × 1미터의 땅을 직접 팠다. 신두리 초지는 모래땅이어서 쉽게 팔 수 있을 것으로 생각했는데 직접 삽으로 파보니 영 딴판이었다. 완전 중노동이었다. 두어 시간을 투자한 끝에 카메라를 거치할 공간을 겨우 마련했다.

　다음 날부터 해 질 녘 시간은 오롯이 일몰과 왕소똥구리 영상 촬영에 투자했다. 하지만 호기로운 계획은 처음부터 어긋나기 시작했다. 오후 무렵에 비가 내리는 바람에 허탕이었다. 다음 날은 날씨가 좋아 첫 시도에 나섰지만 둥근 해는 나오지 않았다. 사흘째는 둥근 해가 담기기는 했는데 왕소똥구리가 협조하지 않았다. 계속 어긋나기만 했다. 날씨와 야생의 움직임을 우리 마음대로 할 수 없다는 게 가장 큰 난제였다. 이럴 때는 시간 투자를 많이 하는 것 외에 달리 도리가 없다. 그건 온전히 나와 촬영팀의 몫이었다. 애초 바람과는 달리 촬영 실패 횟수만 쌓여갔다. 나도 촬영감독도 가랑비에 옷 젖듯 서서히 지쳐갔다.

"굴리는 장면하고 일몰 장면을 합성하는 건 어때?"

선배 촬영감독이 농담 삼아 한마디를 툭 던졌다. 실로 엄청나게 큰 유혹이다. 하지만 그건 안 될 일이다. 이 중요한 장면을 합성으로 처리해 다른 성과마저 평가절하되는 상황을 만들고 싶지 않았다. 어떤 식이든 실사 촬영 영상으로 편집하겠다는 마음은 바뀌지 않았다. 나는 단호하게 말했다.

"그건 안 됩니다."

그 후 촬영 시도는 다시 이어졌고 그 횟수는 쌓이고 쌓여 열두 번을 넘기고 말았다. 모종의 결단을 내려야 하는 시점이 다가왔다. 그럴수록 '오늘은 된다, 오늘은 된다'를 되뇌며 자신을 다독였다. 포기하는 순간 몸이야 편해지겠지만 작품의 질이 떨어질 건 명약관화했다. 그날도 해가 기울기 시작할 무렵 장비를 챙겨 현장으로 이동했다. 다행히 옅은 구름이 살짝 끼어서 해의 밝기를 살짝 눌러주었다. 둥근 해가 빨리 나올 가능성이 생긴 것이다. 이제 왕소똥구리가 경단을 제대로 굴려주기만을 학수고대했다.

"제발~ 제발~."

해는 점점 떨어져 카메라 위치와 교차했고, 그 순간 왕소똥구리가 거꾸로 서서 경단을 굴리기 시작했다. 나는 숨을 죽이고 왕소똥구리와 해가 펼쳐내는 만남의 장면을 지켜보았다. 정적이 신두리 초지를 감싸고 흘렀다. 모든 시선이 카메라로 향했다. 마침내 촬영감독이 고개를 들었다.

"한번 볼래?"

그 말의 의미는 금방 알아차릴 수 있었다. 촬영한 영상을 보라고 할 때는 그만큼 자신감이 있을 때다. 모니터 속에서 왕소똥구리가 둥근 해를 등지고 소똥 경단을 부지런히 굴리고 있었다. 현장에서 테이프(당시는 아날로그 베타 테이프를 사용했다)를 여러 번 돌려봤다. 조금 아쉽기는 해도 신두리 초지에서 건질 수 있는 최선의 영상이었다. 신두리 초지에서 일몰 촬영을 시도한 지 열세 번째 되는 날이었다. 서양 사람들은 13일의 금요일을 끔찍한 죽음과 불행의 상징으로 여기지만 제작팀에게 13은 분명 행운의 숫자였다. 끈기를 갖고 도전한다고 해서 모든 바람이 이루어지지는 않는다. 하지만 포기하지 않는 전진이 없다면 남들과 다른 뭔가를 얻을 수 없다.

왕소똥구리의 일몰 영상을 확보한 후 모래언덕에 서식하는 또 다른 종을 기록하기 위한 준비에 들어갔다. 모래땅 곳곳에서 일명 개미귀신이 발견되어서 개미지옥을 만드는 과정과 사냥 모습은 이미 찍어둔 상태였다. 개미귀신은 애명주잠자리의 애벌레이고, 이들이 사냥을 위해 파놓은 함정이 개미지옥이다. 그런데 갑자기 개미지옥이 안 보이기 시작했다. 애명주잠자리로 변신하기 위한 다음 단계로 번데기의 방으로 사용할 고치를 만든 것으로 파악됐다. 애명주잠자리 애벌레가 모래 속에서 고치를 뚫고 나와 날개펴기를 하는 모습을 촬영하면 의미 있을 듯했다. 물론 이는 기획안에 이미 담긴 내용이었다. 문제는 애명주잠자리 애벌레가 모래 속에 만든 고치를 어떻게 찾느냐였다. 며칠을 궁리한 끝에 무식하게(?) 모래를 뒤져보자는 결론을 내렸다.

나와 촬영감독, 촬영보 이렇게 세 명은 다시 무모한 도전에 나섰다. 드넓은 모래 속에 보물이 있고 그걸 찾는 자는 로또를 맞는 거나 다름없다. 지레 불가능하다고 생각하고 시도하지 않으면 세상에 할 수 있는 건 아무것도 없다. 남들이 하지 못하는 걸 이룰 때 그 가치는 배가된다. 비록 불가능해 보일지라도 끈기를 갖고 도전하는 자만이 새로운 발견을 하고 역사를 바꿀 수 있다. 야생동물의 생태 촬영도 이와 다르지 않다는 것이 나의 생각이다.

6월의 신두리 모래땅은 뜨거운 열기를 뿜어냈다. 가만히 있어도 견디기 힘든 기온이었다. 세 사람은 밀짚모자를 눌러쓰고 개미지옥이 관찰됐던 곳을 중심으로 손 써레질을 했다. 모래사장에서 사금을 캐는 게 이런 기분일까? 우리의 도전은 오전 내내 계속됐다. 뜻이 있는 곳에는 언제나 길이 있는 법이다. 그리고 간절히 염원하면 이루어지는 게 세상의 이치다. 우리는 기적적으로 세 개의 보물을 캐는 데 성공했다.

작은 구슬 크기의 애명주잠자리 애벌레 고치는 작은 통에 넣어 승합차 안에 두었다. 보물을 찾은 기념으로 밤에 조촐한 자축연을 하기로 했다. 점심에는 승합차가 만들어낸 그늘에서 라면을 끓여 먹기로 했다. 그간 신두리 초지에서 먹은 그 어떤 점심보다 기대가 됐다. 마음이 기쁘면 음식도 덩달아 맛있지 않은가. 촬영감독은 더위에 지쳤음에도 자신이 라면을 끓이겠다고 나섰다. 제작팀의 호흡이 척척 맞았다. 이런 분위기라면 앞으로 뭐라도 촬영할 수 있을 듯했다. 그런데 호사다마라고 했던가.

"앗!"

긴박한 비명이 신두리 초지에 울려 퍼졌다. 들떠서 라면을 끓이던 촬영감독이 차 안에 잠시 들렀다가 그만 대형 사고를 치고 만 것이다. 영문을 몰라 물어보니 찌그러진 통 안에 든 애명주잠자리 고치를 보여주었다. 그 순간 아무 말도 할 수 없었다. 모래사장에서 찾은 보물은 으깨어져 형체를 알아볼 수 없을 정도였다. 나도 모르게 한숨만 푹 쉬었다. 모든 게 허사로 돌아간 절망감의 표현이었다. 그렇다고 대놓고 뭐라고 말할 수도 없는 노릇이었다. 촬영감독인들 일부러 통을 밟았겠는가. 바짝 기가 죽은 촬영감독은 라면을 대충 해치우고는 다시 모자를 썼다.

"미안해. 꼭 다시 찾아올게."

뙤약볕을 뚫고 걸어가는 그의 뒷모습이 왠지 처량해 보였다. 나는 마침 다른 촬영 준비를 할 것이 있어 다른 곳으로 향했다. 허탈한 감정도 추슬러야 했다. 각자 다른 곳에서 일을 하고 해가 뉘엿뉘엿 기울 무렵 다시 한자리에 모였다. 촬영감독이 통을 조심스럽게 들고 오는 것이 보였다. 그 안에 뭔가 들어 있는 것 같았다.

"두 개 더 찾았어."

그는 모래 속에 든 고치를 보여주었다. 의기양양한 표정이 역력했다.

"선배님, 수고하셨습니다."

촬영감독은 불가능할 것처럼 보이던 일을 다시 해냈다. 그도 끈기로는 둘째가라면 서러울 사람이었다. 그날 저녁 제작팀은 예정대로 자축연을 가졌다. 육류를 먹지 않는 촬영감독을 배려해 메뉴는 해물로 정했다. 촬영을 시작한 후 먹은 최고의 만찬이었다.

다시 한 달여의 기다림이 이어졌다. 모래땅에서 기어나와 날개펴기를 하는 애명주잠자리의 모습을 처음으로 관찰·촬영했다. 쓸모없는 땅으로 여겨지던 신두리 모래언덕의 가치를 세상에 알리는 데 이바지한 장면이다.

황무지에 불과하던 신두리 모래언덕에서 서른다섯 살 젊은 PD와 촬영감독의 끈기 있는 기다림이 버무려져 값진 성과를 만들어냈다. 〈최후의 모래땅-신두리〉를 방송한 이후 이듬해에 해안 생태계의 보고인 신두리 모래언덕은 문화재청(현 국가유산청)에 의해 천연기념물로 지정되었다(2001년 11월 30일 천연기념물 제431호). 다큐제작 PD로서 크나큰 보람이 아닐 수 없다. 값진 결과를 일궈낸 힘은 뭐니 뭐니 해도 끈기였다. 다시 1년 후, 나의 딸이 태어났다. 고민 끝에 딸의 이름을 '신두리'로 지었다. 성(신)과 둘째(두리)를 합해서 만들었다. 신두리는 이래저래 오래도록 기억될 이름이다.

일곱 번의 보름달이 뜨고 지는 동안

60분짜리 다큐멘터리 한 편을 완성하기 위해서는 평균 720개 (컷당 5초 × 60분)의 컷이 필요하다. 이러한 컷이 모여 스토리라인을 형성하고 메시지를 만든다. 그중 시청자의 뇌리에 남을 강력한 몇 개 컷은 절대적으로 필요하다. 기획 단계에서 핵심 콘텐츠*killer-contents*를 정하고 촬영 단계에서 몇 날 며칠을 투자해서라도 찍어야 한다. 〈밤의 제왕-수리부엉이〉 편을 제작할 때도 반드시 촬영해야 할 장면이 있었다. 야행성인 맹금류인 수리부엉이가 활동하는 시간대는 어둠이 지배하는 밤이다. 그 어둠 속에서도 빛을 발하는 존재는 인위적인 불빛을 제외하면 별과 달 두 가지다. 그런데 작은 별과 수리부엉이를 한 화면에 담아봐야 영상적으로는 별로 의미가 없다. 그래봐야 별은 잘 보이지도 않기 때문이다. 그래서 수리부엉이와 보름달을 한 장면에 담는 것을 최우선 목표로 삼았다.

휘영청 밝은 보름달이 뜬 가운데 수리부엉이가 사냥을 위해 횃대에 앉아 있는 모습은 떠올리기만 해도 가슴이 두근거렸다. 언뜻 생각하면 그리 어렵지 않을 것처럼 보여도 실제로 촬영하다 보면 그리 간단하지 않다. 우선, 보름달이 떠야 한다. 보름 전후로 닷새 정도가 촬영할 수 있는 날이다. 구름이 끼지 않는 맑은 날이어야 한다는 조건이 따라붙는다. 두 번째는 수리부엉이가 나무나 바위 등 뾰족한 곳에 앉아 있어야 한다. 뒤가 막힌 바위에 앉으면 달이 보이지 않고, 가지가 무성한 나무에 앉으면 주변까지 함께 보여 영상의 완성도가 떨어진다. 세 번째는 달을 촬영할 카메라가 가급적 높은 장소에 있어야 한다. 그래야 수리부엉이의 몸과 달이 교차할 때 아름다운 영상이 만들어진다. 마지막으로는 달과 수리부엉이가 교차할 때 영상이 흔들리지 않아야 한다. 그러려면 카메라에 초점 조절기를 장착해 초점이 기계적으로 움직이도록 해야 한다. 이러한 조건이 모두 맞아떨어져야 '그날'을 맞이할 수 있다.

앞서 언급했듯이 수리부엉이는 산란 시기가 빠른 관계로 1월부터 본격적으로 촬영에 들어갔다. 핵심 서식지로 선정한 파주의 수리부엉이는 해가 떨어지기가 무섭게 울어대기 시작했다. 암컷과 수컷이 교대로 우는 이중창을 듣기만 해도 번식의 간절함을 느낄 수 있었다. 촬영을 시작한 지 며칠 후 보름이 다가왔다. 어두워지기 전 푸르스름한 톤에 보름달이 휘영청 떴다. 나와 촬영감독은 포지션을 나누어 각각 카메라를 맡았다. 촬영감독은 무거운 망원카메라, 나는 소형카메라를 잡았다. 소형카메라는 화질은 조금 떨어져도 기동성이 뛰어나 상황 변화에 즉각적으로 대처할 수 있다는 장점이 있다.

바위에 앉아 소프라노의 고음으로 울어대던 수리부엉이 암컷이 이번에는 아까시나무에 날아가 앉았다.

"부~엉."

그런데 저 암컷 뒤에 보름달이 둥글게 떠 있다! 달과 수리부엉이의 교차가 가능할 듯한 느낌이 들었다. 촬영할 수 있는 위치가 경사진 곳이라 촬영감독이 무거운 망원카메라를 들고 이동하기엔

무리였다. 내가 자리를 옮기는 게 더 나을 성싶었다. 작은 카메라를 들고 잽싸게 이동했다. 수리부엉이가 달 속으로 들어온 모습이 보였다. 심장이 심하게 쿵쿵거렸다. 눈으로는 잘 보여도 카메라의 작은 뷰파인더에서 달과 수리부엉이의 위치를 찾기가 쉽지 않았다. 당시 카메라 조작이 능숙하지 않았던 탓도 있다. 그사이 수리부엉이의 울음은 더욱 거세졌다.

"부엉~."

수컷이 묵직하게 선창하고 암컷이 더욱 높고 카랑카랑한 목소리로 화답했다.

"부~엉."

급한 와중에 겨우 초점을 잡았다. 수리부엉이 암컷은 달 속에서 수컷의 노래에 화답하고 있었다. 얼떨결에 목표한 영상을 포착해냈다. PD 인생에서 이런 날도 있구나!

"오늘은 한잔합시다!"

못 찍으면 못 찍는 대로 기쁘면 기쁜 대로 가끔 술잔을 기울이며 야생에서 지내왔다. 이날은 조촐한 기쁨의 파티를 하며 수리부엉이 다큐 여정을 시작했다. 하지만 그날은 안전장치 하나를 얻은 것에 불과했다. 소형카메라로 찍은 터라 화질이 좀 떨어졌고 영상이 타이트하지 않아서 킬러콘텐츠로 삼기엔 2퍼센트 부족했다(실제 방송에서는 이 컷도 사용했다). 그래서 이날을 기점으로 달과 수리부엉이 영상을 본격적으로 촬영하기로 계획을 세웠다. 그 디데이는 보름달이 다시 뜨는 한 달 후였다. 그동안 관찰한 바에 따르면, 이곳 수리부엉이는 아파트 피뢰침에 자주 앉았다. 수리부엉이가 잘 보이는 적합한 위치도 찾아냈다. 클로즈업 영상을 촬영할 수 있을 것 같았다. 보름달이 떴을 때 수리부엉이가 피뢰침에 앉기만 하면 된다. 한번 촬영 경험을 쌓은 제작진은 자신감이 충만했다.

그런데 첫술에 기운을 다 소비한 것일까? 다시 보름날이 돌아왔지만 여러 가지 이유로 촬영을 진행할 수가 없었다. 바람이 심하게 불거나 봄을 재촉하는 비가 내렸다. 날씨가 받쳐주는 날에는 수리부엉이가 피뢰침에 앉지 않았다. 그렇게 아까운 날이 흘렀고 소득은 없었다. 그간 여섯 번이나 시도했지만 약속이나 한 듯 실패의 연속이었다.

그렇게 계절은 벌써 여름으로 접어들었다. 방송일까지는 아직 시간이 많이 남아 있었기에 초조하진 않았다. 하지만 실패가 거듭될수록 자신감이 떨어졌다. 그렇다고 핵심 영상을 포기할 수는 없었다. 도전은 계속됐다. 다행히 장마가 끝나면서 맑은 날이 자주 찾아왔다. 7월 중순, 다시 그날이 왔다. 일전에 수리부엉이가 피뢰침에 앉는 모습도 관찰해둔 터였다.

'제발 한 번만 제대로 앉아줘~.'

그날도 날이 어둑해질 무렵 현장으로 달려갔다. 보름달이 제대로 뜬 날이었다. 멀리서도 수리부엉이가 피뢰침에 앉아 있는 모습이 어렴풋하게 보였다. 망원카메라를 챙겨 미리 답사해 정해놓은 곳에 올라갔다. 경사진 곳이라 카메라를 옮기기도 버거웠다. 촬영이 가능한 위치에 도착했을 때 다행스럽게도 수리부엉이는 피뢰침에 그대로 앉아 있었다. 촬영 준비 소음을 최대한으로 줄였다. 촬영감독이 떨리는 손으로 초점을 잡았다. 초점 조절기를 별도로 장착한 상태라서 영상에는 영향을 주지 않았다. 모니터에 비친 수리부엉이는 달을 배경으로 당당하게 앉아 있었다. 초점을 보름달에서 수리부엉이로 서서히 이동시켰다. 긴장감 있는 수리부엉이의 표정이 만들어졌다. 모든 건 사전에 계획한 대로 착착 진행됐다. 촬영 시도 일곱 번 만이었다. 실패만 안겨주던 수리부엉이가 제작진의 끈질긴 시도에 두 손을 든 것 같았다. 한참 동안 촬영하는데도 수리부엉이는 자리에 그대로 있었다. 촬영팀의 존재에 적응한 것이다. 그토록 염원하던 수리부엉이와 달의 교차 영상은 그렇게 탄생했다. 워낙 강렬한 영상이어서 다큐의 첫 장면으로 사용했다. 이 영상은 70년대 쥐잡기 운동 이후 개체 수가 급감했던 수리부엉이가 우리의 야생에 살아 있음을 알리는 신호탄이었다.

그날도 제작진은 모텔 방(촬영하는 동안 세 명이 한 방을 사용했다)에서 자축 파티를 했다. 6개월이라는 긴 시간을 투자해서 새로운 영상을 만든 서로를 격려하는 자리였다. 한밤중이라 달리 갈 곳도 없었다. 촬영 과정의 무용담을 늘어놓으며 회상했다. '기획이 좋았다', '촬영이 좋았다', '수리부엉이가 도와줬다' 등의 이유를 대며 성공 요인을 분석하기도 했다.

끈기는 목표를 이뤄내는 밑바탕이다. 끈기 없이 결과를 기대한다면 연목구어緣木求魚가 아닐 수 없다. 세상의 어떤 일이든 쉽게 이루어지지 않는다. 도전하고 또 도전해야 이룰 수 있다. 히말라

보름달이 뜨는 날 기적처럼 나타난 수리부엉이

야 등정도 한 번에 성공하는 경우는 드물다. 실패를 통해 오류를 수정하는 단계를 거쳐야 최종적으로 성공할 수 있다. 하지만 그 끈기가 무조건적이어서는 안 된다. 무모함의 함정에 빠질 수 있기 때문이다. 실현 가능성을 염두에 두고 치밀하게 준비한 상태에서 도전을 이어가야 한다.

내리는 비에 모든 것이 휩쓸려가도

한 분야에서 오랫동안 일하다 보면 인연이 이어질 때가 있다. 서로의 생각이 닮아서 인연의 끈이 이어지기도 하고 큰 사건이 생겨서 서로를 잊지 못하기도 한다. 나에게는 한번 맺은 인연이 지금까지 이어지는 새가 있다. 봄이면 우리나라를 찾는 바닷새 쇠제비갈매기다. 쇠제비갈매기를 제대로 알기 시작한 해는 2009년이다. 나는 그 전해부터 안산, 화성, 시흥 등 세 지역에 걸쳐 있는 시화습지에 관한 다큐 제작을 본격적으로 준비하고 있었다. 어느 날 시화호 지킴이로 알려진 최종인 선생으로부터 전화가 왔다.

"신 PD님. 시화MTV 공사장에 난리가 났어요. 쇠제비갈매기의 알을 누가 다 가져갔어요."

당시 시화MTV 공사장에서는 신규 공단을 조성하기 위해 시화호를 매립하는 기초공사가 한창이었다. 곳곳에서 평탄화 작업도 하고 있었는데 이런 곳에 쇠제비갈매기 무리가 날아든 것이다. 최 선생은 인근 시화공단 노동자들의 소행으로 추정된다는 의견도 덧붙였다. 외국인 노동자들이 이곳 공단에 많이 근무한다는 사실은 익히 알려져 있었다. 최 선생의 안내로 주변을 둘러보니 쇠제비갈매기의 둥지는 거의 비어 있었다.

"쇠제비갈매기를 보호할 방안을 좀 마련해야겠어요."

그렇게 해서 쇠제비갈매기와의 첫 인연이 시작되었다. 머리가 복잡하게 돌아갔다. 어떻게 하면 촬영을 잘할 수 있을지 생각해 보았다. 5월에 포란에 실패했으면 6월쯤 대체 둥지를 만들어 재번식할 터였다. 번식 시기로 보아 장마철에도 알을 품을 것 같은 예감이 스쳐 지나갔다. '장마와 쇠제비갈매기'라는 두 이질적인 요소가 차츰 하나로 엮였다. 그런데 장마는 불규칙적이고 그해 기후의 영향을 많이 받아서 예측하기 어렵다. 경험적 판단에 근거하자면, 장기적으로 관찰하는 것이 실패 확률을 줄이는 길이었다. 틈나는 대로 시화습지에 들러 둥지와 사냥을 비롯한 쇠제비갈매기의 활동 모습을 기록하면서 변화를 관찰했다.

7월 초, 다른 일은 다 접고 쇠제비갈매기의 촬영에 매달렸다. 시화MTV 공사장의 쇠제비갈매기는 재번식에 들어가 곧 부화를 앞두고 있었다. 그런데 이번에는 날씨가 쇠제비갈매기를 그냥 두지 않았다. 예년 같으면 장마가 소강상태로 접어들어야 하는데, 끝날 기미가 보이지 않았다. 그날도 먹구름이 잔뜩 몰려왔다. 금방이라도 한바탕 비가 쏟아질 기세였다. 비가 오는 날을 대비해 만반의 준비를 마쳤기에 곧장 현장으로 달려갔다. 카메라 설치를 끝내자마자 약속이나 한 듯 비가 억수같이 쏟아졌다. 하지만 쇠제비갈매기 암수는 둥지를 굳건히 지켰다. 장대비는 순식간에 집단 번식지를 물바다로 만들었다. 둥지는 물에 잠기고 어디가 어딘지 분간하기도 힘들었다. 둥지의 암컷이 떠내려가는 알을 끌어당겨보지만 마음대로 되지 않는다. 그렇게 200여 개의 둥지가 물속에 잠기고 말았다. 노아의 방주가 따로 없었다. 여기저기 해안가 모래 서식지를 잃고 떠돌다가 이곳에 자리 잡은 쇠제비갈매기들에게 시화는 더 이상 안식처가 되지 못했다.

다음 날, 먹구름이 물러가고 귀신같이 맑은 하늘이 드러났다. 현장에 도착하자 여기저기 아수라장 그 자체였다. 깨지거나 떠내려간 알이 태반이었다. 내가 집중적으로 관찰하던 쇠제비갈매기의 둥지는 어떻게 됐을까? 그 둥지도 원래 있던 자리에 없었다. 알을 품으러 모래밭 둥지로 들어오는 쇠제비갈매기를 1미터 이상 떨어진 곳에서 관찰할 수 있었다. 빗물에 휩쓸려가는 와중에도 알을 부둥켜안고 있었던 걸로 보였다. 쇠제비갈매기는 계획에도 없던 극적인 이야기를 선사해주었다.

핵심적인 장면을 확보함에 따라 쇠제비갈매기 다큐는 새로운 기획으로 거듭났다. 〈비와 생명〉이라는 주제로 2부작으로 풀어내기로 했다. 그런데 장마를 온몸으로 견디며 살아남기 위해 몸부림치는 야생의 이야기는 완성하는 데 총 5년이 걸렸다. 숫자 5가 완전성의 상징이어서 5년이라는 세월이 소요됐던 것일까? 그사이 타 부서 이동, 승진 등 여러 가지 일이 겹친 탓도 있었다. 덕분에 다큐 내용을 더 알차게 담을 수 있었다. 사실 〈비와 생명〉에는 총 제작비가 평소의 반도 들어가지 않았다. 발로 뛰어서 만든 작품이다. 만약 내가 자연·환경 다큐멘터리를 꾸준히 제작하지 않았더라면 쇠제비갈매기 이야기는 빛을 볼 수 없었을 것이다. 개인적인 관심을 계속 기울이고 끊임없이 시간을 투자했기에 여러 국제대회에서 수상할 만큼 좋은 결실을 거둘 수 있지 않았나 하는 생각도 든다. 내게 자연 다큐 제작은 회사의 구성원으로서 해야 하는 일이자 삶 그 자체다.

세상에 거저 얻어지는 것은 없다. 목표를 정하고 그곳을 향해 끈기 있게 매진할 때 원하는 결과를 얻을 수 있다. 때에 따라서는 예상 못 한 위기도 닥칠 것이다. 그 위기에 가혹할 정도의 좌절감을 맛보기도 할 것이다. 그러나 거기에 굴복하면 도전하지 않는 것만 못하다. 물론 그 과정에서 목표를 올바르게 설정했는지 재점검도 해봐야 한다. 그러나 그보다 더 중요한 건 열세 번이든 일곱 번이든 다섯 번이든 시도해야 한다는 것이다. 폭우에 떠내려가는 알을 부둥켜안고 다시 품는 쇠제비갈매기의 모습에서 배울 수 있는 태도도 바로 그것이다. 끈기 있게 도전하는 삶은 언제나 아름답다.

큰비에도 알을 지키는 쇠제비갈매기

05

신뢰

믿음은
관계의 시작이다

나의 짝이 되어주세요

서로 모르는 청춘 남녀가 만나서 결혼까지 했다면 이 선택을 가능하게 한 가장 중요한 요인은 무엇이었을까? 그 답은 개인에 따라 조금씩 다를 것이다. 내 생각에는 서로에 대한 신뢰가 아닐지 싶다. 신뢰가 있어야 그다음 의사결정을 할 수 있다. 야생동물의 선택을 봐도 이러한 인간의 의사결정 구조와 크게 다르지 않다.

세상의 모든 생명은 자신의 유전자를 후대에 전하고자 한다. 유전자를 전달하는 방식은 진화 정도에 따라 조금씩 다르다. 동물은 교미를 통해 정자와 난자가 만나게 함으로써 새로운 생명을 만든다. 그런데 상대와 교미를 하려면 특별한 무엇인가가 있어야 한다. 동물은 아무나하고 교미하지 않는다. 상대를 신뢰할 수 있어야 가능하다. 이 신뢰란 건강한 후대를 만드는 데 가장 적합하다고 여기는 강한 믿음이다. 이렇게 신뢰를 형성하고 짝이 되어 교미하는 방식은 종마다 조금씩 차이가 난다.

일부 동물 사회는 1년에 한 번 집단구애라는 특별한 행사를 치른다. 특정 시기가 되면 수컷이 암컷에게 자신의 우수함을 보이기 위해 쇼케이스를 연다. 이렇게 수컷들이 구애 과시행동을 하기 위해 모인 장소를 렉*lek*이라고 한다. 미국 서부와 캐나다 남부 일부

지역에 서식하는 산쑥들꿩 수컷들은 렉에 모여 암컷들을 상대로 구애 작전을 펼친다. 꽁지깃을 바짝 세우고 가슴에 있는 두 개의 공기주머니를 마찰시키면서 매력을 발산한다. 어떤 경우에는 수컷끼리 격렬하게 싸우기도 한다. 이렇게 해서 암컷의 간택을 받으면 짝이 되어 교미할 기회를 부여받는다. 그렇다면 암컷이 수컷을 선택하는 기준은 무엇일까? 가장 중요한 건 렉에 모인 수컷 중에서 어느 개체가 건강한 유전자를 가졌는가 하는 점이다. 대부분의 꿩 사회에서 알을 품고 새끼를 키우는 건 전적으로 암컷의 몫이다.

화려한 깃 같은 특정 외형을 통해 암컷의 신뢰를 얻는 새가 있는가 하면 뿔논병아리 수컷처럼 조금 독특한 방법으로 신뢰를 형성하는 종도 있다. 뿔논병아리는 2008년부터 꾸준히 관찰하고 있는 종이며 그동안 총 세 편의 뿔논병아리 다큐멘터리를 제작했다. 뿔논병아리는 보면 볼수록 매력적인 새다. 뿔논병아리가 새끼를 업어서 키우는 모습을 처음 공개했을 때 시청자들의 반응은 뜨거웠다. 방송 이후 다큐멘터리 동화 《뿔논병아리의 선물》(2009)을 쓴 것도 매력적인 뿔논병아리의 생태를 독자들과 공유하고 싶었기 때문이다.

그런데 뿔논병아리의 핵심 행동을 직접 관찰하고 촬영한 건 그 후 한참이 흐른 2018년이다. 시화호 옆 대송습지는 뿔논병아리 집단 서식지로서 매년 100개 이상의 둥지를 관찰할 수 있었다. 그렇다 보니 4월이 되면 대송습지는 짝을 만나기 위한 뿔논병아리들의 열기로 뜨겁다.

"꾸르륵~꾸르륵~."

뿔논병아리들은 호수 여기저기 흩어져 미래의 짝을 부른다. 번식기를 맞아 수컷은 머리 깃을 화려하게 단장했다. 이 머리 깃은 암컷과 수컷이 벌일 특별한 의식을 준비하는 의상이다. 머리 깃을 멋들어지게 치장한 수컷이 암컷에게 다가가 작업을 건다.

"나의 신부가 돼줄래?"

"음~ 글쎄. 그럼, 너의 실력을 한번 보여줘."

수컷의 제안에 암컷이 화답하면 그다음 단계로 넘어간다. 서로 마주 바라보며 고개를 흔든다. 일명 하트 춤이다. 고개를 도리도리 흔드는 모습이 하트 모양이라서 이런 이름이 붙었다. 만약 서로 장단이 안 맞으면 하트 춤을 추다가 말고 고개를 홱 돌려 딴 데로 가버린다. 그러면 수컷은 새로운 암컷에게 수작을 건다. 하트 춤 호흡이 척척 잘 맞으면 난도를 한 단계 올린다.

"제법이군! 춤 실력이 꽤 마음에 들어. 그것도 잘 춰?"

암컷이 말하는 그것이란 펭귄 춤이다. 펭귄 춤은 뿔논병아리 사회에서 난도가 가장 높은 춤으로, 각자 물속으로 들어가 수초를 한 움큼 물고 나온 다음 추는 춤이다.

"그걸 말이라고 해? 펭귄 춤 하면 바로 나지, 하하."

수컷이 암컷에게 눈짓한다. 그러면 누가 먼저랄 것도 없이 물속으로 잠수해 수초를 가지고 나온다. 펭귄 춤은 우선 수초를 가지고 나오는 타이밍부터 맞아야 한다. 물에서 한쪽이 먼저 나오면 소위 '삑사리'가 나서 판이 깨진다. 동시에 나와야 호흡을 맞춰볼 기회가 생긴다. 수초를 물고 나온 암수 뿔논병아리는 수면 위로 솟구쳐 올라 가슴을 마주 댄다. 그런 상태에서 수초를 문 부리를 흔든다. 이 자세가 펭귄을 닮았다고 펭귄 춤이라는 이름이 붙은 것이다. 싱크로나이즈드 스위밍을 떠올리면 그 모습이 어떨지 상상할 수 있다. 암수의 동작이 정확하게 일치하는 것이 가장 중요하다. 호흡이 잘 맞아 서로를 흡족하게 하면 짝의 지위를 얻는다. 지금까지 내가 야생에서 관찰한 최고의 구애 행동이 바로 뿔논병아리의 펭귄 춤이다.

뿔논병아리는 수심 1미터 정도 되는 호수의 물 위에 수초로 둥지를 짓고 번식한다. 이 때문에 수초는 뿔논병아리에게 중요한 의미를 지닌다. 알을 품는 시기부터 새끼가 둥지를 떠날 때까지 수초로 만든 둥지의 보수를 게을리하지 않는다. 물에 있는 수초는 썩기도 하고 수시로 유실된다. 그러니 틈나는 대로 보수해야만 둥지를 유지할 수 있다. 이러한 수상 번식 조건 때문에 뿔논병아리가 수초를 활용한 구애 의식을 발달시킨 것이다. 수초를 잘 가져오고 눈빛으로 서로의 마음을 읽을 수 있다면 짝으로서 충분히 신뢰할 만한 조건을 갖췄다고 본다. 이처럼 동물들이 각자의 방식으로 에너지를 투자해 짝을 고르는 의식을 치르는 건 번식이라는 막중한 임무를 수행하기 위해서다. 그 핵심이 바로 신뢰 형성이다. 서로 간에 믿음이 있어야 어떤 경우에라도 새끼에게 먹일 양식을 조달하고 혹시 있을지 모를 침입자를 물리칠 수 있다.

짝을 정하는 기준은 종마다 천차만별이다. 수컷이 얼마나 화

수초로 둥지를 만드는 뿔논병아리

려한 색을 가졌는가가 기준이 되기도 하지만 황조롱이와 같은 맹금류는 사냥 능력이 최고의 기준이다. 왜냐하면 다른 동물을 먹이원으로 해서 살아가야 하고 암수 역할이 분명하게 구분돼 있기 때문이다. 암컷은 포란과 양육을 담당하고, 수컷은 사냥을 담당한다. 수컷이 먹이 조달을 제때 하지 못하면 새끼를 키울 수 없다. 그렇다 보니 맹금류의 암컷은 짝을 고를 때 사냥을 얼마나 잘하는지를 제일 기준으로 삼을 수밖에 없다.

황조롱이 수컷은 3월경 번식기가 시작되면 수시로 암컷에게 먹이 선물 공세를 펼친다. 암컷은 수컷의 사냥 능력에 확신이 생기면 교미를 허락한다. 어떤 때는 함께 먹이를 나눠 먹으며 정분을 과시하기도 한다. 이러한 과정을 통해 암수 간 신뢰는 더욱 돈독해진다. 이 신뢰는 암컷이 번식 과정에서 포란과 양육을 담당할 수 있는 버팀목이 되어준다. 만약 알을 품는 동안에 수컷한테 사고가 생기면 어떻게 될까? 번식 단계에 따라 다르지만 대부분 번식 실패로 귀결되고 말 것이다. 그만큼 맹금류의 번식에 있어서 수컷의 사냥 능력은 절대적이다.

동물의 혼인 시스템은 종에 따라 다르다. 어떤 동물은 일부일처제를 지키는가 하면 일부다처제, 일처다부제를 유지하는 동물도 있다. '어떤 혼인 시스템이 더 좋은가'라는 질문은 합당하지 않다. 각기 살아가는 방식이 다르기에 해당 방식의 혼인 시스템을 선택했을 뿐이다. 인간 사회에서는 일반적으로 일부일처제를 가장 적합한 혼인 형태로 받아들이지만 일부다처제가 용인되는 사회도 있다. 우리만 해도 조선시대까지는 첩 제도(일부다처제)가 사회적으로 용인되었다. 따라서 그 사회에 맞게 혼인제도가 발달한다고 보는 것이 더 적합한 관점일 것이다.

일부 조류는 일처다부제라는 특별한 혼인제도를 취한다. 대표적인 종이 물꿩이다. 물꿩은 제주도를 포함해 일부 남부지방에서 번식하는 여름 철새인데, 번식 주도권을 암컷이 쥐고 있다. 물꿩은 마름, 가시연 등과 같은 수면에 뜨는 수초들이 우거진 저수지에서 번식하고 별도의 둥지는 만들지 않는다. 기껏해야 몇 개의 수초를 모으거나 그냥 수초 위에 서너 개의 알을 낳는다. 산란이 마무리되면 알을 품고 새끼를 키우는 쪽은 놀랍게도 수컷이다. 그사이에 암컷은 또 다른 수컷을 만나 사랑을 나누고 알을 낳는다.

왜 물꿩 암컷은 자신의 알을 스스로, 또는 함께 돌보지 않고 수컷에게 양육을 맡길까? 그 이유는 물꿩이 서식하는 저수지의 조건 및 번식 시기와 밀접한 관계가 있다. 비가 많이 오는 7월의 저수지는 수위 변화가 심해서 알이 유실될 수도 있고 수초 위에 그대로 산란하기 때문에 알에 문제가 생길 가능성도 높다. 만약 그런 사태가 생기면 물꿩은 번식이라는 한 해 농사를 망친다. 그래서 물꿩 암컷은 여기저기 알을 많이 낳아서 번식 성공률을 높이려 한다. 자신의 알을 수컷에게 맡기고 또 다른 수컷을 만나 교미를 하고 알을 낳는 것이다. 여기서 중요한 것은 수컷에 대한 신뢰이다. 만약 이러한 신뢰가 없다면 암컷은 자기의 유전자 50퍼센트를 간직한 귀한 알을 수컷에게 맡겨두고 떠날 수 없을 것이다.

인간의 시선으로 야생의 혼인 시스템을 평가하면 오류를 범할 수밖에 없다. 오리류는 일반적으로 일부다처제의 혼인 시스템으로 번식한다. 이러한 이유로 인해 원앙은 상반된 평가를 받는다. 과거에는 원앙을 부부 금실의 상징으로 간주했다. 짝짓기 철이 되면 원앙 수컷은 화려한 치장을 하고 암컷을 유혹한다. 서로 눈이 맞아 짝이 정해지면 원앙 암수는 너무나도 다정한 모습을 보인다. 하기야 신혼생활 중에 다정하지 않을 짝이 어디 있을까? 과거 신혼부부들은 꿀이 떨어질 듯한 원앙의 모습을 닮고 싶어 했다. 심지어 원앙 암수 모형을 머리맡에 두고 부부 금실의 표상으로 삼았다.

그런데 조류 연구가 진행되면서 원앙의 진실이 드러나기 시작했다. 원앙 수컷은 암컷이 알을 낳을 때까지는 무엇이든 다 해줄 듯이 굴다가 산란이 끝나면 언제 그랬냐는 듯 홀연히 떠나버린다. 인간의 시각으로 보면 원앙 수컷은 천하의 바람둥이다! 그런데 이는 일부일처제의 관점에서 일부다처제를 평가한 것이다. 나도 한때는 원앙 수컷을 바람둥이로 바라봤었다. 원앙 수컷은 알을 품지 않는 것은 물론 새끼도 돌보지 않는다. 심지어 누가 자기의 새끼인지도 모른다. 그러면서 또 다른 암컷에게 다가가 알랑방귀를 뀌다니 천하의 바람둥이가 따로 없다!

그렇다면 이러한 평가가 과연 합당할까? 원앙 수컷은 아무 죄가 없다. 어느 날 갑자기 금실의 상징에서 바람둥이로 평가절하되었을 뿐이다. 이 과정에서 원앙 수컷은 아무것도 하지 않았다. 원앙이라는 종을 유지하기 위해 주어진 임무를 다했을 뿐이다. 나는 이제 원앙 수컷을 특정 쪽에 서서 바라보지 않는다. 오리류는 포란과 양육에서 수컷의 역할이 필요하지 않다. 맹금류처럼 다른 동물을 사냥해서 먹지 않기 때문이다. 암컷은 알을 품을 때도 잠시 둥지를 벗어나 먹이를 취할 수 있다. 새끼들은 둥지를 벗어나자마자 어미를 따라 스스로 먹이를 찾을 수 있다. 그래서 원앙을 비롯한 오리류 수컷은 산란을 마치면 기존 짝을 떠나 짝이 없는 새로운 암컷 주변을 기웃거린다. 만약 원앙 수컷이 암컷과 공동으로 포란과 양육을 담당한다면 아주 비효율적인 투자다. 원앙을 비롯한 오리류에게 맞는 혼인 시스템은 일부다처제다. 원앙 수컷은 결코 암컷의 신뢰를 저버린 것이 아니다. 종의 번식이라는 큰 틀에서 신뢰 관계를 맺고, 그에 따라 행동할 뿐이다.

기다림은 믿음이다

이제 야생동물을 기다리는 제작진의 관점에서 신뢰 문제를 생각해보자. 새의 생태를 촬영할 때 둥지 부근에서 잠복하는 것은 그들이 둥지로 들어올 것이라는 믿음이 있기 때문이다. 그렇기에 모기에게 피를 헌납하며 텐트 안에서 기다린다. 보통 새는 카메라를 경계하면서도 결국 조심스럽게 둥지에 들어간다. 돌봐야 하는 알이나 새끼가 있기 때문이다. 과도한 간섭을 하거나 너무 가까이 접근하면 예기치 않은 일이 생길 수도 있다. 이러한 무리한 접근은 새와 인간 사이에 만들어진 신뢰를 저버린 행위다. 최악의 경우, 새가 둥지에 안 들어가거나 아예 둥지를 포기할 수도 있다.

맹금류는 포란할 때, 암컷이 둥지의 알을 품고 수컷은 먹이를 사냥해서 암컷에게 전달한다. 이때 수컷이 언제 먹이를 가져오느냐 그리고 그걸 어떤 각도와 크기로 촬영하느냐 하는 두 가지는 번식을 기록하는 제작자에게 중요한 관심사다. 제작자는 수컷이 먹이를 전달할 것이라 믿고, 새는 사람이 더 이상 방해하지 않을 것이라 믿는다. 이 두 가지 요소가 팽팽한 긴장을 이루는 가운데 자연 다큐 제작의 시계는 움직인다.

그런데 수컷이 먹이를 가져오지 않는다면 어떻게 될까? 이럴 때 암컷은 며칠을 기다릴 수 있을까? 우리 제작자는 언제까지 기다릴 수 있을까? 참 어려운 문제이지만 야생에서 충분히 일어날 수 있는 일이다.

2002년 4월경에 문경 희양산 자락에서 큰소쩍새를 촬영할 때였다. 큰소쩍새는 올빼밋과 새로 소쩍새보다 조금 더 크다. 머리에 귀깃이 솟아 있어서 소쩍새와 구분된다. 당시까지만 해도 큰소쩍새를 촬영한 다큐가 없어서 습성을 파악하는 데 애를 먹었다. 큰소쩍새는 대부분 철새로서 겨울에 우리나라를 찾아오고 일부는 텃새로 산다는 정보만 알려져 있었다.

내가 큰소쩍새 둥지를 발견했을 때 둥지에는 낳은 알이 한 개 있었다. 참고로 맹금류는 첫째 알을 낳자마자 바로 품고, 새끼들이 순차적으로 깨어나기 때문에 새끼 간 크기 차이가 꽤 난다. 수컷의 먹이 조달 능력에 따라 막내는 도태될 수도 있다. 건강한 소수의 새끼를 효과적으로 키워내려는 맹금류의 전략이다. 내가 촬영한 둥지에 큰소쩍새는 최종적으로 모두 네 개의 알을 낳았다. 이때부터 본격적으로 촬영에 들어갔다. 둥지 내부에도 소형카메라를 숨겨놓았다. 나는 밤마다 텐트 안에서 큰소쩍새 암컷의 포란 행동을 기록했다. 그 과정에서 큰소쩍새에 대해 많은 걸 알 수 있었다.

"후~웃~."

큰소쩍새가 내는 울음은 크게 특징이 있지도 않아서 숲속에서 그 존재를 파악하기가 쉽지 않다. 사실 큰소쩍새 둥지도 소리를

듣고서 찾은 게 아니라 나무 구멍을 뒤지는 과정에서 발견했다. 큰
소쩍새는 카메라를 크게 경계하지는 않았다. 그래서 암컷과 수컷
의 의사소통을 비교적 쉽게 기록할 수 있었다.

"에엥~."

수컷이 먹이를 가져왔다는 신호를 보낼 때 암컷이 반갑다고
내는 소리다. 비교적 고음이어서 둥지 밖에서도 잘 들렸다. 수컷
은 주로 등줄쥐, 하늘다람쥐, 개구리 등을 잡아 왔다. 곤충 먹이
는 새끼들이 자라는 시기에 많이 공급했던 것으로 기억한다. 포란
기 암컷은 수컷이 가져다주는 먹이를 둥지 안에서 먹었다. 잠시 바
람 쐬러 나가는 일 외에는 둥지 밖 외출도 거의 하지 않았다. 알을
품는 동안 수컷은 하루에 평균 세 번 정도 먹이를 가져왔다. 큰소
쩍새 암수는 짝으로서 서로 신뢰하며 포란과 사냥을 분담하고 있
었다.

그런데 포란을 시작한 지 2주 정도 됐을 무렵이었다. 그날도
혼자 텐트에서 둥지를 기록하고 있었다. 큰소쩍새 수컷은 초저녁
에 먹이를 가져오는 게 일반적인 패턴이었다. 하지만 그날은 그 패
턴을 깨고 수컷이 모습을 드러내지 않았다. 처음에는 '뭐 그럴 수
도 있지' 하고 대수롭지 않게 생각했다. '곧 오겠지, 오겠지' 하던
믿음은 자정을 넘기면서 서서히 초조함으로 바뀌기 시작했다.

'수컷에게 무슨 일이 생겼을까?'

온갖 생각이 다 들었다. 큰소쩍새 암컷도 같은 생각이었을 것
이다. 돈 벌러 간 남편이 아무 기별 없이 귀가하지 않는 상황을 생

각해보라. 금실 좋은 부부였다면 아내는 걱정이 태산이었을 것이다.

'술에 취해 쓰러졌을까?'

'교통사고를 당한 거 아냐?'

핸드폰 전화마저 받지 않는다면 불길한 예감을 떨쳐버리기 쉽지 않다. 나와 그 큰 소쩍새 암컷의 마음이 그러했다. 느닷없이 돌아오지 않으니 부정적인 생각을 하지 않을 수 없었다. '조금만 더, 조금만 더' 하다가 새벽녘까지 텐트를 지켰다. 암컷은 짝을 부르다가 응답이 없으면 둥지 밖으로 나와 불러보기도 했다. 그러나 돌아오는 건 어둠 속 적막뿐이었다. 그날 수컷은 결국 둥지로 돌아오지 않았다.

다음 날, 다시 큰소쩍새 둥지 관찰에 들어갔다. 하루를 굶어서 그런지 암컷은 해쓱해 보였다. 가끔 암컷은 수컷에게 신호를 보냈다.

"후~웃. 어~응."

목소리 힘이 약했다. 그런 가운데서도 알을 굴리는 일은 잊지 않았다. 무슨 일인지는 알 수 없었으나 수컷에게 피치 못할 일이 생긴 것만은 분명했다. 수리부엉이에게 잡아먹혔거나 로드킬(길 위의 죽음) 등을 당했을 수도 있겠다는 의심이 들었다. 만약 사냥에 실패한 경우라면 그사이에 한 번쯤은 서로 신호를 주고받았을 것이다. 잠복하는 동안 그런 정황은 전혀 발견하지 못했다. 이제 나의 관심은 암컷에게 쏠렸다.

'수컷이 없으면 암컷은 어떻게 할까? 며칠을 견딜 수 있을까? 둥지를 포기할까?'

복잡한 추론이 머릿속을 맴돌았다. 암컷이 둥지를 떠나지 않는 것으로 보아 수컷이 돌아올 거라고 아직 믿고 있는 듯했다. 수컷을 부르는 암컷의 목소리에 점점 힘이 떨어졌다. 이런 암컷의 애타는 심정을 아는지 모르는지 둘째 날에도 셋째 날에도 수컷은 돌아오지 않았다. 나나 암컷이나 모종의 결단을 해야 하는 순간이 다가왔다. 다급한 나머지 조류 전문가에 자문을 구하니, 아무것도 안 먹어도 며칠은 견딜 수 있을 것이라는 답변이 돌아왔다. 조금 더 기다려보기로 마음먹었다.

수컷이 먹이를 가져오지 않은 지 나흘째…. 나는 그날도 초저녁부터 텐트를 지켰다. 연속해서 밤을 지새운지라 피로감이 엄습해 왔다. 그렇지만 더 힘들어하는 큰소쩍새 암컷이 있는데 함께 기다리지 않으면 비겁하다는 생각이 들었다.

'먹이를 잡아서 둥지에 넣어줄까?'

안쓰러운 마음에 여러 가지 생각을 해봤지만 실행에 옮기지는 못했다. 제작자로서 야생에 관여하는 건 자제하고 싶었다. 결국 암컷을 믿고 수컷을 믿는 게 내가 할 수 있는 최선이었다.

그러던 중 피로와 적막을 동시에 깬 건 둥지에 있던 암컷이었다.

"엥."

여태 들은 것 중 가장 크고 날카로운 소리였다. 동시에 암컷이 고개를 나무 구멍 밖으로 내밀었다. 애교 부리듯 소리를 지르며 등줄쥐 한 마리를 받아 물고선 둥지 안으로 들어왔다. 녹화 화면에서는 바깥에 있는 수컷이 보이지 않았다. 하지만 암컷이 애타게 기다리던 수컷이 왔음을 본능적으로 알 수 있었다. 암컷은 허겁지겁 등줄쥐를 뜯어먹었다. 배가 고팠기에 순식간에 한 마리를 해치웠다. 그 후 수컷은 두 번 더 먹이를 사냥해 왔다.

암컷은 함께 번식하기 위해 수컷과 짝이 되었고 굶주림의 순간에도 수컷을 믿고 기다렸다. 나도 그들을 믿고 기다렸다. 결국 나흘째에 수컷이 돌아왔다. 큰소쩍새 수컷에게 무슨 일이 있었는지 정확하게 알 수는 없다. 수컷만이 알 것이다. 수컷이 사냥에 실패해서 먹이를 가져오지 않았다고는 생각되지 않는다. 또 다른 큰소쩍새 수컷의 침입이 있었고 그걸 방어하느라 사냥하지 못해 둥지로 올 수 없었을 것이라고 조심스럽게 추정해본다.

믿음으로 위기를 넘긴 큰소쩍새 부부는 무사히 알을 부화시켰고 새끼들을 건강하게 키워내 둥지에서 떠나보내는 데도 성공했다. 나는 그 모든 과정을 낱낱이 기록하였다. 번식 기간에 암수 간 신뢰가 얼마나 중요한지를 직접 경험할 수 있었다. 야생은 알면 알수록 신비로웠다. 사람이라면 같은 상황에서 어떻게 했을지 생각해봤다. 부부간 신뢰가 돈독하다면 아내는 남편을 기다렸을 것이다. 그렇지 않다면 부부 사이는 쉽게 끝나고 말았을 것이다. 결국 서로를 이어주는, 가장 질긴 끈은 믿음이다.

귀깃이 나 있는 큰소쩍새

신뢰 없이는 아무것도 이루어지지 않는다

자연 다큐멘터리를 제작할 때는 보통 PD, 촬영감독, 촬영보 등 세 명이 한 팀을 이룬다. 장비를 싣고 현장으로 이동할 때는 운전기사가 차량을 운전하고, 야간촬영을 할 때는 조명감독이 합류하기도 한다. 2003년도에 여우(특집 다큐멘터리 〈멸종〉 3부작 2편 〈잃어버린 전설, 여우〉)를 촬영하러 갔을 때는 나와 촬영감독 두 명만 동행했다. 당시 제작비 압박이 거세지면서 해외촬영 시 촬영보 없이 촬영감독 한 명만 가는 것으로 결정이 났기 때문이다. 장비를 운반하는 등의 보조적인 일은 현지인을 고용해서 해결했다. 이런 사정으로 인해 촬영을 준비할 때 PD와 촬영감독의 몫이 더 늘어났다. 다행히 당시 촬영감독과는 그전에 함께 호흡을 맞춰 좋은 결과를 냈던 터라 큰 문제는 없었다.

내가 몽골로 날아간 이유는 당시 우리나라에서 여우가 사라졌기 때문이었다. 우리나라에 살던 여우와 같은 종이 사는 몽골에서 여우 복원의 실마리를 찾아보고 싶었다. 사실 우리나라에서 여우가 사라진 것은 아이러니가 아닐 수 없다. 여우는 적응력이 뛰어나 세계 어디에서도 잘 적응해 살아가기 때문이다. 심지어 유럽에서는 도시화한 환경에서도 살아남았다. 일본 홋카이도의 여우는 관광객 주변을 기웃거리며 먹이를 받아먹으며 살아간다. 그런데 우리나라의 여우는 왜? 이러한 특이성은 프로그램 기획의 핵심으로서 시청자의 관심을 받을 수 있는 '무엇인가'이다.

몽골에서 여우는 사냥할 수 있는 동물이다. 모피를 얻을 목적으로 총을 쏴서 잡는다. 몽골 알타이 지역에서는 검독수리를 이용해 사냥하기도 한다. 이러한 장면은 국내 방송에서 자주 소개되었다. 인간이 길들인 검독수리의 여우 사냥 영상은 자연 다큐멘터리 프로그램 기획 방향에서 볼 때 인위적 영상에 가깝다. 그렇기에 나는 여우가 야생에서 살아가는 모습에 초점을 두었다.

하지만 몽골의 여우를 촬영하기는 생각보다 매우 까다로웠다. 유목민이 여우 모피를 얻기 위해 총으로 사냥하는 통에 몽골 여우는 사람만 보면 무조건 도망갔다. 여우가 보인다고 해도 먼 거리에 있어서 촬영해봐야 좋은 영상을 얻기 어려웠다. 동네 주민들에게 여우 굴을 찾아주면 200달러를 주겠다고 현상금을 걸기도 했다. 여러 정보를 취합한 끝에 여우 굴을 확보하고 여우가 살아가는 모습을 겨우 담을 수 있었다. 특히 여우 새끼들이 야생의 초원에서 사냥 훈련을 하던 모습은 지금도 기억에 남는다.

한번은 주민으로부터 그럴싸한 제보가 날아들었다. 양을 몰기 위해 말을 타고 가는데 여우가 굴속으로 들어가더라는 것이었다. 어린 새끼가 굴 주변에서 아장아장 걷는 모습도 목격했다고 했다. 목격 주민의 안내에 따라 현장을 확인해보니 굴 주변에 배설물도 보였다. 신빙성이 있어 보여서 다음 날 새벽에 잠복해서 촬영하기로 결정했다. 우선은 쌍안경을 들고 여우가 산다는 골짜기를 답사했다. 능선을 타고 한참을 올라갔다. 그런데 갑자기 하늘에서 굉음이 들렸다.

"쏴~아."

처음엔 팬텀기가 날아가는 줄 알았다. 하늘에서는 계속해서 비행기 소음 같은 소리가 들렸다. 쌍안경을 꺼내 사방을 관찰했다. 하늘에 뭔가 떠 있는 게 보였다. 맹금류처럼 보이는 녀석은 선회하다가 하강하는 행동을 반복했다. 그럴 때마다 바람을 가르는 소리가 요란했다. 정황상 뭔가를 노리고 있는 게 분명했다. 점점 가까이 다가오는 녀석을 자세히 보니 검독수리였다.

'그럼, 여우 새끼를?'

여우 새끼를 노릴 가능성이 충분했다. 검독수리도 새끼를 키울 시기이니 먹이가 많이 필요할 것이다. 전율이 느껴졌다. 뭔 일이 금방이라도 일어날 듯했다. 곧장 하산한 다음, 관찰 내용을 촬영감독에게 소상히 전했다. 그도 더 긴장하고 잠복하겠다고 다짐했다. 새벽 잠복을 위해 일찍 잠자리에 들었지만 잠은 금방 찾아오지 않았다. 촬영팀이 머물던 게르 안으로 별빛이 쏟아져 들어왔다.

아직 어둠이 가시지 않은 새벽, 촬영감독과 함께 여우 굴이 있는 곳으로 갔다. 텐트 안에는 촬영감독만 들어가고 나는 멀찌감치 떨어져 관찰에 나섰다. 쌍안경과 무전기를 휴대한 채였다. 특별한 상황이 관찰되면 텐트에서 잠복하는 감독에게 전달할 요량이었다. 이런 경우, 어떤 촬영 결과물을 만드느냐는 촬영감독의 역량에 많이 좌우된다. 그렇다 보니 평소에 촬영감독과 연출자는 호흡을 잘 맞춰둬야 한다.

어둠이 가시고 저 멀리서 아침 해가 고개를 내밀었다. 촬영이 가능한 시간이 됐다. 여우 굴을 어린 새끼들이 들락거리는 모습이 포착됐다. 부모는 보이지 않는 걸로 보아 사냥 나간 듯했다. 이제 주행성 새들도 본격적으로 활동할 시간이다. 말똥가리, 검독수리 등이 하나둘 목격됐다. 그런데 갑자기 아랫배가 아프기 시작했다. 비상용 휴지가 있어서 화장실이 없다고 걱정할 필요는 없었다. 초원의 모든 땅은 앉으면 화장실이다. 볼일을 보면서도 눈은 하늘을 향했다. 아니나 다를까, 그 녀석이 떴다. 어제 팬텀기 소리를 내며 바람을 가르던 검독수리였다. 선회비행을 하더니 갑자기 하강을 시도했다. 그건 목표물을 발견하고 사냥하는 모습임을 직감적으로 알 수 있었다.

'텐트에 알려줘야 해.'

무전기를 꺼내 버튼에 손가락을 얹으려는 순간, 검독수리가 여우 둥지 쪽으로 점점 더 가까워졌다.

'촬영감독이 무전에 응답하려면 무전기를 들어야 하고, 그러면 결정적 순간을 놓칠 수도 있는데….'

머리가 복잡해졌고 결국 무전은 보내지 않았다. 촬영감독이 그 순간을 보지 못했다고 해도 어쩔 수 없는 노릇이었다. 잘 관찰하고 있으리라 생각하며 촬영감독을 믿기로 했다. 모든 건 그에게 달렸다! 그사이 검독수리가 여우 굴을 덮쳤다. 새끼의 비명이 울려 퍼졌다. 검독수리는 사냥한 새끼를 들고 곧장 날아올랐다. 새끼가 발버둥을 치는 가운데도 발톱으로 꽉 잡고 놓지 않았다. 검독

전 세계적으로 흔하지만 우리나라에서 절멸 위기까지 갔던 여우

수리는 한참 후 산 뒤쪽으로 유유히 사라졌다. 나는 엉거주춤한 자세로 야생 검독수리의 사냥 모습을 중계하듯 지켜봤다.

　모든 상황이 끝난 후 천천히 텐트 쪽으로 다가가 조심스럽게 텐트 문을 열었다. 굴 쪽을 응시하다가 돌린 촬영감독의 얼굴에 당당한 미소가 번져 있었다.

　'그럼 그렇지.'

　경험 있는 PD는 촬영감독의 그 의미를 알 수 있다. 영상에 자신 있다는 암시다. 아니나 다를까 먼저 요청하지 않았는데도 사냥 영상을 보여주었다. 완벽했다! 검독수리의 사냥 모습이 내가 본 그대로 고스란히 담겨 있었다. 그때까지 촬영한 가장 야생다운 영상이었다. 검독수리가 사냥에 돌입했을 때 만약 촬영감독을 신뢰하지 않고 무전을 날렸다면 생생한 영상은 존재하지 않았을 것이다. 설사 관찰하고 있었다고 해도 무전을 받느라 카메라가 흔들렸을 것이다. 촬영감독은 여우 어미가 주변에서 사냥하고 있는 모습도 덤으로 보여주었다. 나중에 자세히 보니 이 여우 굴은 붉은여우 *Vulpes vulpes*의 것이 아니라 코르삭여우*Vulpes corsac*의 것이었다.

순간순간의 판단은 언제나 어렵다. 지금 생각해도 그때 촬영감독을 믿고 무전을 하지 않은 일은 자연 다큐를 촬영하면서 가장 잘한 판단이었다. 여우 촬영을 맡았던 김시형 감독은 그 후 드라마 쪽으로 옮겨가서 함께 작업할 기회가 더는 없었다. 앞으로 함께 다큐를 만들 기회가 있다면 힘든 야생을 누비면서도 묵묵히 자기의 일을 완수하던 김 감독에게 무한 신뢰를 보낼 것이다.

인간관계에서도 신뢰는 가장 중요한 덕목이다. 신뢰가 형성돼야 건강한 관계를 유지할 수 있다. 신뢰가 깨어지면 모든 게 무너진다. 사회생활을 하면서 관계를 원만하게 유지하려면 신뢰할 만한 사람이라는 것을 상대에게 각인시켜야 한다. 그래야 좋은 일을 함께 도모할 수 있고 만약 좋지 않은 일이 생겼을 때도 '나의 편'이 되어줄 수 있다.

괭이갈매기의 'Don't forget me!'

신뢰가 아무리 중요한들 저절로 만들어질 리 없다. 그동안 관계를 맺으며 쌓아온 크고 작은 일이 모여서 신뢰를 형성한다. 또한 한번 신뢰를 바탕으로 형성된 관계는 오랫동안 지속된다. 그렇다고 그 관계가 영속하는 건 아니다. 조류를 예로 들어보자.

조류는 자신의 생존전략에 부합하는 혼인제도를 채택하고 유지한다. 최근의 DNA 연구는 우리가 이전에는 알지 못했던 동물 행동에 대한 비밀을 소상히 밝혀주고 있다. 둥지 안에 있는 새끼들의 DNA를 분석한 결과, 예상 외로 많은 둥지에서 새끼들의 아비가 서로 다른 것으로 나타났다. 일부 연구에서는 이러한 경우가 조사 대상 둥지의 50퍼센트를 넘기기도 했다. 이는 해당 조류 종에서 난혼이나 강제 교미가 일어났을 가능성을 시사한다. 그렇다고 해서 짝의 신뢰를 저버렸다고 비난하는 것은 바람직하지 않다. 이러한 번식 전략은 진화적 관점에서 건강한 유전자를 퍼트리는 데 유리할 수 있다.

그런가 하면 감탄을 자아낼 만한 순애보적 사랑을 평생 이어가는 종도 있다. 괭이갈매기가 그렇다. 동아시아 특산종인 괭이갈매기는 우리나라의 독도, 홍도, 백령도 등 인적이 드문 섬에서 수천수만 마리가 모여 집단으로 번식한다. 소그룹으로 흩어져 다른 지역에서 가을과 겨울을 보낸 괭이갈매기는 4월 중순에 번식지에 도착한다. 2008년 경남 거제 홍도에서 괭이갈매기의 집단 번식 모습을 촬영했는데, 당시 그곳에는 괭이갈매기 약 2만 마리가 도착했다. 촬영하는 동안 괭이갈매기 무리가 24시간 내내 '꽈오 꽉꽉' 소리를 질러대는 바람에 조용한 데서도 환청이 들릴 정도였다.

평생의 짝을 1년 만에 다시 만난 괭이갈매기 외발이

　일반적으로 집단으로 번식하는 철새는 번식지에 도착해서 짝을 정한다. 그런데 괭이갈매기는 좀 다르다. 번식지에 도착해서 각자의 짝을 만나는 것은 다른 철새의 모습과 같다. 다만 그 짝이 완전히 새로운 짝이 아니라 그전에 만났던 짝이라는 점이 다르다. 겨우 내내 떨어져 지내다가(같이 있었을 수도 있다) 번식지에 와서 재회한다. 암수는 짝의 소리와 냄새를 기억해뒀다가 서로를 알아본다. 이 얼마나 감격스러운 일인가! 괭이갈매기는 이렇게 텃새가 아닌 철새로 번식하면서도 일부일처제를 유지한다.

　심지어 괭이갈매기는 매년 집단 번식지의 같은 장소에서 같은 짝과 둥지를 트는 것으로 확인됐다. 이곳 홍도에서 괭이갈매기를 연구해온 권영수 박사는 괭이갈매기의 발에 가락지를 달아 관찰했는데, 이듬해에 괭이갈매기 암수가 같은 장소로 돌아오는 것을 확인했다. 나는 그중 가락지를 단 '외발이'라는 녀석을 촬영했다. 한쪽 발이 불편했는데도 짝에게 버림받지 않고 함께 번식에 나서고 있었다. 괭이갈매기는 짝에게 한번 신뢰를 보내면 평생 배반하지 않음을 알 수 있었다. 물론 그사이 한쪽이 죽으면 짝과 둥지가 바뀔 수 있지만 말이다.

언뜻 보기에 괭이갈매기의 집단 번식지는 무질서하고 소란스럽다. 하지만 그 속에는 괭이갈매기만의 아름다운 질서가 숨어 있다. 바다라는 거친 환경에서 살아가기 위해 이러한 일부일처제를 선택하는 것으로 보이는데 경이로운 일이 아닐 수 없다.

괭이갈매기를 시끄럽고 새우깡이나 받아먹는 녀석이라고 폄하한다면 그건 괭이갈매기를 잘 모르고 하는 말이다. 일편단심으로 살아가는 괭이갈매기의 부부애는 만남과 헤어짐을 너무 쉽게 여기는 현대인이 곱씹어봐야 할 부분이 아닐까? 매년 번식지와 월동지를 오가면서도 한번 맺은 짝의 관계를 굳건히 유지하는 괭이갈매기를 보면서 신뢰가 얼마나 중요한지 다시 한번 생각해본다.

06

기적

땀 흘리지 않는 한
기적은 없다

절망의 끝자락에서 만난 뿔논병아리의 기적

인생을 살다 보면 애써도 안 되는 일이 있다. 아무리 땀을 흘려도 원하는 결과를 얻지 못하는 경우가 허다하다. 투자한 만큼 돈을 번다면 모두가 경제적으로 부자가 되었을 것이다. 자본주의의 꽃 주식시장에서 사람들은 매일 주식을 사고판다. 모두가 수익을 내기를 원한다. 하지만 돈을 벌었다는 사람은 많지 않다. 오히려 쪽박을 찼다는 소식만 들려온다. 좋은 기업에 투자해서 그 기업이 이익을 많이 내면 매수한 주식 가격이 올라간다는 기본 법칙을 투자자들은 다 안다. 그럼에도 탐욕에 사로잡혀서 본원적인 투자를 하지 않고 투기를 하고 만다. 요행을 바라거나 급등주만 기웃거린다. 그러다가 대박을 꿈꾸며 매수한 주식이 급락하고 만다. 반면, 지인이 산 주식은 연일 빨간불이다. 다시 그 주식을 사면 때를 기다렸다는 듯 그때부터 꼬꾸라진다. 머피의 법칙은 그럴 때 잘도 작동한다. 이 같은 최악의 결과는 주식을 매입한 후 그 기업이 일해서 돈을 벌 시간을 충분히 주지 않았기 때문에 생긴다.

자연 다큐멘터리 제작도 주식투자와 다르지 않다. 높은 시청률과 수상 등 미래의 결과에 연연하다 보면, 충분히 익기 전에 과일을 따 먹어놓고는 맛이 없다고 불평하게 된다. 꽃이 피어야 열매가 열리고 시간이 지나야 열매가 익는다. 새는 교미를 해야 유정란을 낳고 먹이를 물어다 날라야 새끼가 성장해서 날 수 있다. 제대로 된 작품을 만들기 위해서는 기획, 촬영, 편집 등 각 단계에서 할 수 있는 일을 끝까지 다하고 그 결과를 기다려야 한다. 진인사대천명이 따로 없다. 기다리고 기다리다 보면 결과는 자연스럽게 따라오기 마련이다. 이것이 내가 자연 다큐멘터리를 만드는 기본 방식이다.

주위에 매주 복권을 사는 사람이 더러 있다. 큰돈 들이지 않고 행운을 기다리는 즐거움을 얻는다고 한다. 한 달을 해봐야 겨우 2만 원 정도 든다니 나쁠 건 없을 것이다. 하지만 나는 평소에 복권을 사지 않는다. 복권은 운과 요행에 의해서만 결과가 정해지기 때문이다. 평생 복권을 사본 적이 손에 꼽을 정도다.

물론 우리 인생사가 그렇듯이 어떤 경우에는 예상하지 못했던 뜻밖의 성과를 얻기도 한다. 이마저도 하늘에서 그저 떨어진 홍시는 아니리라! 만약 충분히 익지도 않았는데 갑자기 감이 떨어졌다면 그건 날벼락이다. 홍시가 떨어질 시기를 알고 받을 준비를 하고서 기다렸다면 그 사람은 홍시를 먹을 자격이 있다. 홍시가 우연히 떨어졌다면 떨어져도 거의 먹지 못한다. 떨어지면서 터져버렸을 테니 말이다. 홍시를 간절하게 먹고 싶다면 떨어지기 직전의 홍시를 따거나 떨어지더라도 터지지 않게 그물을 받쳐두어야 한다. 만약에 기적과 같은 일이 벌어졌다면 그걸 얻기 위해 흘린 땀의 대가일 것이다. 그것이 어느 날, 어느 순간 예상치 못하게 나타났을 뿐이다.

자연 다큐멘터리를 제작하면서 두 번의 기적적인 일을 경험했다. 첫 번째는 2008년 〈신동만 PD의 생명이야기-뿔논병아리의 선물〉을 제작할 때였다. 안산 갈대습지의 뿔논병아리가 1차 번식을 마친 후에 다시 2차 번식에 들어갔다. 아직 첫 번째 배의 새끼가 독립하지 않았는데도 뿔논병아리 암컷은 다시 총 여섯 개의 알을 낳았다. 보통 서너 개를 낳는 것에 비하면 많은 수다. 부모 새의 정성 어린 보살핌 끝에 그중 네 개가 무사히 깨어났다. 그런데 남은 두 개가 문제였다. 뿔논병아리의 경우, 알을 낳은 순서대로 새끼가 깨어난다. 그 둥지의 부모 새는 아직 부화하지 않은 알을 그대로 둔 채 먼저 부화한 새끼들만 등에 업고 외출했다. 보통은 외출했다가 금방 돌아오기 마련인데 그날따라 외출 시간이 길었다.

천적은 결정적인 시간을 용케 알고 침입한다. 뿔논병아리 부모 새가 외출한 사이에 무자치 한 마리가 침입했다. 다행히 무자치가 알을 포식하기 전에 어미가 돌아와서 화는 면했다. 이 때문이었을까? 그다음 날, 뿔논병아리 암수는 네 마리의 새끼만 업은 채 둥지를 완전히 떠나버렸다. 평소보다 많은 알을 낳았기 때문에 네 마리 새끼로도 충분하다고 여겼을 수도 있다. 사실 새끼가 여섯 마리면 업어서 키우기 버거울 수도 있다. 또 남은 알이 무정란일 수도 있다. 어쨌든 알 두 개는 둥지에 그대로 버려지고 말았다. 그 후 이틀이 지나도 품지 않길래 나는 둥지 촬영을 접고 부모 새가 새끼를 업고 양육하는 장면을 촬영하는 데 초점을 맞췄다.

주말이라서 모처럼 집에서 쉬고 있는데 촬영 일을 도와주던 최종인 선생으로부터 연락이 왔다. 혹시나 해서 포기한 알을 수거해 부화기에 넣어두었더니 알에서 소리가 난다는 것이었다. 다음 날, 부랴부랴 촬영 준비를 해서 달려갔더니 하나는 먼저 부화한 상태였다. 나머지 하나가 깨어나는 장면을 간신히 촬영할 수 있었다. 이게 무슨 조화인가 싶었다. 썩었다고 생각한 알에서 귀여운 새끼가 깨어나다니! 뿔논병아리의 알이 인공부화기에서 깨어나는 건 그야말로 기적이었다. 이러한 기적을 일구는 데는 끝까지 포기하지 않은 최 선생님의 역할이 컸다.

처음엔 날뛸 듯이 기뻤는데 그다음부터는 걱정이 앞섰다. 이 핏덩이 같은 새끼를 돌보는 일이 쉬울 리 없기 때문이다. 매일 작은 물고기를 어떻게 조달해줄지 걱정이 앞섰다. 그래서 야생 방사 프로젝트를 기획하게 됐다. 안산 갈대습지 내 부모 새에게 새끼를 돌려주기로 했다. 인공부화한 새끼는 아직 어려서 부모의 등에 본능적으로 올라탈 가능성이 있다. 그리고 새끼가 부화하기 전 알껍데기 속에 있을 때 어미와 소리를 주고받았기에 서로를 기억할 가능성도 있다. 물론 각인 효과는 새끼가 깨어났을 때부터 몇 시간까지가 가장 강하지만 말이다. 누구도 성공할지 실패할지 가늠하기 힘들었다. 하지만 가련한 생명을 두고 할 수 있는 일은 다 해봐야 했다.

최종인 선생과 함께 수초 둥지를 물에 뜨게끔 만들어 두 마리 새끼를 올려둔 다음, 서식지 물 한가운데에 가져다 두었다. 제발 부모와 새끼가 서로 알아보기를 바라면서…. 사실 그러면서도 큰 기대는 하지 않았다. 어미와 새끼 사이에 끊어진 시간의 다리를 다시 연결해주는 게 쉬운 일은 아니기 때문이다. 그럼에도 그것이 내가 할 수 있는 최선이었다. 긴장된 시간이 흘렀다.

'남북 이산가족이 상봉할 때 서로를 알아보지 못하면 얼마나 서먹서먹할까?'

내 기분이 딱 그랬다. 더구나 야생동물은 자기의 새끼가 아니면 공격하는 습성도 있다. 뿔논병아리도 예외는 아니다.

시간은 자꾸 흘러 5분쯤 지났을 무렵이었다. 저 멀리서 먼저 데리고 나갔던 새끼들을 업고 부모 새가 나타났다. 새끼를 업지 않은 수컷은 두리번두리번 긴장한 모습이었다. 수컷은 우선 새끼가 앉아 있는 인공 둥지 주변을 신중하게 정찰했다. 쌀쌀하게 대하는 부모 새 앞에서 새끼들은 당황한 기색이 역력했다. 수컷은 이번엔 물속으로 들어가 수중 탐색에 나섰다. 한참 후 고개를 드러낸 수컷이 암컷에게 신호를 보냈다.

"꾸르륵~ 꾸르륵~."

그사이 긴장한 채 가만히 있던 인공부화 새끼들이 고개를 쳐들었다.

"삐익~삐익~."

그들만 아는 소리로 의사소통을 한 것으로 보였다. 현장에 있던 내가 감히 통역하자면, 내 자식이 맞나 의심만 하던 아비가 자기 자식임을 알아보고 '애들아!' 하자 미아가 됐던 아이들이 '아빠!'

한 것이다. 방사한 새끼들은 누가 먼저랄 것도 없이 잽싸게 인공 둥지 위에서 내렸다. 그리고 다른 뿔논병아리 새끼들이 그러하듯이 본능적으로 어미의 꽁무니 쪽으로 헤엄쳐갔다. 난생처음 펼쳐 보이는 앙증맞은 헤엄이었다. 어미는 등의 꼬리 쪽을 살짝 낮추어 새끼가 오르기 쉽게 사다리를 만들어주었다. 자기 자식임을 인정하는 행동이다. 이렇게 해서 부모와 새끼 사이의 끊어진 기억은 닷새 만에 복원되었다. 야생의 기적이고 감동 그 자체였다. 야생에서 동물을 촬영하느라 그토록 돌아다녔건만 이토록 감동적인 순간을 경험한 적이 있었던가!

최종인 선생과 마주 보며 환호했다. 이 순간 뿔논병아리가 서식하는 안산 갈대습지공원에서 인간과 야생은 하나가 되었다. 뿔논병아리 수컷은 배고픈 새끼들에게 연신 작은 물고기를 물어다 날랐다. 그리고 예의 습성대로 몸에서 작은 깃털을 하나 뽑아 새끼에게 건네는 것도 잊지 않았다. 그들은 물 위의 위대한 춤꾼 뿔논병아리였다.

처음엔 모두가 포기했다. 뿔논병아리 부모 새가 포기했고 내가 포기했다. 그렇지만 알은 작은 생명을 품고 있었고 그 생명은 스스로 견뎌냈다. 새끼는 알에서 깨어났고 두 사람의 도움까지 더해져 부모와 다시 상봉했다. 모두가 함께 이뤄낸 기적이었다! 작은 생명도 포기하지 않는 마음이 빚어낸 결과물이다. 절망이라고 느낄 때도 완전한 절망은 아니다. 새롭게 시작할 희망이 벌써 숨 쉬고 있으니 말이다. 살면서 힘들어도 희망의 끈을 놓치지 않는 것

1차 번식한 새끼와 뿔논병아리 수컷

이 중요하다는 것을 느꼈다. 뭔가를 향해 몸부림치면 절망은 사라지고 어느 날 갑자기 기적이 찾아온다.

쇠제비갈매기는 살아 있었다

내가 경험한 두 번째 기적은 촬영하던 쇠제비갈매기 서식지가 수몰되었을 때 죽은 줄로 알았던 쇠제비갈매기 새끼들을 극적으로 만난 일이다. 그 감동적인 이야기는 언제 떠올려도 가슴이 벅차오른다. 무슨 일이 있었기에 제작진의 눈시울을 적시고 시청자의 심금을 울렸을까?

5년에 걸쳐 제작한 〈비와 생명〉을 방송한 지 몇 년 후, 쇠제비갈매기에 관한 또 다른 5년이 나를 기다리고 있었다. 어느 날, 지방에 계시는 모 교수로부터 연락이 왔다. 서로의 이름은 기억하고 있었지만 만난 적은 없는 그런 사이였다. 쇠제비갈매기 관련 국제 심포지엄에 발표자로 참여해달라는 연락이었다. 방송 이후 출간한 다큐멘터리 동화《쇠제비갈매기의 꿈》이 연결고리가 됐던 모양이다. 행사 주최자는 경북 안동시로 언뜻 쇠제비갈매기와 관련성이 보이지 않았다. 해안가에 서식해야 할 쇠제비갈매기가 내륙 깊숙이 위치한 안동호에도 서식하고 있다는 사실을 알고서야 심포지엄의 취지를 이해할 수 있었다.

우리나라 내륙 안동호에 바닷새 쇠제비갈매기가 살아간다는 사실은 나의 호기심을 자극하기에 충분했다. 그도 그럴 것이 낙동

강 하구, 간월도 등 우리나라의 주요 쇠제비갈매기 집단 번식지는 2017년 당시 자취를 감춰가고 있었다. 다큐를 제작했던 시화 지역도 개발이 완료되면서 임시 서식지는 이미 사라진 상태였다. 쇠제비갈매기 심포지엄 참가를 계기로 새로운 다큐 제작 열망이 용솟음쳤다. '멸치 같은 작은 물고기를 주로 사냥하는 바닷새 쇠제비갈매기가 이곳 안동호에서는 무엇을 먹이로 삼아 살아갈까?' 하는 점이 참석한 사람들의 최대 관심사였다. 그중 안동시청에 근무던 우병식 국장은 더욱 그러했다. 그러면서 이런 이야기를 들려주었다.

"안동은 세 가지 바다 생물이 유명하다 카이. 간고등어, 문어숙회 그리고 쇠제비갈매기입니더."

나는 우 국장의 말에 고개를 끄덕였다. 바다와 아무 관련 없는 이 내륙지역에서 간고등어, 문어숙회, 쇠제비갈매기 등 바다 것이 유명해지다니 세상 알다가도 모를 일이다. 굳이 찾자면 낙동강이 안동을 거쳐 바다로 흘러간다는 점이 안동과 바다의 유일한 연결고리다. 나도 한마디 거들었다.

"앞으로 안동에 바다 출신 4대 명물을 만들어봅시다. 그 네 번째는 빙어입니다. 안동호에 바다와 강을 오르내리는 빙어도 살거든요."

이번엔 우 국장이 고개를 끄덕였다. 심포지엄 참석 차 안동에 갔다가 자연 다큐멘터리 하나를 기획하게 됐다. 안동시에서 제작 지원을 할 의향이 있다는 얘기도 들었다. 여기에는 내가 쇠제비갈매기를 제작한 이력이 있다는 점 그리고 조류 생태학 박사라는 점이 크게 작용했다. 바닷새 쇠제비갈매기는 왜 내륙 안동호에 왔을까? 그리고 그들은 뭘 먹고 살까? 이 두 가지 비밀을 밝혀내는 게 새로운 쇠제비갈매기 다큐의 주제였다.

안동호 한가운데에 쌍둥이 모래섬이 있었는데, 이곳이 쇠제비갈매기의 서식지였다. 육지에서 350~400미터 떨어져 있었다. 이러한 지리적 조건은 네발 달린 천적 동물의 침입을 막는 데 유리하겠다는 느낌이 들었다. 문제는 어떻게 촬영할 것인가였다. 지금까지 해오던 방식 그대로 텐트를 치고 잠복해서 촬영하겠다는 생각은 애초부터 하지 않았다. 촬영을 위해 좁은 서식지를 반복적으로 들어가면 쇠제비갈매기의 번식에 부정적인 영향을 줄 수 있다는 판단이 들었기 때문이다. 촬영 여건에 맞게 제작 방식을 디자인하는 건 PD가 해야 할 일이다. 현장을 둘러본 후 무인 원격 촬영을 한다는 결론을 내렸다.

그전에도 〈환경스페셜〉 팀은 원격 촬영을 통해 저어새 다큐를 제작한 적이 있다. 이때에는 HD 화질(1920 × 1080)이었고 녹화만 단속하는 방식이었다. 이번에는 한 단계를 뛰어넘어 카메라를 원격으로 조정하는 방식(줌, 팬 등 가능)이 돼야 내가 원하는 영상을 얻을 수 있다. 게다가 HD보다 화질이 네 배 더 좋은 4K UHD(3840 × 2160)제작이 자연 다큐의 대세로 자리를 잡아가고 있어서 UHD 화질로 제작하기로 결심했다. 그만큼 해결해야 할 난제도 많았다.

우선, 야생 촬영 장비를 전문으로 제작하는 엔지니어를 만나서 기획 방향을 설명했다. 예전부터 현장에서 필요한 장비를 맞춤 제작해주던 분이다. 쉽지는 않지만 한번 해보겠노라고 의지를 보였다. 촬영 캠프는 물가 높은 곳에 짓고 전기는 발전기를 돌려 수중에 매설한 전선을 통해 공급한다는 계획을 세웠다. 새로운 장비를 세팅하는 일은 만만찮았다. 쇠제비갈매기가 도착하는 4월 초 무렵에야 비로소 원격 촬영 장비를 완성하고 설치할 수 있었다. 이처럼 원격 촬영 시스템을 구축하는 데는 구례에 있는 '와일드시스템' 서기원 대표의 공이 컸다.

우여곡절 끝에 완성한 '4K 무인 원격 카메라'는 자연 다큐의 새로운 장을 열었다. 야생에 대한 간섭 없이 촬영하는 시대의 서막이었다. 더구나 적외선 조명이 카메라에 내장돼 있어서 야간에도 별도의 조명 없이 선명한 영상을 기록할 수 있었다. 카메라의 전기 스위치를 끄지 않는 한 쇠제비갈매기의 일거수일투족이 기록되었다. 아침 5시부터 밤 10시까지 꼬박 하루 열일곱 시간 동안 녹화를 했다. 그것도 약 100일간의 대장정 내내 계속되었다. 웬만한 끈기 없이는 도저히 불가능한 일이었다. 그간 쌓은 관록이 있었기에 버틸 수 있지 않았을까 생각한다. 녹화 분량이 너무 많아서 편집하기 전에 그림을 정리하는 데만 2개월 이상이 걸렸다.

모든 식사는 임시로 지은 현장 막사에서 해결했다. 주로 햇반, 인스턴트 반찬, 라면 등으로 때웠다. 빨리 먹고 관찰해야 하니 간편한 방식이 필요했다. 야외 생활이 익숙해서 불편한 점은 없었다. 하지만 나의 이런 모습이 옆에서 보는 사람에게는 안쓰러웠던 모양이다. 안동호 쇠제비갈매기를 알리는 데 두 팔을 걷어붙인 권광순 기자는 다큐 제작이 자기 일인 양 자주 들락거렸다. 맛있는 음식을 공수해 오거나 현장에서 직접 요리를 해주었다. 비 오는 여름 어느 날에는 잔치국수도 손수 말아주었다. 이곳 현장에서 먹은 것 가운데 제일 맛있는 식사였다. 나중에 물어보니 속옷 차림으로 촬영에만 몰두하고 있는 모습이 너무 짠해서 뭐라도 해주고 싶었다고 한다. 그 후에도 권 기자와의 인연이 이어져 안동호 쇠제비갈매기 서식지를 보전하는 데 함께 힘을 모으고 있다.

평소 사람이라고는 나뿐인 안동호의 밤은 적막했다. 그래서 야생을 더 고스란히 느낄 수 있는 시간이기도 했다.

"쏙쏙쏙~옥."

"휘이잇~휘이잇."

"후후후~웃~."

"소쩍~소쩍~소쩍~."

"훵~ 컹~."

쏙독새, 호랑지빠귀, 올빼미, 소쩍새, 노루 등 각자 다른 소리로 자신의 존재를 알린다. 짝에게 신호를 보내고 자기 영역이라고 부르짖는다. 야생의 몸짓에 귀 기울이면 이 모든 것이 야생의 연주요, 삶의 교향악이다. 도시라는 공간에서는 도저히 맛볼 수 없는 야생의 '살아 있음'이다. 산과 들판에 나가면 이러한 야생성을 느낄 수 있기에 28년이라는 세월을 야생에서 지냈는지도 모르겠다.

안동호의 쇠제비갈매기에게 가장 무서운 존재는 낮에는 참매고 밤에는 수리부엉이였다. 야간에도 잠을 못 자며 원격 카메라를 돌린 건 수리부엉이의 출몰이 확인됐기 때문이다. 밤바다 바짝 긴장하고 눈이 빠지도록 모래섬을 관찰했다. 하지만 수리부엉이는 첫 출현 이후 한동안 모습을 드러내지 않았다. 역시 야생은 예상하는 대로 그리고 계획하는 대로 되지 않았다.

그러던 6월 초, 쌍둥이 모래섬에서 대형 사건이 벌어지고 말았다. 쇠제비갈매기 새끼 사체가 발견된 것이다. 뜯어먹힌 흔적으로 보건대 분명 맹금류의 짓이었다. 한번 맛을 들인 녀석은 다시 오게 돼 있다. 나는 스스로 비상 체제에 돌입했다. 식사는 번갯불에 콩 볶아먹듯 하는 둥 마는 둥 해결하고 모니터에 매달렸다. 놈이 언제 나타날지 모르기 때문에 빈틈없는 관찰이 나의 최고 무기였다. 그사이 깨어난 쇠제비갈매기 새끼는 40여 마리에 육박했다. 새끼들은 성장하면서 활발해졌다. 놈은 분명 새끼의 움직임과 소리를 놓치지 않았을 것이다.

그 예상은 적중했다. 그날 밤, 어둠이 내려앉기 시작하자 커다란 비행체가 먼 쪽 모래섬으로 날아들었다. 처음에는 멀리 있어서 형체를 정확하게 분간할 수 없었다. 적외선 조명을 받은 놈의 눈은 커다랗게 빛났다. 둥지를 지키던 어미들이 일제히 날아올랐다. 놈은 사냥에 실패한 건지 카메라가 있는 모래섬으로 넘어왔다. 침입자의 정체는 내가 알고 있던 그 수리부엉이였다. 성큼성큼 걸으며 쇠제비갈매기 새끼를 찾아다녔다. 사냥감을 노리고 있다가 날아서 낚아채는 수리부엉이 특유의 사냥법이 이곳에서는 필요 없었다. 아직 날지 못하는 새끼들이라 걸어가서 주우면 그만이었다. 은신처가 없는 모래섬에서 쇠제비갈매기 새끼는 수리부엉이에게 잘 차려진 밥상이었다. 그렇게 수리부엉이는 며칠에 걸쳐 안동호 쌍둥이 모래섬을 초토화했다. 아직 날지도 못하는 어린 새는 모조리 수리부엉이의 배를 채우는 데 이용됐다. 이 모든 일이 야생에서는 매일 일어나는 일상이다. 하지만 쇠제비갈매기의 기록자에겐 참혹 그 자체였다. 수리부엉이의 화를 면한 건 아직 부화하지 않은 둥지뿐이었다.

그럼에도 'The show must go on'이다. 대학교 1학년 때 배운 교양영어 책에 나왔던 글의 제목인데, 미국 시카고의 연극배우인 보보*Bobo*가 할머니가 죽은 날에도 무대 위에 오르며 한 말이다. 쇠제비갈매기 새끼가 죄다 수리부엉이의 뱃속으로 들어갔지만 자연의 행진은 멈출 줄을 모른다. 또한 야생의 기록도 이어져야 한다. 짧은 컷 하나하나가 모여 한 편의 다큐가 완성되기 때문이다. 수리부엉이가 모래섬을 습격한 이후 알 상태였던 둥지에서 새끼들이 부화해 총 일곱 마리가 됐다. 쌍둥이 모래섬에 새끼들이 깨어나니 다시 활발해졌다. 매일 밤 관찰했지만, 수리부엉이는 더 이상 나타나지 않았다.

장마가 본격적으로 시작됨에 따라 안동호의 수위 상승을 걱정해야 하는 상황에 직면했다. 혹여 모래섬이 물에 잠기더라도 그 직전까지 촬영할 수 있도록 대비를 해둬야 했다. 무인 카메라는 처음부터 가장 높은 곳 지상 1미터 지점에 설치해둔 상태였다. 물에 잠기더라도 두세 시간은 버틸 수 있다. 문제는 전기를 공급하는 배터리였다. 그래서 수위 상승에 대비해 배터리도 카메라와 같은 높이인 지상 1미터쯤에 매달아놓았다. 야생에서는 온갖 변수를 고려해서 미리 대비책을 마련해놓아야 원하는 결과를 얻을 수 있다.

며칠 동안 이어진 폭우는 모래섬을 금방이라도 삼킬 듯했다. 아래쪽 둥지는 이미 물에 잠겨 부화하지 않은 알들이 물살에 휩쓸리고 말았다. 남은 수위는 이제 30센티미터! 쇠제비갈매기들이 가진 각자의 땅은 무의미해졌다. 처음에는 서로 다투다가 남은 땅이 점점 줄어듦에 따라 모두 가운데로 모여들었다. 이제 영역싸움이 아니라 사느냐 죽느냐만 남았다. 쇠제비갈매기 새끼들은 손바닥만 한 작은 모래 뙈기에 형제처럼 옹기종기 앉았다.

높아지기만 하던 수위는 결국 모래섬의 모든 땅을 삼키고 말았다. 호숫물은 새끼들의 발목까지 차올랐다. 새끼들은 첫 비행을 하기까지 며칠이 더 필요한 상태라 아직 날 수가 없었다. 높아진 수위에 자기의 의지와 상관없이 꼼짝달싹 못 하고 물에 뜨고 말았다. 쇠제비갈매기는 물갈퀴를 가진 물새라서 어린 새끼들도 수영은 할 수 있었다. 하지만 날이 어두워서 걱정이었다. 센 물살에 견딜 수 있을지, 수달 같은 또 다른 천적에게 포식당하지는 않을지…. 다급한 어미들의 울음소리만 어둠 속으로 울려 퍼졌다. 그렇게 일곱 마리의 새끼는 작은 점이 되어 카메라 시야 밖으로 정처 없이 사라졌다. 이제 카메라에는 아무것도 보이지 않는다. 오직 거친 물살만이 비칠 뿐이다. 촬영팀은 미리 짜놓은 시나리오에 따라 카메라와 배터리 철수에 나섰다. 원격 카메라는 새끼들이 칠흑 같은 호수 어딘가로 사라지는 최후 순간까지 기록하고 제 임무를 마쳤다.

모든 상황이 종료된 새벽 3시 30분…. 막사 안은 적막 그 자체였다. 누구도 말을 꺼내지 못했다. 서로 눈빛만 주고받았다. 아무리 다큐멘터리라고 하지만 이 비극적인 상황을 그대로 방송한다면 시청자가 어떻게 받아들일까? 그렇다고 다른 묘수도 보이지 않았다. 지친 스태프들은 이내 늦은 잠에 빠져들었다. 하지만 나는 쉬이 잠들 수 없었다. 복잡한 감정이 가시지 않았다. 자는 둥 마는 둥 뒤척이다가 5시에 일어났다. 답답함을 풀어버리고 싶었다. 이럴 땐 아무 생각 없이 걷는 게 최상책이다.

매일 관찰하던 쌍둥이 모래섬은 이제 시야에서 사라지고 없다. 쇠제비갈매기의 활동을 기록하던 카메라 거치대 끝부분만 살짝 보일 뿐이었다. 무엇을 어떻게 해야 할지 엄두가 나지 않았다. 오만 생각이 교차하는 그 순간, 소리 하나가 귓전을 때렸다.

"째액~."

날카로운 소리였다. 어미 새가 새끼를 보호하기 위해 내는 경계음이다. 그런데 갑자기 이 소리가 왜? 어미는 내가 걷고 있는 막사 앞을 선회하며 계속 소리를 냈다.

'내가 모르는 뭔가가 있다.'

새끼들이 어떻게 되고 말았을 것이라는 생각에 사로잡혀 있던 나는 그게 아닐 수도 있겠다는 희망의 빛을 보기 시작했다. 즉

각 물가를 샅샅이 뒤졌다. 아니나 다를까, 새끼 한 마리가 돌 틈에 몸을 숨기고 있었다. 죽은 게 아니었다. 당당히 살아 있었다! 그 후로도 새끼들이 속속 발견되어 일곱 마리 가운데 여섯 마리가 확인됐다. 그것도 제작팀이 머무는 막사 바로 앞 물가에서 말이다. 내가 매일 세수하던 곳은 쇠제비갈매기의 새로운 땅이 되었다. 그 넓은 호수에서 모래섬을 떠난 새끼들이 막사 앞으로 다가온 건 그야말로 기적이었다. 마음과 마음이 서로를 끌어당겼던 것 같다. 어쩌면 수리부엉이에게 당하고 집단 번식지마저 수몰당한 쇠제비갈매기들이 제작팀에게 내민 애원의 손길인지도 모르겠다.

기적은 하늘에서 어느 날 갑자기 툭 떨어지는 횡재일까? 기적이 거저 일어난다고는 생각하지 않는다. 기적은 간절함과 끈기 있는 노력이 동반될 때 부지불식간에 찾아온다. 이전에 투자한 에너지가 기적이라는 형태로 돌아오는 것이다. 에너지 총량의 법칙은 언제나 유효하다. 평소에 간절하게 노력하는 자만이 미래의 기적을 맞이할 수 있지 않을까. 칠흑 같은 밤에 홀연히 사라진 새끼들이 무사하기를 바라는 간절한 마음이 쇠제비갈매기 새끼들에게 닿았으리라.

쇠제비갈매기 새끼들의 출현에 제작팀은 다시 생기를 되찾았다. 쇠제비갈매기들이 안심하고 지낼 수 있도록 막사 앞 물가에는 접근하지 않았다. 부모 새나 새끼들은 제작팀의 존재를 별로 개의치 않는 것처럼 보였다. 어느덧 막사 앞은 일정한 경계를 두고 쇠제비갈매기와 제작팀이 함께 살아가는 공간으로 바뀌었다. 무인 원격 카메라를 통해서 보던 새끼들의 귀여운 모습을 맨눈으로도 관찰할 수 있었다. 부모 새는 빙어를 물어다 나르기에 바빴고, 새끼들은 먼저 받아먹으려 아우성을 쳤다. 며칠 후, 새끼들은 첫 비행을 시도했다. 본격적으로 날기 시작하자 제작팀과의 작별 시간도 다가왔다. 그들은 약 열흘간 제작팀의 막사 앞에 머물다가 새로운 곳으로 날아갔다.

드라마보다 더 드라마 같은 다큐멘터리 〈안동호 쇠제비갈매기의 비밀〉은 국제적으로도 큰 반향을 불러일으켰다. 2019년 프랑스 아베빌에서 개최된 '새와 야생동물 페스티벌'에서 야생동물 부문 최우수 작품상을 받았다. 권위 있는 국제대회에서 국내 자연 다큐멘터리가 최고상을 받은 경우는 거의 없었다. 시상식이 열리던 만찬장에서 한 심사위원에게 직접적으로 물었다.

"제 작품을 최우수 작품상으로 선정한 이유가 뭔가요?"

"연출해서 찍은 작품이 아니잖아요. 그래서 감동적입니다. 그것을 만든 연출자는 당연히 평가받아야 하고요."

방송이 나간 후 안동에 있는 권광순 기자와 힘을 합쳐 수위 상승에 따른 침수를 막고 수리부엉이의 공격을 막을 방법을 고안해 쇠제비갈매기 인공서식지 조성에 앞장섰다. 안동시는 3년간의 실험 끝에 쌍둥이 모래섬이 있던 자리 옆에 두 개의 인공섬을 완성했다. 나는 서식지 수몰, 수리부엉이 포식, 서식지 복원, 안정적 번식 등의 내용을 틈틈이 촬영했다. 다큐멘터리 〈쇠제비갈매기의 귀향〉(2022년)은 이러한 여정을 담은 다큐멘터리다. 2018년에 시작

새끼를 돌보고 있는 쇠제비갈매기

해 2022년에 마무리를 지을 수 있었다. 시화호 쇠제비갈매기 편에
이어 다시 5년의 기간이 걸린 것이다. 이 다큐멘터리는 Jackson
Wild, UNDP, CITES 등이 공동 주최한 2023 WWD*World Wild Day*
쇼케이스 작품에 선정돼 전 세계에 공개되는 영광을 누렸다. 그사
이 쇠제비갈매기에 대한 보호 여론도 조성돼 환경부는 쇠제비갈
매기를 멸종위기종 2급으로 지정했다. 쇠제비갈매기를 법적으로
보호할 수 있는 길이 생긴 것이다.

쇠제비갈매기에 관한 세 편의 다큐를 제작하는 데 총 10년을
투자했다. 말이 10년이지 강산도 변할 기간이다. 이쯤 되면 나와
쇠제비갈매기는 떼려야 뗄 수 없는 엄청난 인연임이 틀림없다. 지

금도 그 기적의 순간들을 생각하면 가슴이 먹먹해진다. 평생 잊지 못할 쇠제비갈매기다. 앞으로 10년 동안 또 어떤 만남을 이어가게 될지 궁금하다. 오늘도 나는 월동을 위해 남반구 호주로 떠난 쇠제비갈매기들이 돌아올 날을 손꼽아 기다리고 있다.

07

선택

생명은
선택하는 존재다

선택이 인생을 만든다

지난 인생을 돌이켜보면, 삶이란 선택의 연속이 맞는 것 같다. 중학교 3학년 때는 인문계 고등학교에 진학할지 아니면 실업계 고등학교로 진학할지 고민해야 했다. 대학에 진학하기를 희망했으므로 인문고를 선택했다. 한때 사법고시에 합격해서 법관이 되겠다는 꿈을 꾸기도 했다. 그러다가 또래 친구들이 너도나도 법관이 되겠다고 하니 법관이 흔해빠진 직업으로 느껴졌다. 그래서 장래 희망을 다른 걸로 바꿨다.

'경제학과 교수가 되자.'

구체적인 목표설정을 했다기보다 교수 정도는 이야기해야 남들이 알아줄 것 같았다. 고등학교에 진학해서는 국문학 공부에 대한 꿈을 갖기도 했다. 내 인생 최초의 자발적 꿈이었다. 거기에는 나름의 이유가 있었다. 고등학교에 진학했는데, 3월 초부터 교내 동아리 회원 모집활동이 활발했다. 그중 독서토론회라는 동아리가 가장 마음에 들었다. 3대 1의 경쟁률을 뚫고 가입에 성공했다. 인생에서 주체적으로 이루어진 첫 번째 선택이었다. 책을 읽고 친구들과 토론하는 경험을 쌓고 싶었다. 시골에 살 때는 자연의 친구들과 노느라 바빴고, 중학교 2학년 때 도시(대구)로 전학해서는 학교 공부가 전부였다. 시골 촌놈이 도시의 친구들과 경쟁해서 이기려면 그 방법밖에 없었다.

독서토론회 동아리에 들어가고 나서부터는 학교생활이 즐거웠다. 《데미안》과 《대지》를 읽었고, 《이방인》, 《갈매기의 꿈》, 《젊은 베르테르의 슬픔》을 읽었다. 친구들과 열띤 논쟁을 벌이기도 했다. 이러한 독서는 진짜 인생의 꿈을 꾸는 데 크게 이바지했다. 머리카락이 희끗희끗해진 지금도 그때의 동아리 선후배를 만나는 건 방황하던 청춘의 경험을 공유했기 때문이다.

백지의 인생에 멋진 습작 설계를 해보던 어느 날, 등단 시인이기도 한 국어 선생님을 찾아가 장래 희망을 이야기했다.

"샘예. 국문학과로 진학하고 싶은데 뭘 준비하면 돼예?"

국어 선생님은 내 질문에 깜짝 놀라는 눈치였다.

"국문과? 니 거 가면 굶어 죽는다. 니 돈 있나?"

내가 장학금을 받아야 할 정도로 가정 형편이 넉넉하지 않다는 걸 알고 있는 눈치였다. 이제 내가 당황할 차례였다.

"국문과 가서 교수 하면 되잖아예."

"됐다. 니 그런 생각 그만하고 공부나 열심히 해라. 알았나?"

인생의 첫 좌절이었다. 독서토론회와는 별개로 '씨알'이라는 문학동아리를 만들어서 포부를 펼치겠다는 계획은 짚불 사그라지듯 흐지부지되고 말았다. 그러나 젊었을 때 스스로 한 선택과 좌절은 인생의 자양분이 돼 대학원 졸업 후 직업으로 PD를 선택하는 데 큰 영향을 주었다. 문학이 그러하듯 방송 PD란 뭔가 '창조하는

produce' 직업이지 않은가. PD가 되어서도 다큐멘터리 원고를 직접 쓰고 책을 집필한 것은 고등학교 시절의 꿈을 실행에 옮기는 과정이기도 했다.

자연 다큐멘터리 제작을 위해 야생 현장에서 촬영할 때도 언제나 선택해야만 한다. 어느 봄날, 텐트 안에서 올빼미를 기다리고 있을 때였다. 4월 초였지만 산골의 밤은 쌀쌀했다. 둥지 카메라는 어미와 새끼들을 비추고 있다. 먹이를 가져와야 할 아비는 올기미가 전혀 없다. 올빼미도 다른 올빼밋과 새들과 마찬가지로 수컷은 사냥을 전담하고 암컷이 새끼를 돌본다. 당시는 녹화를 테이프로 하던 때라 한 시간이 돌면 테이프를 교체해야 했다. 이 순간이 가장 긴장된다. 테이프를 가는 사이 기다리던 동물이 들이닥치면 모든 게 허사가 되기 때문이다. 그래서 50분만 돌았는데도 느낌에 따라 조금 일찍 테이프를 교체하기도 한다. 현장 상황에 따른 선택이다.

그날 무슨 이유인지 수컷은 밤늦도록 먹이를 가져오지 않았다. 인내심이 거의 바닥나고 있었다. 밤이 깊어질수록 몸에 한기가 들었다. 손발도 시려왔다. 텐트 안에서 움직이지 않고 가만히 있어서다. 갈등의 순간이 수백 번도 더 찾아온다.

'그만 접을까?'

'아니야. 곧 올 거야.'

선택은 온전히 PD인 나의 몫이다. 다른 스태프들은 빨리 촬영을 접고 따듯한 모텔 방으로 들어가 잠을 자고 싶을 것이다. 하지만 먼저 말을 꺼내기가 쉽지 않다. 나도 힘들기는 마찬가지다.

'버틸까? 접을까?'

PD는 이 상황에서 기다림을 이어갈지 아니면 다음을 위해 휴식을 취할지 선택해야 한다. 그 선택은 좋은 방향이든 안 좋은 방향이든 결과물을 만들어낸다. 그것이 PD의 성적표이다. 촬영하면서 하루하루 선택한 결과물이 쌓여서 인생이 된다. 선택이 대작을 이끌기도 하고 졸작을 만들어내기도 한다. 특히 야생동물을 기다려서 촬영하는 자연 다큐멘터리는 더욱 그러하다. 언제나 순간의 선택을 냉철하게 해야 한다. 쉬운 길만 선택해서는 좋은 영상을 얻기 힘들다. 물론 야생의 현장에서 좋은 선택을 하기가 쉽지만은 않다. 쉬우면 누군들 이 일을 하지 않겠는가.

그날 나의 선택은 기다림을 이어가는 것이었다. 하지만 밤을 꼬박 새웠는데도 기다리던 올빼미 수컷은 둥지로 들어오지 않았다. 아무것도 촬영하지 못한 허탕이었다! 힘이 쫙 빠지고 말았다. 야생의 현장에서 촬영하다 보면 흔히 생기는 일이다. 이러한 변동성에 적응하지 못하면 야생 생활을 할 수 없다. 이게 어디 야생에만 국한된 일일까. 살다 보면 예상하지 못했던 일, 기대와 다른 일이 수도 없이 생긴다. '그럼에도 불구하고' 하던 일을 계속 밀고 나가는 선택을 하는 사람만이 나중에 웃을 수 있을 것이다.

그다음 날, 해가 떨어지기도 전에 촬영 준비를 완료하고 잠복에 들어갔다. 아니나 다를까 수컷은 아무 일 없었던 것처럼 등줄쥐를 가져왔다. 어두워지기도 전이었다. 전날 자기의 임무를 완수하지 못한 데 대한 벌칙이라도 수행하듯 네 번이나 먹이를 가져왔다.
이것이 야생이다!

수컷이 먹이를 가져오지 않는 상황을 목격하면서 유쾌한 상
상을 해보았다. 올빼미 세계에서는 일부일처제가 기본적인 혼인
시스템인데, 과연 모든 올빼미가 이런 식으로 번식할까? 예외는
없을까? 촬영하던 현장의 올빼미는 사냥을 못 한 게 아니라 딴 집
에 먹이를 물어다 주느라 바빴던 걸까? 물론 그럴 가능성은 별로
없다. 맹금류 둥지 안의 암컷과 새끼들은 수컷이 조달해 오는 먹
이에 의존해서 살아가니 말이다. 어쨌거나 지난밤 올빼미 수컷도
평소와는 다른 선택을 하지나 않았을까 하고 엉뚱한 상상을 해본
다. 그 선택이 펼쳐낼 새로운 이야기를 상상하며 잠시 웃음을 지어
본다.

제너럴리스트? 스페셜리스트?

나는 프로야구를 좋아하는 편이다. 직접 야구장에 가는 경우
는 드물어도 중계는 자주 본다. 글을 쓸 때도 야구 중계 화면을 함
께 띄워놓을 때가 많다. 응원하는 팀의 중계, 그 팀의 기록을 챙긴
다. 프로야구에 조금이라 관심이 있으면 흥미로운 보직이 있다는
걸 알 것이다. 투수는 크게 선발투수, 중간 계투(셋업맨), 마무리투
수 등 세 개 보직으로 나뉜다. 중간에 나오는 투수 중에는 왼손 스
페셜리스트 *specialist* 가 있는데, 내게는 이 선택이 특히 흥미로웠다.

일반적으로 좌타자는 왼손 투수에 약하다는 논리에 근거해 좌타자가 나오면 좌투수를 올리는 것이다. 왼손 투수가 좌타자를 항상 막을 수 있는 것은 아니지만 그래도 확률적으로 가능성이 높아서 왼손 스페셜리스트를 자주 기용한다. 스페셜리스트의 대척점에 선발투수가 있다. 왼쪽 투수를 더 선호하는 경향이 있긴 하지만, 선발투수는 왼손과 오른손을 가리지 않는다. 좌우 타자를 모두 상대하기에 제너럴리스트*generalist*라 부를 수 있을 것이다.

제너럴리스트와 스페셜리스트는 야생에도 존재한다. 까치처럼 거의 모든 지역에 서식하는 제너럴리스트 종이 있는가 하면, 까막딱따구리처럼 아름드리나무가 있는 특정 숲에만 번식하는 스페셜리스트 종도 있다. 어떤 곳에서든 잘 살아가는 까치는 종을 확산시키는 데 유리하다. 반면 특정 나무나 장소에서만 살아가는 까막딱따구리는 개체 수가 잘 증가하지 않는다. 오히려 멸종위기종이나 천연기념물이라는 타이틀로 인간의 보호를 받고 있다. 비슷한 유형의 크낙새는 광릉숲에서 마지막 모습을 보인 이래로 남한 땅에선 관찰되지 않고 있다. 이런 스페셜리스트들은 인간의 무분별한 개발의 영향을 받아 멸종위기에 처한 것이기에 보호하는 것이 당연하다. 한 종이 사라지면 이와 연관된 다른 종도 영향을 받을 수 있다. 생물다양성을 유지하기 위해서라도 특정 종이 사라지지 않도록 노력해야 한다.

그런데 선택의 관점에서 스페셜리스트를 바라보면 상황은 달라진다. 특정 지역과 특정 먹이만을 선호하면 그 서식지에 문제가 생겼을 때 생존에 치명타를 입는다. 예를 들어 쥐방울덩굴을 먹이 식물로 살아가는 꼬리명주나비는 생존에 취약하다. 어떤 이유로 쥐방울덩굴이 없어지면 꼬리명주나비는 살아가기가 어렵다. 최근에는 지자체들에서 쥐방울덩굴을 많이 심어 꼬리명주나비를 볼 수 있어서 다행이다. 회사 인근 여의도 샛강생태공원에서도 꼬리명주나비를 발견할 수 있었다. 그동안 한 번도 안 보이다가 20여 년 만에 처음으로 모습을 드러내니 반가울 따름이었다. 꼬리명주나비처럼 야생의 스페셜리스트에게 생존은 쉬운 일이 아니다.

나의 연구 동물인 수리부엉이를 예로 들어보자. 민가 부근에 사는 수리부엉이는 덩치에 걸맞지 않게 집쥐를 주로 사냥한다. 집쥐 한 마리의 무게는 보통 200그램 정도다. 성체 기준 하루 400~500그램을 섭취해야 하니 집쥐만을 사냥한다고 보면 하루 두세 마리는 사냥해야 살아갈 수 있다. 산이나 들의 토끼와 꿩도 수리부엉이의 사냥 대상인데, 이런 큰 사냥감이라면 한 마리만 잡아도 이틀은 거뜬하게 지낼 수 있다. 쥐 같은 작은 녀석부터 토끼, 꿩 등 큰 동물까지 사냥하는 수리부엉이는 먹이 폭이 넓어 생존에 유리하다. 이처럼 다양한 먹이를 사냥하는 수리부엉이는 먹이의 관점에서 제너럴리스트라 할 수 있다.

그런데 수리부엉이는 가끔 스페셜리스트가 되기도 한다. 나의 연구에 따르면, 수리부엉이는 산림, 농경지 외에 습지 주변에도 많이 서식한다. 습지형 수리부엉이는 세계적으로 드물다. 우리나라의 습지 주변에서 수리부엉이가 많이 관찰되는 이유는 최근

수리부엉이의 강렬한 눈빛

30~40년 사이에 갯벌을 간척해 육지화한 것과 관련 있다. 시화호, 화성호, 새만금 등은 갯벌이었다가 농경지, 공단 용지 등을 확보하기 위해 간척된 지역이다. 이런 지역에는 과거 섬이었다가 간척되어 육지로 변한 곳도 포함되어 있다. 그래서 수리부엉이가 서식하기에 안성맞춤이다. 왜냐하면, 주변에 둥지를 틀 수 있는 절벽이 있어서다. 그리고 호수, 염습지, 초지(갯벌이 육지화하는 과정에 있는 천이 지역)를 끼고 있어서 먹이원이 되는 각종 조류가 서식할 수 있는 좋은 조건을 갖췄다.

그중 시화습지는 우리나라에서 수리부엉이의 서식 밀도가 가장 높은 곳 중 하나가 되었다. 습지형 서식지에 사는 수리부엉이는 과연 무엇을 먹고 살아갈까? 이곳의 수리부엉이는 오리류, 꿩 등 습지와 초지에 서식하는 조류를 주로 사냥한다. 일반적으로 수리부엉이는 자기가 사는 지역에서 가장 흔한 먹이를 사냥하는 경향이 있다. 이곳 시화 지역에 오리와 꿩이 많이 살다 보니 이들을 사냥하는 스페셜리스트가 된 것이다. 오리나 꿩의 생물량은 1킬로그램 전후이다. 한 마리를 사냥하면 이틀은 거뜬히 견딜 수 있다. 집쥐의 다섯 배나 된다. 그렇다 보니 시화습지의 수리부엉이는 다른 지역에 비해 번식 성공률도 높다. 풍부한 특정 먹이를 노리는 스페셜리스트가 된 것이 나쁘지 않은 선택이었던 셈이다.

만약 서식지에 변화가 생겨 오리와 꿩이 줄어든다면(실제 개발이 진행돼 습지형의 특성을 잃어가고 있다) 수리부엉이는 이곳을 떠나거나 다양한 먹이를 노리게 될 것이다. 가장 손쉬운 먹잇감인 집쥐를 비롯 설치류를 사냥하거나 주변의 다른 먹이까지 노리는 제너럴리스트가 되는 것이다.

수리부엉이가 스페셜리스트가 되느냐 아니면 제너럴리스트가 되느냐는 주변 먹이의 분포에 따라 달라진다. 기회주의적인 수리부엉이처럼 먹이 조건에 따른 적응력이 뛰어난 새들은 환경에 변화가 생겨도 새로이 적응하며 생존할 가능성이 크다. 살아남는 쪽은 언제나 그렇듯 환경 변화에 대한 적응력이 뛰어나고 편식하지 않는 종이다.

우리 인생은 어떠한가? 제너럴리스트가 될 것인가? 아니면

수리부엉이의 먹이 사냥터 중 하나인 시화습지 띠밭

스페셜리스트가 될 것인가? 모든 일을 두루 잘하는 사람이 될 것인가? 아니면 한 가지라도 잘하는 사람이 될 것인가? 옛말에 잡기에 능한 사람은 빌어먹는다는 얘기가 있다. 한 가지라도 제대로 할 수 있어야 밥벌이를 할 수 있다는 뜻이다. 실제로 여러 가지에 관심이 있는 사람은 직업도 자주 바꾸는 경향이 있다. 이직이 나쁘다는 뜻이 아니라 이것저것 하다 보면 제대로 할 수 있는 게 아무것도 없는 사람이 될 위험도 있다. 우리 사회에서는 전문직(스페셜리스트)이 사회적으로 인정받는다. 의사, 변호사, 변리사, 교수 등 전문직 종사자는 상대적으로 높은 연봉을 받는다. 그들의 전문성을 높게 평가하는 것이다. 온갖 스페셜리스트가 모여 사회적 다양성을 갖추면 그 사회는 건강한 발전을 이룰 수 있다.

사회생활을 하는 개미나 벌을 보면 시사점이 보인다. 이들 조직은 고도로 분화돼 있고 각자의 역할이 정해져 있다(스페셜리스트). 여왕, 일꾼, 수벌 등이 주어진 역할을 유기적으로 수행하면 그 사회는 잘 유지되고 세력을 확장할 수 있다. 복잡한 현대사회에서는 자기만의 특별한 능력이 있어야 한다.

만약 일정한 크기 이상의 회사에서 모든 구성원이 모든 부서를 순환 근무한다면 그 조직은 평균적인, 혹은 그 이하의 성과밖에 내지 못한다. 각각의 스페셜리스트가 모여 잠재력을 최대로 끌어올리는 조직과의 경쟁에서 이길 수 없다. 위기에 대응하거나 새로운 시장을 선도적으로 개척할 전문가 그룹이 부재하기 때문이다. 이들 조직에선 구성원 간의 공평성을 추구하기 위해 자주 순환 전보를 한다. 우선, 한 부서에 오래 근무하면서 혹시 생길지 모를 관련 업체들과의 유착을 막기 위해서다. 또 소위 알짜 부서에는 다들 서로 근무하고자 하기 때문에 순환을 통해 불만의 소지를 없애려는 이유에서이다. 이들 조직의 구성원은 결코 한 분야의 스페셜리스트가 되지 못한다. 심지어 스페셜리스트로 성장할 기회조차 얻기 힘들다. 이러한 경향은 안정성과 공평성을 중요시하는 정부 부처를 비롯한 공적 기관에서 특히 심하다. 모두가 제너럴리스트로 전락해서야 민간 부문과의 경쟁에서 이길 수 있을까? 여러 부서를 아우를 수 있는 제너럴리스트와 특정 분야를 집요하게 파고드는 스페셜리스트가 균형과 조화를 이루어야 하지 않을까?

2000년대에 들어서 한국 사회에서는 '융합*convergence*'이라는 단어를 자주 사용하고 있다. 융합의 사전적 정의는 '다른 종류의 것이 녹아서 하나로 합쳐짐'이다. 문과와 이과, 인문학·사회과학과 자연과학·공학의 화학적 결합을 통해 학문의 지평을 넓혀 통합적 인재를 육성하자는 취지에서 출발했다. 실제로 각 대학에서는 다양한 융합학과를 두고 있다. 융합적 인재상은 앞의 분류대로 하면 제너럴리스트에 가깝다. 편향된 또는 고도로 전문화된 인재교육이 갖는 단점을 극복하기 위한 대안이다. 이를 통해 창의적인 인재를 육성하겠다는 계획이다.

일반적으로 대학의 학과는 고도로 분화된 전문 분야를 두고 있다. 이러한 스페셜리스트 그룹에는 각 전문 분야 사이의 중간 지대도 필요하다는 게 융합 교육을 추진하는 취지다. 따라서 제대로 된 융합적 인재를 육성하려면 융합적 사고를 지닌 교수진을 그런 학과에 배치해 학생들을 지도해야 한다. 그런데도 특정 분야를 전공한 교수만을 선발하고 있는 것이 대학의 현주소이다. 다양한 학문을 경험한 융합형 인재가 드문 점도 한몫했을 것이고 그런 인재가 있다고 해도 대학의 여러 이해관계 때문에 선발하지 않기도 할 것이다. 그렇지만 융합형 인재를 키워내겠다는 계획을 세웠고 그 방향이 옳다고 생각한다면 그에 걸맞은 선택을 해내야만 한다.

대학의 경쟁력, 국가의 경쟁력에 대한 이야기가 많다. 오로지 취업률만을 기준으로 전통적인 학과가 폐과되기도 한다. 분명 우리 삶과 사회에 꼭 필요한 학문인데도 당장 눈앞의 결과에만 연연하기에 벌어지는 일이다. 그냥 없애고 말 것이 아니라 제너럴리스트의 영역으로 넓게 포용하는 전략이 필요한 것이 아닐까? 이러한 시기, 어떠한 선택을 할지는 대학의 생존, 국가의 발전에도 만만찮은 영향을 미칠 것이다. 야생의 수리부엉이가 보여주는 유연한 생존전략을 보고 배울 때다.

자연 다큐멘터리 제작자의 선택

이곳으로 갈까? 저곳으로 갈까? 어디서 야생동물을 기다릴 것인가? 참 중요하면서도 어려운 문제이다. 인생 자체가 매 순간의 판단이 모여서 이루어지니, 자연 다큐 제작이라고 해서 다를 게 있을까? 이렇게 하나 저렇게 하나 결과는 나온다. 하지만 그 결과의 질이 달라질 수 있기에 매 순간 현명한 선택을 해야 한다.

앞서도 말했듯이 제작을 위한 준비는 매우 중요하다. 그리고 준비가 잘 됐다고 해도 각 단계마다 신중한 선택은 불가피하다. 주어진 상황에서 절대적인 판단의 기준은 없다. 그때그때 상황에 따라 다른 판단을 할 수밖에 없다. 촬영하고자 하는 정확한 대상이나 행동이 있다면 그것을 노리는 편이 훨씬 낫다. 잠복하다 보면 새들의 행동은 늘 비슷비슷하다. 그 비슷한 행동을 반복적으로 촬영해봐야 별 의미가 없다. 까치를 촬영한다고 치면, 자기 영역을 지키기 위해 울음을 울고 방어 행동을 하는 모습을 찍은 다음에는 둥지를 짓고 교미하는 모습이 더 중요하다. 교미 행동은 타이밍을 맞추지 못하면 촬영하기 어렵다. 기미를 보인다면 집중적으로 노려야 한다. 평소 그 쌍의 행동 유형을 분석해서 촬영이 가능한 곳에서 기다려야 한다. 불안한 나머지 여기저기 다른 곳에 관심을 분산시키면 교미 행동이 일어나더라도 담을 수 없다. 담대한 선택이 필요하다. 물론 진행 상황에 대한 점검은 늘 필요하며 현장이 어떻게 흘러가느냐에 따라 선택 방향을 바꿀 수도 있어야 한다.

안동호에서 쇠제비갈매기의 사냥 모습을 촬영한 적이 있다. 그들의 사냥 장소는 호수 전체다. 언제 어디서 사냥할지는 쇠제비갈매기의 선택이다. 그렇다고 모든 방향을 다 노리면 이것도 저것도 아닌 결과가 나오기 십상이다. 호수 한가운데서 벌어지는 사냥은 망원렌즈로 당겨봐야 클로즈업 영상을 촬영하기 쉽지 않다. 이럴 때는 넓은 영상 위주로 촬영하는 게 낫다. 그다음엔 가까이 다가오는 쇠제비갈매기가 사냥하는 순간을 노려 클로즈업 장면을 얻어야 한다. 실제로 쇠제비갈매기는 불규칙하게 비행하기 때문에 일반적인 초당 프레임 수(29.97 또는 59.94 fps)로 촬영하면 표현할 수 있는 모습이 제한된다. 이럴 땐 고속카메라를 활용해 500fps 이상으로 찍어야 비행하는 모습을 제대로 보여줄 수 있다.

이러한 기본 장면을 촬영했다면 이제 특별한 샷을 촬영해 사냥의 역동성을 구현해야 한다. 카메라를 수면 가까이에 위치시켜 촬영하면 사냥하는 순간의 느낌이 달라진다. 게다가 자주 사냥하는 포인트에 고정 카메라를 거치해두면 바로 가까이서 물고기를 낚아채는 모습을 얻을 수 있다. 이런 장면이 확보되었다면 카메라를 물속이나 혹은 반수면에 설치해 물고기를 낚아채는 순간을 한층 실감 나게 표현할 수 있다. 이외에도 다양한 앵글과 위치로 야생동물을 담아낼 수 있을 것이다. 문제는 촬영에 앞서 이 모든 것을 촬영감독과 상의해서 또는 PD 스스로 결정해야 한다는 점이다. PD는 한마디로 '선택하는 인간*homoselectus*'이다. 그건 프로그램을 책임진 사람의 숙명이다.

피사체의 출현 빈도가 낮을 경우에는 다른 선택이 필요하다. 〈멸종〉 3부작 제작을 위해 여우와 늑대를 촬영하러 몽골에 갔을 때다. 야생 여우를 만나기도 힘들었지만 야생 늑대를 만나는 건 더 어려웠다. 그렇다 보니 특정 행동을 목표로 촬영한다는 건 언감생심이었다. 언제 나타날지도 모르는 판에 어떻게 특정 영상을 계획해 촬영하겠는가. '나타남' 자체가 중요한 이벤트였다. 그래서 늑대가 나타난다는 곳은 어디든 현지인의 안내를 받아 찾아갔다. 그렇게 해서 늑대가 도망가는 장면 몇 개를 촬영하는 데 성공했다. 가축에게 피해를 주는 늑대의 모습을 표현하는 게 주목적이었으므로 목적은 달성한 셈이었다.

　몽골에서 늑대를 촬영하면서 겪은 두 개의 일화가 있다. 한 번은 이동하다가 늑대와 조우했다. 늑대와의 거리는 그리 멀지 않았다. 하지만 카메라가 표준렌즈 상태라 찍어봐야 늑대가 너무 작게 나와서 사용하기는 어려웠다. 제대로 촬영하려면 망원렌즈로 교환해야 했다. 그런데 차에서 내려서 망원렌즈까지 장착하고 촬영하면 늑대는 도망가고 없을 게 뻔했다. 어떻게 할지 순간적으로 고민했다. 옆을 보니 촬영감독도 어떤 선택을 해야 할지 갈등하는 모습이 눈에 들어왔다. 이심전심 그리고 방법은 하나!

　"자, 가자!"

　"그래요. 선배."

　촬영감독과 나는 모험을 선택했다. 차는 도망가는 초원의 늑대를 계속 쫓아갔다. 길도 없는 초원을 그렇게 빨리 달린 건 처음이었던 같다. 그사이 나와 촬영감독은 망원렌즈로 신속하게 교환했다. 덜컹거리는 차 안에서 그렇게 빨리 렌즈를 교환한다는 건 기적에 가까웠다. 카메라와 렌즈를 연결하는 게 그리 간단한 일이 아니기 때문이다. 차가 서자마자 나는 삼각대를 설치하고 촬영감독은 그 위에 카메라를 장착했다. 그리고 슈팅! 이날의 영상이 몽골에서 촬영한 가장 역동적인 늑대 장면이 됐다. 마음으로 선택하고 초집중하여 준비한 결과였다. 서로 호흡이 맞지 않았다면 그렇게 짧은 시간 내에 좋은 결과를 내기는 힘들었을 것이다. 가끔은 신속한 선택이 결과를 좌우한다.

또 한번은 잠복해서 늑대를 촬영할 때였다. 이때는 '나타남' 자체에 초점을 두고 촬영하는 단계는 아니었다. 이제 한 장면 정도는 자연스러운 장면을 촬영했으면 했다. 그래서 늑대가 자주 출몰한다는 길목에 A형 텐트를 치고 기다리는 방법을 선택했다. 혹시 몰라서 자작나무를 이용해 그럴싸하게 텐트를 위장했다. 늑대가 공격하더라도 최소한의 안전장치를 마련하겠다는 심산도 작용했다. 텐트 안에는 나와 촬영감독 두 사람만 들어갔다.

해가 뉘엿뉘엿 산마루를 넘어갔다. 몽골 초원은 딴 세상으로 바뀌었다. 양, 염소, 말 등 유목민의 가축은 한곳으로 집결했다. 초원의 밤을 나기 위해서는 모여 있어야 한다. 가장 강력한 포식자인 늑대가 곳곳에 도사리고 있기 때문이다. 가축도 사람도 모두 고요 속으로 빠져들 무렵 오직 그자만이 깨어났다.

"아우~우~."

야생에서 처음 들어보는 소리다.

"아우~우~."

또 다른 곳에서 화답한다. 그들의 이름은 늑대다. 어둠이 깔리면서 서로에게 안부를 전하고 모이라고 신호를 주고받는 하울링이다. 늑대의 울음은 한참 동안 계속됐다. 늑대를 촬영하겠다고 잠복하긴 했어도 등골이 오싹해지는 건 어쩔 수 없었다. 이제 밖으로 나갈 수도 없다! 어떤 식이든 이곳에서 그 순간을 맞아야 했다. 야생 인생에서 가장 위협을 느낀 밤이었다.

어렸을 때 늑대에 관한 이야기를 많이 들었다. 저 멀리 산등성이서 걸어가는 늑대를 본 것 같기도 하고 아닌 것 같기도 하다. 다들 그 동물이 늑대라고 했기에 지금도 늑대라 믿고 있다. 하지만 그시절 가까이서 늑대를 본 적은 없으므로 애매한 기억만 남아 있다. 당시 늑대를 만나더라도 넘어지지만 않으면 살 수 있다는 소문이 있었다. 늑대는 아래턱이 짧아서 선 상태에서는 잘 물지 못한다는 것이었다. 어쨌든 정신을 바짝 차리고 텐트 바깥 동태를 살폈다.

그렇게 서로의 생사를 확인한 늑대들은 잠잠해졌다. 이제 그들의 시간이다. 무리 생활을 하는 늑대는 암컷, 수컷 그리고 새로 태어난 새끼들이 함께 어울려서 사냥 출정을 떠난다. 오직 생존을 위해서다. 그 맞은편 아래쪽에 나와 촬영감독이 숨을 죽이고 텐트 속에 잠복해 있다. 우리가 늑대의 울음소리를 들었듯이 그들은 냄새로써 우리의 존재를 알았을 것이다. 두뇌 싸움은 시작됐다. 우리는 늑대의 길목을 선택했고, 그들은 사냥꾼으로서의 본능을 따를 것이다. 산에서 조금만 더 내려오면 유목민이 키우는 가축이 있다. 거기에 가기 위해서는 우리가 잠복한 주변을 통과해서 가거나 우회해야 한다. 늑대의 선택이다.

초저녁은 싱겁게 끝났다. 우리가 일방적으로 느낀 것이긴 하지만 늑대는 공포감만 조장하고 떠났다. 야간에는 적외선으로 촬영할 예정이었는데, 그 넓은 초원에서 적외선 조명은 한계가 있었다. 10미터 내에 나타나지 않는 한 확인할 수가 없다. 어쨌건 늑대는 우리 앞에 모습을 드러내지 않았다. 한참 후 여우가 나타났지만 이내 사라지고 말았다. 텐트를 교묘하게 위장했다 해도 카메라의 희미한 불빛과 작은 소음까지 제어할 수는 없다.

밤 12시를 넘으면서 상황이 변했다. 더 정확하게 말하면 촬영팀의 상황 변화다. 언제 나타날지 모르는 녀석을 초집중해서 기다리다 보니 졸음이 쏟아졌다. 졸음의 적은 어둠이 아니라 지루함이다. 아무것도 안 보이는 모니터를 계속 주시하면 졸음이 오는 건 어쩔 수 없다. 그래서 촬영감독과 교대로 보초를 서기로 했다. 불침번을 맡은 시간에는 고독한 늑대보다 더 고독한 기다림이 계속됐다. 자연 다큐는 기다림의 연속이지만, 쏟아지는 졸음과도 싸워야 하고 촬영 대상 동물과 머리싸움도 해야 한다. 녀석은 당시까지의 상대 중 가장 크고 영리한 동물이다!

새벽 당번은 내가 맡았다. 네발 달린 동물이 가장 활발하게 움직이는 시간은 해가 지고 난 후와 해 뜨기 직전이다. 가장 중요한 때를 책임지겠다는 나의 선택이었다. 마주 보는 능선에 서서히 산의 윤곽이 드러났다. 놈이 지나간다면 이 시간 무렵부터일 터, 더욱 집중해서 앞을 지켜봤다. 눈, 귀, 코 등 가능한 감각은 다 동원했다. 하룻밤을 통째로 허탕 치기 일보 직전이었다.

'9회 말 쓰리 아웃 전까지는 끝난 게 아니다. 우리도 텐트를 접기 전까진 끝난 게 아니다.'

스스로 마음을 다잡으면서 텐트 틈새로 바깥을 응시했다. 그

별이 반짝이는 몽골의 밤하늘

러던 중 변화가 감지된 건 사방에 푸르스름한 톤이 깔릴 무렵이었다. 순간, 먼 귀퉁이에서 움직이는 물체가 감지됐다. 거리가 있어서 정확히 판별할 순 없어도 큰 놈인 건 분명했다. 한쪽에 몸을 기대고 눈을 붙이고 있는 촬영감독의 옆구리를 찔렀다. 그는 깜짝 놀라며 카메라 가까이로 왔다.

"왔어요?"

나는 말 대신 손가락으로 동그라미를 그렸다. 촬영감독은 허겁지겁 움직임의 정체를 찾아냈다. 나는 카메라에 연결된 모니터에 시선을 집중했다. 그런데 화면에 잡힌 건 한 마리가 아니었다. 대장 뒤에 다른 개체도 뒤따라왔다. 우두머리 부부로 보였다. 이윽고 크기가 좀 작은 개체들도 졸졸 뒤따랐다. 당해 태어난 새끼들로 어느 정도 자란 상태였다. 말로만 듣던 늑대 무리였다. 가슴이 두근거리기 시작했다. 한 마리라도 늑대의 자연스러운 모습을 담자고 텐트 안에 잠복했는데, 이 몽골 초원에서 늑대 가족을 한 화면으로 보다니!

그 와중에도 나는 촬영감독에게 영상 크기를 나눠 찍을 것을 주문했다. 40여 미터 전방에 나타난 늑대는 두려워할 존재로 느껴지지 않았다. 어젯밤의 그 울음소리와는 달리 가족의 단란한 모습 그 자체였다. 이렇게 해서 호랑이와 표범이 사라진 한반도에서 산야를 주름잡던 늑대 이야기를 하기 위한 생생한 모습을 직접 담을 수 있었다. 감회가 남달랐다. 그들이 다시 우리의 땅에서 살아가게 할 수는 없을까?

도망가는 늑대의 모습을 찍던 방식에서 기다려 찍는 방식으로 바꿈으로써 새로운 영상을 확보할 수 있었다. 비슷한 늑대 모습만 반복해서 찍을 것이 아니라 조금이라도 다른 행동을 찍어야 그걸 편집해서 풍성한 이야기를 풀어낼 수 있다. 그런 의미에서 텐트에 잠복해서 늑대를 촬영하겠다는 전략은 유효했고, 합리적인 선택이었다.

　　프로야구 경기를 할 때 앞서고 있고 8회 말 2아웃 상황에서 주자가 만루라면 어떤 전략을 구사해야 할까? 더구나 선발투수의 투구 수가 100개를 넘겼다. 상대해야 하는 타자는 최고의 좌타자다. 현재의 투수가 계속 던지게 놔두는 선택도 있고 선발투수를 구원투수로 바꾸는 선택도 있다. 최고의 좌타자가 타석에 나왔다면 최고의 좌완 스페셜리스트를 올려 급한 불을 끄는 안성맞춤 전략이 확률적으로 유리하다. 결과는 아무도 모른다. 교체한 투수가 타자를 잡으면 감독은 전술에 능한 명장이 될 것이고, 안타를 맞아 실점한다면 감각이 없는 무능한 감독이 될 것이다. 만약 선발투수를 믿고 계속 던지게 해서 성공한다면 뚝심의 감독으로 등극할 것이다.

　　이것을 선택할 것인가? 저것을 선택할 것인가? 정해진 바는 없다. 주어진 상황에 따라 효과적으로 대응하면 된다. 단, 반드시 준비된 선택이어야 한다. 결과는 선택하는 자의 몫이다. 자연 다큐 제작 과정도 우리의 인생도 이와 다르지 않다. 처한 상황에 대해 종합적인 판단을 한 후 방향을 결정하면 된다. 잘되든 못되든 결과물에 대한 책임은 선택권자의 몫이다.

08

관계

생명은 홀로
존재하지 않는다

모든 생명은 연결되어 있다

인간은 사회적 동물이다. 세상을 산다는 건 다른 사람과 관계 맺음을 하며 살아간다는 뜻이다. 관계에는 가족, 친구, 회사 동료, 지인 등 여러 형태가 있다. 심지어 다섯 명만 거치면 온 세상 사람들과 연결된다는 '6단계 분리론'도 있다. 최근엔 초고속 인터넷망의 발달과 그로 인한 SNS의 확산으로 세계 곳곳의 사람들과의 연결이 더욱 가속화하고 있다. 너무 연결되다 보니 연결을 끊고 혼자 살고 싶어 하는 사람이 있을 정도다.

인간만 관계 맺음을 하며 사는 것은 아니다. 사실, 지구상의 모든 생명은 다른 존재와 연결되어 살아간다. 생명은 탄생 순간부터 크고 작은 존재와의 관계 속에 있다. 생명체 자체가 다양한 세포들의 연합체로 이루어져 있고 바이러스, 균 등 다양한 미생물과 공생하며 생명을 유지한다. 이뿐만이 아니다. 각 생명은 다른 생명을 기반으로 살아간다. 흔히 1차 소비자, 2차 소비자, 최종 소비자 등 먹이사슬로 얽혀 있다. 어떤 종은 초식하고, 어떤 종은 육식한다. 전체 생태계는 어느 특정 종의 과번식을 막아 균형 잡힌 먹이사슬을 유지한다. 만약 어느 한쪽에서 문제가 생기면 오랜 기간 유지해온 먹이사슬은 균형을 상실하고 무너지고 만다. 이로 인한 피해는 상상을 초월하며 인간에게까지 영향을 줄 수 있다.

　나무가 우거진 숲에 들어가면 다양한 생명체가 어떻게 서로 영향을 주고받으며 살아가는지 살펴볼 수 있다. 나무뿌리는 버섯 균사체에 덮여 있다. 나무는 잎으로 광합성을 해서 만든 탄소를 균사체에 나눠 주고, 균사체는 땅속의 영양물질, 즉 질소, 인, 기타 영양물질 등을 모아 나무에 전달한다. 서로 관련 없을 것 같은 버섯과 나무는 이처럼 공생하며 산다. 심지어 식물과 균사체는 서로를 조종하기도 한다고 알려져 있다. 식물이 대기의 화학 정보를 균에 전달하고, 땅속 균사체는 식물에 신호를 보낸다. 하나의 나무를 봐도 이러할진대 숲으로 확대하면 어마어마한 망이 형성돼 있을 것이다.

　서로 경쟁하는 관계인 소나무와 참나무도 옆에서 자라고 있다면 서로 연결돼 있다. 식물들끼리 어떻게 연결되어 있다는 말일까? 둘 사이를 연결하는 중매쟁이는 지하 세계에 있다. 그 주인공은 바로 버섯이다. 활엽수 참나무와 침엽수 소나무는 서로 다른 종이고 습성도 다르다. 처음에는 소나무가 번성하겠지만 옆의 참나무가 무성하게 자라면 소나무는 점점 쇠퇴한다. 이들의 종간 경쟁은 오랜 세월에 걸쳐 이루어진다. 그런데 나란히 선 소나무와 참나무는 뿌리의 균근을 통해 하나로 연결되고, 균사체가 소나무와 참나무에 함께 영양소를 공급한다. 소나무는 침엽수라서 광합성량이 일정하다. 하지만 참나무는 활엽수라서 여름철에는 광합성량이 많으나 겨울철에는 없다. 따라서 여름철에는 활엽수인 참나무가 소나무에 탄소화합물을 제공하고 겨울철엔 소나무가 참나무에 탄소화합물을 제공한다. 이러한 교류에서 핵심적인 역할을 하는 것이 바로 식물 뿌리에 있는 균근이다.

소나무와 참나무만이 아니다. 다른 식물들도 영양소 교류를 한다는 사실은 동위원소 연구를 통해서 입증된 바 있다.* 이 연구에 참여한 시마드를 비롯한 과학자들은 식물이 곰팡이 네트워크를 통해 자원을 교환하며 숲 공동체WWW, *Wood Wide Web*를 이루어 살고 있다고 말했다. 이 숲 공동체 개념은 인터넷상에서 쉽게 정보를 찾을 수 있도록 고안된 전 세계 인터넷망 WWW*World Wide Web*에서 따왔다. 흥미로운 건 전자도 후자도 복잡하게 연결된 자연계에서 힌트를 얻어 개념화했다는 점이다. 거미집*web*, 숲*wood*, 세상*world* 모두 하나가 아닌 여러 가지가 함께 어우러져 있다. 알고 보면 우주 만물이 서로 관계를 맺으며 연결돼 있다. 심지어 우리가 매일 마주하는 태양, 지구, 달조차 서로 엮여서 존재하지 않는가.

일부 버섯류는 동물과도 연결되어 산다. 균사는 화학적 신호를 활용해서 결합 가능한 짝을 끌어들인다. 트러플(땅속에서 자라는 서양송로과의 버섯)과 같은 균류는 향기로운 냄새를 풍겨 동물을 유혹한다. 그러면 동물이 버섯을 먹는 과정에서 포자를 퍼트린다. 서양에서는 탐지 훈련을 받은 개를 이용, 트러플 버섯을 찾아내는 것

---

* S. W. Simard et al.(1997), The wood-wide web, *Nature*, 388:579-582.

으로 알려져 있다.

이외에도 개미와 진딧물, 흰동가리와 말미잘, 벌과 꽃 등 수많은 종이 서로 협력관계를 맺고 산다. 식물은 대부분 벌과 동맹을 맺고 있다. 식물이 향기로운 꽃을 피우면 벌이 날아와 수정시킨다. 식물은 그 대가로 자기를 위해 노동한 곤충에게 꿀을 제공한다. 벌은 이 꿀을 먹으며 종족을 번식시킨다.

최근 전 세계적으로 꿀벌이 의문의 떼죽음을 당하는 사례가 늘고 있어서 걱정이다. 바이러스에 의한 감염인지 전자파에 의한 것인지 현재로선 불분명하다. 둘 다 원인일 수도 있다. 오랜 기간 맺어온 꿀벌과의 동맹이 무너지면 식물은 열매를 맺기가 어려워진다. 그 피해는 해당 종에 그치지 않고 당연히 농작물, 새, 포유류 등에 연쇄적으로 영향을 줄 것이다. 꽃의 수분을 돕는 매개체가 벌 하나는 아니다. 바람, 나비, 파리, 개미 등 다양하다. 하지만 꿀벌만큼 해주지는 못한다. 이것만 봐도 이미 형성된 생명 간의 연결성이 끊어지지 않도록 노력을 기울여야 한다는 것을 알 수 있다.

나무가 1년 내내 노력해 맺은 결실인 열매는 새들이 다 따먹는다. 이 모습을 보면 나무가 새에게 일방적으로 이용당한다는 느낌이 들곤 한다. 이른 봄에 노란 꽃을 피웠던 산수유나무가 가을에 붉게 물든 산수유 열매를 주렁주렁 달고 있는 모습은 마치 또 다른 화려한 가을꽃을 보는 듯해 눈이 환해진다. 누가 따지 않는다면 산수유 열매는 이듬해 2월까지 매달려 있다. 하지만 추운 겨울에 들어서면 대개 없어진다. 누구의 짓일까? 도시에서는 대부분 직박구

산수유 열매를 따고 있는 직박구리

리가 해치운다. 물론 산수유 열매를 좋아하는 새는 까치, 물까치, 동박새, 노랑지빠귀 등 다양하지만 직박구리를 따라갈 자는 없다. 특히 직박구리 무리가 한번 덮치면 한 그루의 산수유나무 열매를 하루 이틀 사이에 다 해치워버린다.

그렇다면 산수유나무는 1년 농사지어서 허탕을 쳤다고 할 수 있을까? 그렇지만은 않다. 나무가 먹이를 취한 자에게 일방적으로 희생당한 것처럼 보이지만 사실은 나무도 잇속을 챙긴다. 직박구리나 물까치는 씨앗과 이를 둘러싼 과즙을 함께 먹는다. 새가 먹은 열매는 소화기관을 거치면서 새에게 당분을 제공해주고, 씨앗은 배설을 통해 새의 몸 밖으로 나온다. 새는 날아서 이동하기 때문에 배설물은 먼 곳에 떨어질 확률이 높다. 그러면 산수유의 씨앗은 원래의 나무와 떨어진 땅에서 발아한다. 새의 도움으로 자손을 분산시키는 데 성공한 것이다. 게다가 새의 위를 통과한 씨앗은 발아율이 높다는 연구 결과도 있다. 이렇게 보면 산수유를 먹는 직박구리 같은 새는 최고의 조경가이다. 다른 한편에서 보면 나무 열매의 과즙은 다른 땅으로 이동하기 위해 동물들(특히 새)을 꾀려고 만들어놓은 미끼 상품이다. 새에게 과즙을 선물하면서 새로운 땅에서 번식할 수 있도록 도움을 청하는 것이다.

그런데 모든 새가 직박구리나 물까치처럼 먹이를 먹는 건 아니다. 곤줄박이는 좀 특이하다. 가을과 겨울에 숲길을 걸으면 곤줄박이가 내는 특별한 소리를 들을 수 있다.

"딱~딱~."

꼭 목탁 소리 같다. 나뭇가지에 앉아 열매의 딱딱한 껍데기를 깨는 소리다. 직박구리나 물까치와 달리 박샛과의 새는 열매의 과즙이 아니라 딱딱한 껍데기에 싸인 씨앗의 배와 배젖을 빼먹는다. 이 모습만 보자면 때죽나무나 산수유 열매는 곤줄박이의 배를 채우는 수단에 지나지 않는다. 나무가 일방적 희생을 당하는 것처럼 보인다. 그런데 극적 반전은 그다음에 일어난다.

곤줄박이는 배를 충분히 불리면 딴 열매의 씨앗을 깨는 대신 나무껍질이나 땅속에 숨긴다. 나중에 먹기 위해서 저장하는 것이다. 나무에 달린 열매가 동나면 곤줄박이는 자기가 숨긴 씨앗을 찾아 먹는다. 하지만 숨긴 씨앗을 모두 찾을 수는 없다. 땅속에 숨겨놓았다가 까먹은 씨앗은 시간이 지나면서 싹을 틔운다. 나무의 분산 의도가 성공을 거두는 순간이다. 새의 망각 행동은 결과적으로 나무의 번식을 돕는다.

세상에 공짜가 어디 있겠는가? 서로 주고받으며 함께 사는 것이다. 생명체는 서로 얽히고설킨 가운데 살아가고 생명 연결망이 유지된다. 만약 인위적으로 먹이사슬을 파괴한다면 후일 예기치 않은 큰 재앙을 불러올 수 있다. 우리 인간이 사회적 동물로서 다른 사람과 관계 맺으면서 사는 것과 다르지 않다. 인간은 혼자서 살 수 없다. 다른 사람을 돕기도 하고 다른 사람의 도움을 받기도 한다. 타인과 어떤 관계를 맺으면서 살 것인가는 중요한 문제다.

야생은 갈등하고 싸우며 균형을 찾아간다

자연계에서 함께 살아간다고 해서 언제나 평화로운 건 아니다. 종간 그리고 종 내 싸움은 언제나 존재한다. 그러한 싸움을 통해서 관계 설정이 이루어지고 이윽고 평화가 찾아온다. 인간 사회에서 타인과의 경제적·사회적 관계는 법을 통해 명문화된다. 하지만 동물 사회에서는 힘겨루기를 통해 영역이 결정된다. 힘에서 밀린 개체는 상대적으로 좋지 않은 영역으로 쫓겨난다.

텃새는 이러한 영역 다툼을 빈번하게 벌인다. 우리나라에서는 까치와 수리부엉이가 그 대표적인 사례다. 이들은 1년 내내 같은 영역에서 산다. 그러니 자신의 땅을 잘 지켜야 잘 먹고 잘 살 수 있다. 그래야 번식도 성공적으로 마칠 수 있다. 까치는 겨울이 시작되면 자기 땅을 재점검한다. 기존 까치가 죽어서 빈자리가 생기면 인근의 다른 까치가 재깍 자리를 차지한다. 이 과정에서 가장 중요한 건 힘이다. 힘 있는 자가 암컷을 차지하고 땅을 차지한다. 처음에는 울음으로 힘을 과시한다. 그래도 침입자가 물러가지 않으면 물리적 압박이 가해진다. 깃털이 빠질 정도로 상대를 공격한다. 밀린 자는 절대 영역을 넘볼 엄두를 다시 내지 못한다. 서식지의 먹이 조건이 좋다면 이러한 싸움은 더 자주 일어난다.

같은 종끼리의 갈등 관계가 가장 심한 시기는 아무래도 번식기다. 특히 수컷 간 경쟁이 치열하다. 수컷은 암컷을 차지해야 자기의 유전자를 남길 수 있다. 그래서 번식기가 되면 목숨을 걸고 싸운다. 지구상에서 동물의 절반은 암컷이고 나머지 절반은 수컷이다. 그렇지만 모든 수컷이 암컷을 차지할 수 있는 건 아니다. 어린 수컷은 당연히 기회가 적고, 늙은 수컷은 밀려나기 십상이다.

고라니는 늦가을부터 1월까지가 교미철인데, 이 시기가 되면 밤마다 난리가 난다. 고라니 수컷은 암컷과 달리 위턱에 송곳니*tusk* 두 개가 아래로 길게 나 있다. 이 송곳니는 고라니를 다른 동물과 달리 보이게 하는 특징으로서 고라니 수컷의 상징이다. 이 송곳니가 크고 멋있어야 암컷을 차지할 수 있다. 고라니는 일부다처제 사회를 이루며 사는데, 수컷은 교미기가 되면 밤마다 암컷 뒤를 졸졸 따라다닌다. 이 시기, 아직 짝이 없는 수컷은 암컷을 차지하기 위해 혈안이 된다. 그래서 주인 수컷은 자기의 영역에 들어온 침입자를 물리치려는 싸움을 펼칠 수밖에 없다.

"끼르륵~ 끼르륵~ 끼르륵~."

한밤중에 이 소리가 들린다면 그건 숲속이나 들판에서 고라니 수컷끼리 싸우는 소리다. 쫓는 자와 쫓기는 자 둘 다 양보할 수 없다. 일부다처제 특성상 승자 수컷이 영역 안의 모든 암컷을 독식하기 때문이다. 가끔 촬영을 하다 보면 한쪽 송곳니가 빠진 수컷이 보이는데, 이는 싸움 과정에서 튀어나온 송곳니가 부러지거나 빠진 경우다. 이렇게 되면 그 수컷은 패배자의 굴레를 벗어날 수 없고, 승자는 주변의 암컷을 다 차지해 새로운 고라니 가족을 만든다.

"꺼엉~ 꺼엉~."

주인 수컷은 침입자를 물리치면 누구도 자신의 땅에 얼씬 못하게 울어댄다. 또한 수컷이 암컷을 찾을 때나 암컷이 천적으로부터 새끼를 보호해야 할 때 이처럼 경계음을 낸다. 물가에 산다고 해서 '워터디어*waterdeer*(물사슴)'라는 영어 명칭을 가진 고라니가 주변의 고라니들과 경쟁하며 관계를 맺는 방식이다.

그런데 생태적 지위가 비슷한 종끼리는 어떨까? 까치는 맹금류에 대해 지나칠 정도로 민감한 반응을 보인다. 지금 당장도 그렇지만 앞으로 있을 위협을 미리 제거하기 위해서다. 까치는 특히 크기가 비슷한 황조롱이와 자주 부딪힌다. 서식하는 장소도 서로 대동소이하다. 그러니 까치는 황조롱이가 보이기만 해도 날아가서 쫓아내려 한다. 싸움판이 커지면 주변의 까치들까지 합세해 황조롱이를 공격한다. 뭘 이렇게까지 유별나게 구냐고 반문할 수도 있다. 까치도 나름대로 할 말이 있다. 까치는 나중에 새끼들이 나왔을 때 이들을 사냥하려 들지도 모르는 잠재적인 포식자를 제거하고 싶은 것이다. 그러니 사생결단하고 덤빈다. 생존본능의 결과이다. 반면, 황조롱이도 알을 낳고 새끼를 키워야 한다. 이 때문에 둥지를 정하고 나면 웬만해서는 물러나지 않는다. 이러한 두 힘이 강하게 부딪치니 싸움이 벌어지는 것이다.

까치의 땅 집착은 여기서 끝나지 않는다. 절벽 부근에 터를 잡은 까치는 이곳에 사는 수리부엉이에게 신경질적으로 반응한다. 만일 수리부엉이가 낮 동안에 둥지를 비우고 날았다가는 종일 까치에게 시달릴 각오를 해야 한다. 까치는 자신보다 덩치가 훨씬 큰 수리부엉이의 깃을 뽑거나 치기까지 한다. 그래도 수리부엉이는 까치의 공격에 '쉬익~ 쉬익' 소리를 내며 방어만 할 뿐 다른 행동은 하지 않는다. 야행성인 수리부엉이는 낮에 싸우는 걸 무지 싫어하기 때문이다. 게다가 까치는 여차하면 다른 원군을 불러들이는 '공동 방어' 습성이 있다.

만약 어떤 까치가 낮에 수리부엉이에게 잡아먹히는 일이 벌어진다면 온 동네 까치들이 다 달려들어 수리부엉이를 공격할 것이다. 이게 까치다. 실제로 다친 까치를 응원하러 모여든 까치들을 목격한 적이 있는데, 까치가 죽기라도 하는 날에는 주변 까치들의 시끄러운 곡소리를 들을 각오를 해야 한다. 까치는 이처럼 위기 시 동종을 지키려는 방어 습성도 강하다. 그렇기 때문에 까치가 귀

찮게 굴어도 수리부엉이가 공격적인 행동을 취하지 않는 것이다.

만약에 수리부엉이가 알 상태 또는 새끼가 부화 후 2주 이내인 상태에서 둥지를 비운다면 까치의 과감한 도전을 감수해야 한다. 까치가 보기엔 수리부엉이의 알이나 새끼는 미래의 천적이다. 어떤 식으로든 제거해야 하는 대상이다.

수리부엉이 다큐를 제작할 때였다. 해 질 녘 수리부엉이 어미가 잠시 둥지를 비운 사이 까치가 수리부엉이의 둥지에 날아들었다. 새끼는 부화 후 2주 정도 됐다. 멀리서 모니터를 통해 이 모습을 관찰하던 나는 큰일 났다는 생각이 들었다. 자칫 까치가 새끼를 물어 가거나 쪼아버리면 그동안의 기다림이 물거품이 될 위기였다. 주변을 살피던 까치가 새끼에게 달려들었다. 그 과정을 녹화하는 것 외에 나로서는 달리 어떻게 할 도리가 없었다. 그때였다. 아직 솜털도 벗겨지지 않은 새끼가 날개를 위로 올리면서 까치에 맞섰다. 당황한 까치는 폴짝 뛰어오르며 뒷걸음쳤다. 머쓱한 까치는 '깍깍' 울음소리를 지르고는 날아갔다. 잠시 후 외출 나갔던 어미 수리부엉이가 돌아왔다. 까치와 수리부엉이의 경쟁에 가슴이 철렁한 하루였다.

그런데 해거름이 찾아오면 수리부엉이와 까치의 관계가 역전된다. 주행성인 까치는 잠자리에 들고 야행성인 수리부엉이는 눈을 부릅뜨고 본격적인 활동을 준비한다. 이때가 되면 까치는 도발할 엄두를 못 낸다. 수리부엉이에게 깝죽거렸다가는 황천길 갈 각오를 해야 한다. 어둠이 깔리면 수리부엉이는 제왕이 된다. 누구든 발각됐다가는 목숨을 내놔야 한다. 내가 조사한 바에 따르면, 까치는 우리나라 중서부 지방에 서식하는 수리부엉이 먹이 빈도의 2.9퍼센트를 차지한다.[*] 그만큼 수리부엉이가 빈번하게 까치를 사냥하고 있음을 알 수 있다. 낮에 왜 그토록 까치가 수리부엉이를 괴롭히는지 짐작하고도 남을 일이다.

대부분의 생명은 상호 이익을 주고받는 쪽으로 진화하며 관계를 맺는다. 하지만 모든 관계가 서로 이익이 되는 방향으로 진화한 것은 아니다. 편리 공생(황로와 초식동물), 편해 공생(잔디와 토끼풀), 기생(뻐꾸기와 뱁새, 감돌고기와 꺽지) 등 다양한 형태로 진화했다. 그런데 이러한 관계의 옳고 그름의 여부를 떠나 기생 관계처럼 한쪽 생물이 피해를 당하는 일방적인 관계가 영속할 수 있을까? 숙주 생물은 영원히 당하고만 있을까?

뻐꾸기가 뱁새(붉은머리오목눈이) 둥지에 탁란하는 건 오랜 진화의 산물이다. 언뜻 보면 매처럼 생긴 뻐꾸기는 둥지를 짓거나 알을 품는 능력 그리고 새끼에게 먹이를 주는 본능이 없다. 맹금류 수컷은 새끼를 돌보는 본능이 없는데, 뻐꾸기는 암컷과 수컷 모두가 그

---

[*] Dong-Man Shin(2016), Differences in diet and breeding success of the Eurasian Eagle Owl Bubo bubo between wetland and non-wetland habitats of west-central Korea, Thesis for the Degree of Doctor of Philosophy Kyung Hee University, Seoul, Korea, 140.

렇다. 그러니 자신이 직접 새끼를 키우기보다는 다른 새에게 의탁하는 방법을 진화시켰다. 탁란을 하다 보니 새끼 양육 능력이 퇴화한 건지 양육 능력이 없어서 탁란을 택한 것인지는 불분명하다. 어쨌든 뱁새와 같은 숙주 생물이 없다면 뻐꾸기라는 종은 진작 멸종하고 말았을 것이다. 작은 곤충을 잡아먹는 뱁새는 야생의 먹이사슬에서 비교적 아래쪽을 차지하고 있다. 그렇다 보니 개체 수가 많은 축에 속한다. 뻐꾸기의 탁란으로 번식에 실패하더라도 종 전체의 개체 수에는 크게 영향을 주지 않는다.

뻐꾸기의 탁란 전략은 치밀하다. 뱁새의 둥지 주변을 기웃거리며 엿보다가 산란하면 행동을 개시한다. 뱁새는 네다섯 개의 알을 낳는데, 산란을 마치자마자 알을 품는다. 이때가 뻐꾸기가 나서는 시기다. 뱁새가 알을 품기 직전에 뱁새의 알을 하나 제거하고 잽싸게 자기의 알을 낳는다. 해당 둥지에서 자신의 역할은 여기서 끝나고 또 다른 둥지를 물색해 같은 행동을 반복한다. 뻐꾸기가 탁란 성공을 위해 마련한 비책은 뱁새의 알보다 자신의 알이 하루 먼저 부화하게 설계한 것이다. 탁란이라는 번식 방법을 채택했을 때부터 전략을 짜놓은 것으로 추정된다. 하루 먼저 알에서 깨어난 뻐꾸기 새끼는 본능적으로 아직 부화하지 않은 뱁새의 알을 차례로 밀어내버린다. 그사이 다른 알이 부화하면 힘의 상대적 우위를 바탕으로 뱁새 새끼를 둥지 밖으로 밀어낸다. 현장에서 촬영할 때 가장 안타까운 순간이다. 제삼자가 그들의 관계에 끼어들 수는 없다. 이렇게 해서 뻐꾸기 새끼는 뱁새의 사랑을 독차지하며 무력

무럭 자란다. 심지어 둥지를 벗어나서도 뱁새보다 더 덩치가 크면서도 뱁새의 먹이를 받아먹는다. 뻐꾸기 부모는 주변에서 '뻐꾹~뻐꾹' 울면서 새끼에게 자신들이 부모임을 각인시킨다. 뱁새가 키운 뻐꾸기 새끼들은 다 성장해서 가을이 되면 아프리카로 긴 여행을 떠난다.

우리나라에서 탁란하는 종은 뻐꾸기 외에도 두견이, 벙어리 뻐꾸기, 매사촌 등이 있다. 숙주로는 뱁새를 비롯해 개개비, 동박새, 물까치 등 다양하다. 과연 현재 우리가 보고 있는 탁란은 계속 고정된 모습이었을까? 순하디순한 뱁새는 왜 당하고만 있을까? 궁금하지 않을 수 없다. 사실은 당하고만 있지 않았으며 지금도 뻐꾸기의 무도한(?) 짓을 막아낼 방도를 궁리하느라 여념이 없다. 그럼, 무엇을 어떻게 한단 말인가?

탁란에 관한 많은 연구는 그 비밀을 하나둘 밝혀주고 있다. 뻐꾸기와 숙주 새는 진화 과정에서 생존을 위해 엄청난 경쟁, 소위 '군비경쟁arm's race'를 벌이고 있음이 드러났다. 군비경쟁이라는 개념은 냉전시대에 미국과 소련이 경쟁적으로 군사력 증강을 꾀하던 상황을 빗대어 붙인 명칭이다. 일반적으로 뱁새의 알은 옥색이고 뻐꾸기도 옥색의 알을 낳는다. 그런데 어떤 뱁새 개체군에서는 이에 대항해 흰색 알을 낳기 시작했다. 그러면 뱁새는 알 색의 차이를 통해 침입자의 알을 제거할 수 있다. 실제로 나는 시화습지에서 흰색 알을 낳은 뱁새 둥지를 여러 번 관찰한 바 있다.

숙주에게 한 방 먹은 뻐꾸기는 가만히 있을까? 뻐꾸기는 숙주

보통 뱁새의 알은 옥색이지만 흰색 알을 낳기도 한다

의 알을 흉내 낼 수 있는 모방 유전자를 보유한 종이다. 이제 뻐꾸기는 숙주의 알 색깔과 무늬를 모방해 알을 낳기도 한다. 이쯤 되면 200만 년 동안 계속된 뻐꾸기와 숙주 간의 군비경쟁은 점입가경이다. 앞으로 누가 승리할까? 일부 학자는 탁란조(뻐꾸기)의 알을 구별해내는 숙주새(뱁새)의 능력이 더 앞서면서 탁란조가 군비경쟁에서 수세에 몰려 있다고 설명하기도 한다. 어쨌건 야생 간의 관계는 고정불변이 아니며 여전히 변화하고 있다. 21세기의 인간 사회를 보는 듯하다. 소련의 페레스트로이카*perestroyka*(재편·개혁·개조)가 시작되면서 냉전시대가 종식되는가 싶었는데, 어느새 무력 충돌과 군비 증강이 현실화하고 있다. 군비경쟁이 없는 국제관계는 요원해 보인다. 평화로 이끌 수 있는 묘안은 없는 것일까?

인간과 야생의 관계 맺기

인간도 지구생태계의 일원으로서 매일 야생과 '관계 맺음'을 하고 살아간다. 굳이 들판으로 나가지 않아도 도시에서도 주변을 둘러보면 야생과 마주친다. 박새, 쇠박새, 참새, 직박구리 등 다양한 소형 새들이 우리 주변에서 살고 있다. 봄날이 되면 짝을 찾으려는 박새와 쇠박새의 울음은 새벽잠을 깨우고 가던 발걸음을 멈춰 세운다. 이들은 인적이 드문 숲에서는 잘 살지 않는다. 오히려 사람이 사는 곳 주변을 더 좋아한다.

새의 관점에서 보면, 인간은 그들의 천적이다. 인간은 언제든지 새를 잡을 수 있다. 그럼에도 불구하고 인간 가까이서 살아가는 건 이렇게 하는 게 장점이 많기 때문이다. '이이제이以夷制夷'라는 말이 있다. 한 세력을 이용해 다른 세력을 제어하는 것으로서 제 손에 피를 안 묻히고 상대를 제압하는 전략이다. 예민한 참매나 새매 같은 맹금류는 사람 주변으로는 잘 오지 않는데, 작은 새들은 맹금의 이러한 특성을 이용해 자신의 생존율을 높인다. 게다가 민가 주변에 작은 새가 좋아하는 먹을거리가 많은 점도 한몫했을 것이다.

사실 알고 보면, 이이제이 전략을 가장 효과적으로 활용하는 새는 제비다. 지금은 도시화의 빠른 확산으로 제비가 살 공간이 많이 줄었다. 하지만 과거 농촌은 그야말로 제비의 땅이었다. 내가 살던 동네에도 각 집 처마에 제비 둥지 하나쯤은 꼭 있었다. 제비 둥지가 없으면 오히려 아쉬워하고 자책할 정도였다.

'혹시 우리가 무슨 죄라도 지었나? 제비가 둥지를 틀지도 않고….'

마당 한가운데를 가로지르는 빨랫줄은 제비 차지였다. 새끼들이 성장해서 다 같이 앉으면 빨랫줄이 축 늘어지곤 했다. 제비가 둥지를 틀면 바로 밑에 배설물 받침대를 만들어주었다. 우리나라 국민이 제비에 대해 특별한 감정을 갖는 건 어릴 때부터 《흥부전》을 통해 제비에게 친숙함을 형성해온 것과 무관하지 않을 것이다. 이렇게 제비와 사람은 오랜 기간 특별한 관계를 유지해왔는데, 요사이는 그 관계가 하나둘 무너지고 있어서 아쉽기만 하다. 처마 같은 둥지 틀 장소도 부족하고 농경지가 매립되면서 둥지 지을 흙을 찾기도 힘든 상황이다.

최근 방치된 농가가 많다는 뉴스가 잇달아 나온다. 시골에서 살려는 사람이 줄었기 때문이다. 그런데 빈집이 늘어날수록 제비의 숫자도 함께 준다. 제비는 사람이 살지 않는 폐가에는 절대 둥지를 짓지 않기 때문이다. 사실, 제비가 위험을 무릅쓰고 사람 곁으로 온 건 더 큰 위협을 회피하기 위해서였다. 과거 농가에는 집마다 구렁이가 살았다. 구렁이는 사람에게 위협적이지는 않다. 독사처럼 맹독을 가지고 있지 않기 때문이다. 구렁이는 주로 집쥐를 잡아먹는다. 그러니 사람에게 이로운 동물이면서 생태계의 한 축을 담당한다. 구렁이의 먹이 사냥법은 독사류와 다르다. 쥐가 지나가는 길목을 지키고 있다가 덮쳐서 쥐의 몸을 휘감아 질식시킨 다음 삼킨다. 그런데 구렁이는 쥐만 잡아먹는 게 아니다. 집 마당의 나무에 튼 새 둥지의 알이나 새끼도 자주 털어먹는다. 그래서 제비는 사람이 매일 들락거리는 마루 위, 처마 아래에 둥지를 틀어 천적의 위협을 회피한다. 구렁이나 맹금류는 사람 가까이 와서 사냥하지 않기 때문이다. 이처럼 제비는 사람과 특별한 관계를 형성함으로써 자신을 보호한다. 만약 사람이 제비에게 위협적이라면 이러한 전략은 실패하고 말았을 것이다.

최근엔 고양이를 돌보는 사람이 늘면서 고양이 개체 수가 증가해 제비의 이이제이 전략에 비상이 걸렸다. 조금 낮은 곳에다 둥지를 틀면 고양이가 공격하기 십상이다. 그러면 제비는 둥지 장소를 더 높은 곳으로 선택하거나 다른 곳으로 이동함으로써 자신의 번식 성공률을 높이려 할 것이다. 고양이 한 종이 제비와 사람 간에 오랜 기간에 걸쳐 형성된 관계를 무너뜨릴 가능성도 있다.

최근의 통계에 따르면, 반려동물을 키우는 가구 수가 1,000만을 넘었다고 한다. 이러한 변화를 만든 요인으로 노령화와 1인 가구의 증가를 들 수 있다. 혼자 사는 외로움을 달래기 위해 반려동물을 찾는 것으로 보인다. 동물에 대한 인식 개선도 무시할 수 없을 것 같다. 동물을 잡아먹는 대상이 아니라 함께 살아갈 동반자로 받아들이는 사회적 분위기가 형성된 것이다.

이제 인간과 야생동물과의 관계도 바뀌고 있다. 여의도 공원에서 동물에 대한 인식 변화의 단초를 찾아볼 수 있다. 90년대 말

여의생태공원에서 서식하는 청둥오리

까지 아스팔트로 덮여 있다가 도심 생태숲으로 변신한 여의생태공원은 야생을 만날 수 있는 좋은 장소다. 이곳은 나의 산책코스이자 탐조지이다. 봄이 되면 꾀꼬리가 날아오고, 늦가을이 되면 검은이마직박구리, 노랑눈썹솔새, 상모솔새, 노랑지빠귀 등이 날아든다. 오고 가는 이들 철새 외에도 직박구리, 박새, 곤줄박이 등 수많은 텃새가 둥지를 틀고 새끼를 키운다. 숲이 펼쳐져 있으니 나비, 벌 등 곤충들도 덩달아 모여든다. 그들을 만나는 재미가 쏠쏠하다.

그중 청둥오리는 특별한 친구다. 여의생태공원에는 작은 웅덩이가 몇 군데 있는데 이곳은 청둥오리의 쉼터요, 먹이터다. 90년대에 유럽을 방문했을 때 공원의 오리들이 사람 가까이서 노니는 모습을 보고 어떻게 이럴 수가 있을까 부러워한 적이 있다. 오리들은 인간을 두려워하지 않고 바로 가까이서 살아가고 있었다. 물론 일부는 길들인 개체이고, 일부는 개량된 종도 있었을 것이다. 하지만 대부분 야생 개체로 인위적 환경에 적응한 오리들이었다. 사람과 오리의 이러한 아름다운 동행을 우리나라에서 볼 수 있기를 바랐다. 그 후 30년, 그런 나의 바람은 현실이 됐다. 여의생태공원의 청둥오리들도 사람이 오건 말건 신경 쓰지 않는다. 주변을 지나는 사람 또한 누구 하나 돌을 던지거나 쫓지 않는다. 청둥오리들은 배고프면 먹이를 찾고 배부르면 깃털을 다듬으며 한가한 시간을 보낸다. 오랜 시간 학습을 통해 사람이 해치지 않는다는 걸 인지한 것이다. 자연스러운 관계는 이렇게 형성된다.

야생동물이 사람을 경계하는 건 자신들보다 덩치가 더 큰 사람을 회피해야 한다는 본능이 있기 때문이다. 게다가 오리를 비롯한 철새는 번식지와 월동지에서 총을 쏘는 인간을 겪었다. 그러니 가장 위험한 사람을 피하는 건 당연하다. 아무런 해코지를 하지 않아도 경계했다. 과거 우리는 오리들이 원래 까칠하다고 생각했다. 그러던 야생 오리들이 빗장을 하나둘 풀고 있다. 우리 인간들이 그들을 받아들였기에 그들도 다가온다. 그동안 불가능했던 야생동물과의 건강한 관계가 형성되고 있다. 그 아름다운 동행을 먼 곳도 아닌 근무지 바로 옆에서 볼 수 있으니 이 얼마나 행복한가! 여의도가 아닌 다른 곳에서도 그리고 다른 야생동물도 더 가까이서 만날 수 있는 날이 오기를 바란다.

09

관심

마음을 주지 않으면
아무것도 보이지 않는다

너는 꽃이다

유년 시절을 시골에서 보냈고 자연 다큐 제작을 위해 30년 가까이 야생을 휘젓고 다녔다. 그런데도 식물의 이름과 곤충의 이름은 잘 모른다. 워낙 종류도 많고 비슷비슷하게 생겨서 헷갈리기 일쑤다. 게다가 제작한 아이템이 주로 새와 포유류이다 보니 다른 종에 대해서는 관심이 덜했던 연유도 한몫했다. 그런데 최근엔 나이가 든 탓인지 꽃에 관한 관심이 부쩍 늘었다. 길 가다가도 꽃이 보이면 핸드폰 카메라로 촬영한다. 모르는 꽃은 인터넷 포털 기능을 이용해 반드시 검색해본다. 물론 검색해서 꽃 이름을 알게 되어도 돌아서면 까먹고 만다. 낯선 종이 너무 많아서 기억하기가 만만한 일이 아니다.

그런데 김춘수의 시 〈꽃〉은 본의 아니게 고등학교 시절부터 외우다시피 했다. 이렇게 된 데엔 앞서 언급했던 고등학교 국어 선생님의 영향이 컸다. 선생님은 수업 시간에 틈만 나면 〈꽃〉을 읊곤 했다. 나중에 알고 보니 김춘수 시인의 추천으로 등단한 시인이었다.

'내가 그의 이름을 불러주기 전에는 그는 다만 하나의 몸짓에 지나지 않았다. 내가 그의 이름을 불러주었을 때, 그는 나에게로

와서 꽃이 되었다.' 〈꽃〉은 대중에 많이 알려진 시 중 하나이다. 하지만 나는 당시에는 이 시의 의미를 제대로 알지 못했다. 그냥 선생님의 자기만족에 지나지 않는다고 생각했다. 세월이 흐르고서야 시의 진정한 의미를 마음으로 느낄 수 있었다. 아무리 예쁜 꽃이라 해도 관심이 없으면 이름도 모르고 얼마나 고귀한 존재인지도 모른다. 관심을 가지면 이름을 알게 되고 그 꽃의 향기와 빛깔이 느껴진다.

복수초는 이른 봄에 무겁게 내린 눈을 이불 삼아 꽃대를 내밀어 노란 꽃을 피운다. 하지만 관심이 없으면 그냥 들풀, 잡풀에 지나지 않는다. 그 꽃의 이름을 불러줄 때야 비로소 경이로운 복수초와 눈을 맞추고 경의를 표하게 된다. 비슷한 시기에 노루귀가 낙엽을 뚫고 올라와 흰색, 분홍색 꽃망울을 터트려도 관심이 없는 사람에겐 보이지도 않는다. 그 존재를 알아보는 순간, 사방에 널린 노루귀가 수줍은 듯이 인사하고 있음을 깨닫게 된다. 그리고 수줍은 노루귀에 한마디를 건넨다.

'네가 노루의 귀를 닮아서 노루귀구나! 추위를 견디느라 고생 많았다.'

마음을 주지 않으면 야생의 아무것도 보이지 않는다. 남들이 아무리 좋다고 해도 나와는 상관없는 풀일 뿐이다. 그런데 마음을 주면 그동안 몰랐던 새로운 것이 하나둘 보이기 시작한다.

3월이 되면 가슴이 설렌다. 복수초, 노루귀뿐만 아니라 겨우내 움츠러들었던 꽃들이 기지개를 펴기 때문이다. 손톱만 한 큰개

봄이 왔음을 알리는 큰개불알꽃

불알꽃(봄까치꽃)은 보라색 자태가 너무 곱다. 성냥개비 대가리만
한 꽃마리는 꽃이 피었다고 해도 눈에 잘 띄지 않는다. 관심을 갖
지 않으면 보이지 않을뿐더러 무심코 밟을 수도 있다. 작은 생명
에 조금이나마 마음을 주면 봄이 다가오는 길목에서 주의를 기울
일 수밖에 없다. 그게 그들과 세상을 함께 사는 사람의 예의다. 꽃
의 이름을 불러주기 시작하면 그 꽃은 관찰자의 시선과 마음을 사
로잡고 의미를 얻는다. 관심의 마법이다.

관심의 사전적 정의는 '어떤 것에 마음이 끌려 주의를 기울이
는 것'이다. 그래서 나 아닌 객체(그게 사람이든 자연이든)에 대해 마음
을 여는 습관을 들여야 한다. 그다음에는 무한한 스토리가 생겨나

기 시작하고 새로운 세상이 열린다. 결국 시작은 관심이다. 관심이 있어야 그다음 관계가 생겨난다. 내가 사는 이곳 어딘가에 있을 생명에 관심을 가져보라. 그러면 내가 만나는 세상이 더 넓어지고 감성은 더욱 풍성해질 것이다.

반려동물과 함께 사는 사람들을 생각하면 관심의 마법이 어떠한 것인지 미루어 짐작할 수 있다. 고양이든 강아지든 처음에는 나와 상관없는 동물에 지나지 않는다. 보살펴주고 재롱을 떠는 경험이 쌓이면서 관계가 맺어진다. 반려인은 반려동물에게 먹이를 주고 대변까지 치워준다. 매일 함께 산책하는 것도 빠트리지 않는다. 이러한 공유의 경험이 쌓이면 그 반려동물은 더 이상 그저 그런 동물이 아니게 된다. 특별한 존재가 되고 가족이 된다. 야생의 동물이나 식물도 마찬가지다. 관심을 가질수록 특별하고 의미 있는 존재가 된다.

요사이 집 주변에 사는 새들에게 버드 피딩*bird feeding*을 하는 사람이 늘고 있다(도시의 건물에 피해를 주는 집비둘기에게 먹이를 주는 행위는 금지돼 있다). 이 버드피딩은 월동지의 새들에게 먹이를 주는 것과 좀 다르다. 같은 집, 같은 동네에서 함께 살아가는 새들에게 일상적으로 먹이를 제공한다. 반려동물을 키우는 것과도 차이가 있다. 버드피딩은 본인이 거주하는 집 마당이나 베란다에 새들이 좋아하는 먹이와 물을 제공하는 것이다. 특히 겨울철엔 새들이 먹이 부족을 겪을 수밖에 없는데, 이때 조금씩 나눠 주는 견과류, 과일 등의 먹이는 새들이 겨울을 나는 데 큰 도움을 줄 수 있다. 물론 야생동물에게 먹이를 주는 행위에 대해선 이견이 있을 수 있다. 하지만 도시라는 삭막한 공간에서 힘들게 함께 사는 동물에게 일용할 양식을 약간 내어주는 게 나쁠 건 없다. 우리가 건물을 짓기 위해 그들이 살아가는 숲을 없애고 땅을 콘크리트로 뒤덮은 만행에 비하면 너무 초라한 속죄이다.

이제 막 새에 관심을 갖기 시작한 지인들에게 버드피딩을 해보라고 권한 적이 있다. 한 분은 내가 권한 대로 바로 실천했다. 빌라에 사는 분이었는데 창가에 먹이대를 설치했더니 금방 새가 왔다고 전해왔다. 박새, 곤줄박이, 직박구리 등 다양한 새들이 찾아왔다. 아침에 일어나면 먹이와 물을 갈아주고 새들과 눈 맞춤하는 것이 그분의 일상이 됐다.

"이렇게 새를 만날 수 있게 해주셔서 고맙습니다."

그분은 지금도 부지런히 새를 만나고 있다. 늦게 들어오는 날에도 먹이와 물이 남았는지 확인하는 습관이 들었다고 한다. 그동안 새 이름도 제대로 모르다가 새에 관심이 생기면서 삶이 바뀌고 있다. 새의 이름도 하나둘 익혀가고 그들의 행동을 관찰하게 됐다. 그림 그리는 취미를 살려 새를 그림으로 기록한다. 그에게 새는 친구이자 동행자다. 그냥 작은 새가 아니라 '곤줄박이'고 '박새'다.

아파트에 사는 나도 한때 버드피딩을 시도했다. 하지만 사는 아파트의 층이 19층으로 너무 높아 실패하고 말았다. 한 달을 기다렸지만 새는 오지 않았다. 주변 조건에 따라 조금씩 다르긴 해도 아파트에서는 저층에서 하는 게 좋다. 우선 고층은 새들이 날아기가 쉽지 않다. 또한 새의 배설물이 아래층에 떨어질 수도 있다. 그래서 버드피딩을 하기 전에 이웃에게 양해를 구하는 배려심도 필요하다.

과거 전통사회에서는 새로운 음식을 하면 이웃과 나눠 먹곤 했다. 이웃 간에 정이 쌓일 수밖에 없었다. 그러나 요사이 도시의 삶은 익명성 속에 매몰돼 있다. 앞집, 옆집에 누가 사는지도 모르며 지낸다. 서로의 이름을 알 리 만무하다. 벽을 마주하고 사는 이웃에 조금이라도 관심을 기울이기 시작하면 어떨까? 엘리베이터 앞에서 마주쳤을 때 눈인사를 나눠보자. 그러면 서로를 점차 알게 될 것이고 이웃 간에 정도 생겨날 것이다. 이웃 간에 마음의 벽을 허물 수 있는 출발점도 바로 서로에 대한 관심이다.

알고 보면 가까이에 있는 야생

등잔 밑이 어둡다는 말이 있다. 사람들은 특정 꽃을 촬영하기 위해 먼 곳까지 출사 여행을 떠난다. 동강할미꽃처럼 특정 지역에만 분포하는 꽃을 만나기 위해서 시간을 할애한다. 평소 볼 수 없는 그 꽃을 만나는 데 시간과 돈을 아낌없이 투자한다. 또한 가창오리의 군무를 보러 월동지로 떠나기도 한다. 다들 대단한 열정이 아닐 수 없다.

후투티가 번식하는 곳에 사진동호회 회원들이 벌떼처럼 모여들기도 한다. 저마다 새의 예쁜 모습을 담고 싶은 열망이 있을 것이다. 그러나 집단적으로 몰려다니면 피사체인 새나 꽃에 어떤 영향을 줄지 뻔하다. 대포 렌즈를 장착하고 새 둥지 앞에서 수십 명이 동시에 셔터를 누를 때 어떤 소리가 날지 상상해보라.

'드르륵~ 드르륵~.'

대포를 발사할 때 나는 소리와 다르지 않다. 생명을 키우는 공간에서 이러한 행동은 새에 대한 기본 예의가 아니다. 디지털카메라가 급속하게 보급되면서 사진동호회가 우후죽순 생겨났는데, 새를 촬영하는 데에만 관심이 있고 생명에 대한 올바른 태도는 갖추지 못해 생겨난 현상이다. 우리 사회에도 건강한 탐조문화가 빨리 형성되기를 바란다.

나는 사람들이 몰려다니는 탐조지에는 가지 않는다. 그곳에서는 새의 참모습을 느낄 수 없기 때문이다. 대신에 내가 사는 곳 주변의 새에 더 많은 관심을 기울인다. 관심을 가지면 알게 되고 알게 되면 사랑하게 된다. 세상의 모든 미물도 관심을 갖고 보면 사랑스럽다. 아파트 단지 정원이 꽤 넓은 편이지만, 몇 년 전까지만 해도 정원은 나의 관심 밖이었다. 운동 삼아 걷는 곳 정도일 뿐이었다. 아파트 내에 있는 나무나 거기에 기대어 사는 새들에게 별 관심이 없었다. 그러다가 아파트 정원으로 관심을 돌리게 된 계기가 하나 있다. 바로 2020년 전 세계를 강타한 코로나19의 대유행이다.

갑자기 등장한 코로나19는 모든 일상을 멈춰 세웠다. 회사 업무도 화상 회의, 전화 등 비대면으로 전환됐다. 대면 활동 금지 정책에 따라 외부 모임은 대부분 취소되었다. 재택근무를 하다 보니 시간적 여유는 더 생겼다. 남는 시간을 어떻게 활용할 것인가? 아파트와 동네 주변을 걷기로 했다. 처음에는 무작정 걸었다. 집 안에서 탈출할 수 있는 것만으로 숨통이 트였다. 어느 날부터는 꽃이나 새도 하나둘 보이기 시작했다. 스마트폰으로 사진과 영상을 담기도 했다. 그렇게 인근 안양천과 아파트 정원을 샅샅이 살폈다. 관심을 갖고 보니 그곳은 그저 그런 공간이 아니라 다양한 꽃과 새, 곤충이 살아가는 공간이었다. 같은 공간에 살면서도 여태 그들의 존재를 몰랐을 뿐이다.

아파트 정원은 산의 숲만큼 크지는 않다. 하지만 구석구석 심어놓은 나무와 관목이 자라고 있어서 다양한 새가 살아가고 있었다. 까치는 물론이거니와 직박구리와 멧비둘기도 둥지를 틀고 새끼를 키우고 있었다. 무심코 걷기에서 차츰 다양한 생명을 관찰하기로 방향이 바뀌었다. 시간을 내 아파트를 자세히 둘러보니 황조롱이도 둥지를 틀고 있었다. 작은 새들이 살아가니 맹금류가 찾아오는 것은 당연하다. 그들의 울음소리를 듣는 것은 일상의 쏠쏠한 재미가 되었다. 거실에서도 황조롱이가 사랑을 나누는 모습을 관찰할 수 있었다. 아파트가 주거의 공간에서 생명의 공간으로 탈바꿈했다. 알고 보면 아파트가 바뀐 게 아니라 나의 관심이 바뀐 것이다.

주변 숲에 기울인 관심은 코로나19가 완화된 뒤에도 계속됐다. 봄이면 산수유 꽃이 피고 여름이면 참매미의 울음소리가 가득하다. 가을이 무르익어 붉게 물든 산책길을 걷다가 보면 주렁주렁 달린 홍시를 먹는 새들이 분주하다. 직박구리, 어치, 노랑눈썹솔새, 동박새 등 오지 않는 새가 없다. 입가에 미소가 절로 담긴다. 함박눈이 내려 감나무의 홍시가 다 없어지면 새들이 뭘 먹고 지낼지 걱정도 된다. 이렇게 해서 계절마다 다른 모습을 보여주는 아파트 정원의 아름다움에 푹 빠지고 말았다. 이곳이 세상에서 제일 멋진 정원이 되었다. 관심이 생기니 속속들이 알게 되었고 알게 되니 애정이 담뿍 생겼다.

그중 가장 애정이 가는 새는 직박구리다. 걷다가 직박구리가 보이지 않으면 '어디 갔지?' 궁금증도 생겼다. 사람들은 직박구리가 너무 수다스럽다고 싫어하기도 한다. 그 사람들은 1년 내내 우리 주변에서 살아가는 새 중에서 한겨울에도 노래를 부르는 새는 직박구리밖에 없다는 사실을 모른다. 사람들은 흔한 것엔 관심이 없다. 하지만 나는 '너무 흔해서 잘 모르는' 직박구리를 오랫동안 기록했고 지금도 기록하고 있다.

직박구리와 눈을 맞춘 지 오래돼서 그럴까? 녀석은 가까이 다가가도 도망가지도 않는다. 사람들이 매일 산책하는 모습을 지켜본 직박구리는 사람에 익숙하다. 그들은 아파트의 나무에서 둥지도 튼다. 벌레를 잡고 열매를 따 먹는다. 이뿐만이 아니다. 여름철에 분수대를 가동하면 옆에 와서 물을 마시고 멱을 감는다. 내게 직박구리는 그저 그런 새가 아니라 함께 살아가는 아파트의 식구다.

아파트 숲에서 만난 새 중에서 나의 가슴을 가장 설레게 한 녀석은 동박새다. 연초록색 옷을 걸치고 흰색 안경을 쓴 동박새는 흔하게 볼 수 있는 새는 아니다. 그런데도 매년 가을부터 봄까지 우리 아파트를 찾는다. 새에 관심 있는 사람이면 누구나 만나고 싶어 하는 새다. 동박새는 직박구리의 눈치를 봐가며 홍시를 쪼아먹고 산수유 열매를 따 먹는다. 유명 탐조지를 가지 않아도 관찰할 수 있으니 이 얼마나 행복한 일인가! 내가 세심한 관심을 기울이지 않았던 시기에도 그들은 찾아왔을 것이다. 다만 내가 그 사실을 모르고 지냈을 뿐이다.

주변에 예쁘고 귀한 존재가 있어도 관심을 주지 않으면 아무것도 아니다. 반대로 아무리 하찮은 존재라 하더라도 관심을 두는 순간 최고의 대상이 된다. 가까이 다가가 살펴보면 생명의 향기와 몸짓을 느낄 수 있다. 그래서 그 새와 꽃의 이름을 부르게 된다. 그리하여 나와 생명이 친숙한 관계를 맺게 되며 사랑하게 된다.

코로나19가 세상을 보는 나의 시선을 바꿔주었다. 관심을 가지니 애써 먼 곳에 가지 않아도 야생을 만날 수 있게 됐다. 산책하면서 눈으로 만나고, 창문을 열고 신선한 공기를 쐬면서 귀로 만난다. 가장 중요한 건 우리가 서 있는 '지금 여기'다. 지금 발 딛고 서 있는 여기에 모든 게 다 있다. 아파트와 그 주변 지역에 얼마나 많은 새가 서식하는지 꽤 오랫동안 기록을 이어가는 중이다. 내가 PD이고 조류학자여서 그러는 게 아니다. 매일 같은 공간에서 함께 사는 구성원을 제대로 알기 위함이다. 지난 5년간(2020~2024) 아

홍씨를 먹는 동박새

파트와 그 주변에서 총 40종의 새를 관찰했다. 머물지 않고 지나
간 새는 제외한 수치다. 지금은 새들의 아파트살이에 대한 다큐를
개인적으로 제작하고 있다. 함께 사는 존재에 대해 내가 표할 수
있는 예의의 한 방식이다. 이 모든 변화의 출발점은 작은 관심이
었다.

자전거 타고 출퇴근하는 이유

나의 관심 범위 내의 야생은 아파트 정원에 국한되지 않는다.
현재 살고 있는 광명에서 여의도까지 이어진 자전거 길도 아주 중요한 만남의 장소다. 자전거 길이 안양천과 한강을 끼고 있어서 주변 풀숲은 야생의 또 다른 터전이다. 물가에 자연스럽게 자란 또는 인위적으로 심은 풀과 나무는 그 자체로 아름다우면서 뭇 생명이 살아가는 터전이기도 하다.

태어나서 처음으로 자전거를 산 건 초등학교 6학년 때였다. 곧 진학할 중학교는 20리(5킬로미터)나 떨어져 있어서 자전거가 필요했다. 그 전에 동네 고물 자전거를 이용해 타는 법을 배워뒀다. 아버지를 따라 성주 읍내에 가서 새 자전거를 샀다. 40리 길을 호기롭게 타고 오다가 넘어져서 자전거가 망가지기도 했다. 시골 중학교에 다니는 1년 동안 자전거로 통학했다. 그런데 아버지가 세상을 떠나면서 자전거와도 이별했다. 중학교 2학년 때 대구로 전학을 가게 된 것이다.

다시 본격적으로 자전거를 타기 시작한 건 2010년부터다. 처음 자전거로 통학한 지 30년도 더 지나서였다. 자연·환경 다큐멘터리를 제작하면서 기후변화 문제를 해결하는 데 나름의 방식으로 기여하고 싶었다. 그래서 출퇴근할 때 되도록 대중교통을 이용하겠다고 다짐했다. 그러던 차에 한강 변에 자전거도로가 조성되기 시작했다. 그 후 출퇴근 수단으로 자전거가 추가되었다. 야외로 촬영 가는 날 외에는 주로 자전거를 탔다. 출퇴근하면서 자연스럽게 운동하는 효과도 거둘 수 있었다.

자전거 타는 시간이 늘어날수록 자전거는 교통수단 이상의 의미를 지니게 됐다. 나는 속도를 내는 데는 관심이 없다. 초기에는 체력 증진을 위해 빠른 속도로 달리기도 했다. 하지만 이내 속도 경쟁은 포기했다. 오히려 길가 나무에서 들려오는 새들의 노랫소리에 더 주의를 기울인다. 특히 아침 일찍 자전거를 타고 출근할 때는 오감을 활짝 열어놓는다. 그러면 시원한 바람을 가르는 동안 별별 생명이 다 목격된다.

"꿩~ 꿩~."

장끼의 울음소리가 들리면 번식기가 다가온 것이다. 안양천변 풀숲 어딘가에 암컷들을 거느리고 있음이 틀림없다. 시간이 좀더 흐르면 새끼를 데리고 길을 건너는 까투리를 만난다. 족제비가이동을 위해 새끼를 물고 가는 모습도 눈에 띈다. 줄장지뱀이 자전거 길을 횡단할 때는 속도를 늦추거나 내려서 이동시켜준다. 길을 건너다가 로드킬을 당하지 않도록 돕기 위해서다. 한번은 장마철에 어둠이 깔릴 무렵 자전거를 타고 가는데 낯익은 노랫소리가 들렸다.

"맹~."

"꽁~."

맹꽁이 암수가 짝을 찾는 구애의 노랫소리다. 어릴 적에 수도 없이 듣던 소리다. 어느 틈엔가 우리의 곁을 떠나가고 있는 맹꽁이의 노랫소리를 출퇴근길에서 만나다니! 맹꽁이들은 짝을 찾아 여행을 가고 있었다. 그런데 그들의 이동길은 자전거가 달리는 길이다. 보통 자전거를 타는 사람들은 이곳에 맹꽁이가 있는지 없는지 관심이 없다. 쌩쌩 달리기만 할 뿐이다. 이미 길 가운데에 깔려 죽

안양천에서 만난 비오리

은 맹꽁이들이 널브러져 있었다. 오랜만에 만난 맹꽁이를 그대로
죽게 놔둘 수 없어서 자전거에서 내렸다. 살아 있는 개체라도 살
려주고 싶었다. 천천히 자전거를 끌면서 길을 건너는 맹꽁이 10여
마리를 잡아 수로에 놔주었다. 관심이 없으면 아무것도 보이지 않
는다. 자전거 길 주변의 몸짓에 관심을 가졌기 때문에 맹꽁이가 눈
에 띄었다고 할 수 있다. 그 후로도 6월이 되면 언제 맹꽁이가 울
지 귀를 기울인다. 비 오는 날 처음 맹꽁이 소리를 들으면 그날 하
루는 괜히 몸이 가벼워진다. 1년 만에 친구를 만난 기분이다.

자전거 출퇴근은 이제 내게 탐조의 시간이다. 출퇴근이라는
일상에서 새를 만나고 사진과 영상으로 기록한다. 새를 만나면 자

전거를 멈춘다. 안양천에서 사냥하는 비오리를 만나고 사냥 후 날개를 말리는 민물가마우지를 만난다. 평소 알고 있는 새들이지만 새롭게 관찰한 내용을 SNS로 소통하기도 한다. 특별한 소재가 아니어도 공유할 거리가 넘쳐난다.

관심은 끌림을 만든다. 관심은 사람과 동물, 사람과 사람을 잇고, 보이지 않는 끌림의 힘을 만든다. 관심을 가지면 간절한 마음이 생기기 때문이다. 호랑나비를 만나고 싶은 마음이 간절하면 꽃밭에서 호랑나비의 날갯짓을 마주할 수 있다. 특정 동물에 관심이 생기면서 그곳에 서식하는 동물을 실제로 만나게 되는 것이다. 관심을 갖지 않았다면 보이지 않았을 것이다. 뭔가 이루고 싶은 게 있으면 관심부터 가질 일이다. 그다음부터는 뜻하는 바가 술술 풀린다. 관심은 제일 유능한 마법사다.

참나를 만나는 시간

"후두두둑~."

소나기가 억수처럼 쏟아지는 여름날, 우산을 받쳐 들고 한곳을 응시한다. 아파트 전나무에 둥지를 튼 직박구리를 지켜보고 있다. 녀석은 빗물을 바가지로 덮어쓰면서도 꼼짝도 하지 않는다. 가끔 얼굴에 고인 빗물을 털 뿐이다. 어미에겐 지켜야 할 새끼가 있기에 이 우중에도 둥지를 떠날 수가 없다. 그걸 지켜보는데 괜히 가슴이 아려온다. 어떻게 해주지도 못하면서 마음만 직박구리에게 가 있다.

"사냥 나간 수컷은 왜 안 돌아오지?"

폭우가 쏟아지는 가운데 사냥한다는 건 쉬운 일이 아니다. 때가 되면 수컷이 먹이를 가져올 텐데도 빨리 돌아왔으면 하는 염원은 버릴 수가 없다. 다른 생각은 하나도 들지 않는다. 오직 빗소리 그리고 직박구리에게만 집중한다. 시나브로 무념무상의 세계에 빠져든다. 나의 관찰은 명상과 다르지 않다. 함께 사는 새에 대한 관심은 기다림을 만들어내고, 그 기다림 속에 빠져드는 것 자체가 명상이요, 자기 수행이다.

요사이 아내는 틈만 나면 명상을 한다. 잡념을 잊어버리고 '참나(무아를 깨닫는 마음의 의미로 사용)'를 만나기 위해서다. 하지만 내게 명상을 해보라고 권하지는 않는다. 오히려 명상을 주제로 이야기할 때면 항상 하는 말이 있다.

"당신은 따로 명상할 필요가 없어. 매일매일의 삶 자체가 명상이니까. 하하."

나도 아내의 말에 고개를 끄덕인다. 틈만 나면 아파트를 돌면서 야생을 만난다. 그러다가 그들의 특정 행동에 궁금증이 일면 카메라를 뻗쳐두고 종일 기다린다. 기다리는 동안 온 정신을 새에 집중한다. 어느 순간 새와 하나가 되는 느낌을 받는다. 새가 내가 되고 내가 새가 된다. 인간과 야생이 구분되지 않고 함께 움직인다. 그들과 나 사이에는 아무런 거리도 없다. 무아지경無我之境에 빠진다는 게 이런 것이 아닐까? 내가 자연을 만나는 방식이다. 그렇게 기다림 속에 빠져들면 회사에서 있었던 갈등, 친구 사이의 불편함, 가족 간의 사소한 오해 등 잡념이 말끔히 잊힌다. 명상하겠다고 작심한 건 아니지만 삶을 살면서 명상하고 있는 것과 다름없다. 그러니 굳이 명상할 시간을 따로 낼 필요가 있겠는가?

요사이에는 관심이 흰머리오목눈이에 집중돼 있다. 지난해 가을에 처음으로 흰머리오목눈이를 만나면서 새를 만나는 새로운 즐거움을 느끼는 중이다. 틈만 나면 아파트 주변을 탐조한다. 그동안 그들을 알아보지 못해서 미안해질 정도다.

"찌르르~찌르르."

어느 날 서로 소리를 주고받으며 먹이활동을 하는 오목눈이들 사이에서 흰머리오목눈이를 만났다. 사실은 그전부터 살았을 것이다. 관심이 없어서 몰라봤을 뿐이다. 이전에 촬영한 영상을 정리하다가 흰머리오목눈이가 찍힌 모습을 발견하기도 했다. 내가 활동하는 SNS에서 2023~2024년 겨울은 흰머리오목눈이의 계절이었다. 한마디로 선풍적인 인기를 끌었다. 너도나도 귀엽디귀여운 흰머리오목눈이 사진을 올렸다. 흰머리오목눈이는 오목눈이의 모습에 머리와 목이 흰색으로 덮여 있다. 검은색 눈에 주황색 안경을 쓴 흰머리오목눈이를 보고 있노라면 관찰자의 입가에 흐뭇한 미소가 생긴다. 흰머리오목눈이는 눈이 많이 내리는 추운 지방을 중심으로 살아간다. 한반도 북부지역, 홋카이도 등이 이들의 주요 번식지이다. 겨울이 되면 일부 무리가 남하해서 서울과 그 인근 지역에서 가끔 관찰된다.

귀여운 외모로 인기를 끈 흰머리오목눈이

관심이 생기면 만나고 싶은 열망도 강해진다. 흰머리오목눈이에 관심이 생기자 더 자세히 보고 싶어졌다. 한마디로 흰머리오목눈이에 빠지고 말았다. 관심의 강도가 강해지면 평소 닫혀 있던 오감이 열린다. 다른 일을 하다가도 소리가 들리고 나뭇가지 사이에서 움직이는 모습이 보인다. 끌림과 끌어당김이 교차하면서 만남이 이루어진다. 어떤 때는 내가 움직이는 곳마다 흰머리오목눈이가 따라오기도 했다. 내가 흰머리오목눈이에 빠진 것이 아니라 흰머리오목눈이가 내게 빠진 것이 아닐까 착각할 정도였다. 흰머리오목눈이를 영상으로 가장 잘 표현하려면 눈이 와서 주변이 흰색으로 덮여 있어야 한다. 흰머리오목눈이를 만나면서 소박한 꿈이 하나 생겼다.

'눈 내린 날 흰머리오목눈이를 보면 얼마나 환상적일까?'

그 바람은 지난겨울 눈이 자주 오면서 현실이 됐다. 전날 밤부터 눈이 계속 내려 하얀 눈 세상이 됐다. 아침 일찍부터 관찰에 나섰더니 흰머리오목눈이가 흰 눈이 내려앉은 나뭇가지 사이에서 먹이를 찾고 있었다. 마치 내가 나올 줄 알고 기다리고 있던 것 같았다. 오목눈이 중 흰머리의 아종이 생긴 건 이날처럼 눈 오는 날 천적에게 눈에 띄지 않도록 하기 위한 전략이다. 흰머리오목눈이에 대한 관심에서 시작된 간절한 열망은 그렇게 이루어졌다. 우연히 이루어진 만남은 아닐 것이다.

이 글을 쓰기 직전까지 아파트 주위를 탐조하고 돌아왔다. 요사이는 주로 아파트 숲에서 오목눈이가 둥지를 짓고 있는 모습을 관찰한다. 오목눈이는 이끼와 거미줄을 이용해 전나무 가지 사이에 둥지를 틀고 있다. 오목눈이가 둥지 짓는 모습을 직접 관찰하기는 이번이 처음이다. 그런데 이곳 둥지에서 멀리 떨어지지 않은 관목 사이에서 깃털을 모으는 흰머리오목눈이를 발견했다. 깃털을 물고 간다는 건 둥지 내부를 마무리하는 단계에 있다는 의미다. 달리 말하면 흰머리오목눈이가 이곳 부근에서 번식한다는 얘기다. 이 얼마나 가슴 뛰는 일인가. 철새로서 겨울에만 내려오는 줄 알았는데 번식을 하다니! 게다가 1년 내내 나와 함께 살아간다니!

잠시 후 또 다른 녀석도 흰머리오목눈이 옆에서 얼굴을 내밀었다. 이번에는 흰머리오목눈이가 아니라 오목눈이였다. 오목눈이는 번식기에 암수가 함께 움직인다. 둥지도 함께 짓는다. 이윽고 흰머리오목눈이와 오목눈이는 건너편 독일가문비나무 쪽으로 날아갔다. 나뭇가지로 위장하고 있어서 둥지를 겨우 찾을 수 있었다. 둥지는 거의 완성 단계에 이르러 있었다. 이 번식이 성공적으로 이루어지면 아종 간 번식으로 기록될 것이고 흰머리오목눈이에 대한 학술적 평가도 달라질 것으로 기대된다.[*] 서울을 비롯한 중부지역에는 흰머리오목눈이가 철새이면서 텃새로도 살아간다고 기술할 날도 멀지 않다. 작은 관심이 어떤 변화를 만들어내는

---

[*] 국내에서 흰머리오목눈이의 번식은 한 차례 기록된 바 있다. 최순규·서정기 (2023), 한국에서 오목눈이*Aegithalos caudatus* 두 아종 간 번식 성공에 관한 최초 사례, 한국조류학회지, 30권 1호: 51-54.

지를 잘 보여주는 사례가 아닐지 싶다.

인간 사회에서 모든 문제의 근원은 이기심이다. 나의 욕심을 채우기 위해서라면 타인에게 해를 끼치는 것도 서슴지 않는 게 인간이다. 극단적이면 살인까지 한다. 반면, 야생동물은 인간의 전유물인 자아가 없다. 그래서 남을 해롭게 하지 않는다. 어떤 동물이 다른 동물을 사냥한다면 그건 생존을 위한 수단일 뿐이다.

인간이 처한 여러 가지 문제를 해결하기 위해서는 타 존재에 대한 열린 마음, 즉 관심이 필요하다. 관심을 가지면 배려심도 생긴다. 자연의 친구들을 만나기 위해서는 나를 버려야 한다. 이런 마음으로 자연 속에 임하면 세상의 만물이 서로 연결돼 있음을 깨닫게 된다. 관심은 기다림으로 이어지고, 기다림은 명상이 된다. 나와 자연, 나와 동물, 모든 존재가 하나다. 우리 인간은 연결망 속에서 자연의 한 부분이다. 이러한 단순한 명제를 깨치면 자연 속에 사는 하루하루가 행복하다. 산골에 있든 도시에 있든 다르지 않다. 자연에 관심을 가지는가 그렇지 않은가에 따라 알아챔 여부가 갈릴 뿐이다. 자연 속에서 평온을 느끼길 바란다면 그들에게 관심부터 가지길 바란다. 자연은 자기중심적인 우리 인간의 치유자다.

10

시선

관점에 따라
다르게 보인다

야생동물을 제대로 보기 위해서

세상은 시선에 따라 달리 보인다. 보수적인 시선으로 보는 사람과 진보적인 시선으로 보는 사람은 가치관과 세계관이 다르다. 어느 쪽이 올바르냐의 문제는 아니다. 시선을 어디에 두느냐에 따라 보이는 내용이 다르다는 점을 얘기하는 것이다. 지금까지 인류가 밤마다 봐왔던 달은 전체 달의 한 부분에 지나지 않는다. 달은 지구와 동주기 자전을 한다. 즉 지구의 위성인 달은 지구를 공전하는 동안 자신도 한 바퀴 자전한다. 그래서 인류는 달의 반쪽만 보고 살아왔다. 그런데 최근 우리가 보고 있는 달의 반대편에 인공위성(2019년 중국의 '창어 4호')을 착륙시키면서 상황이 달라졌다. 눈으로 보이지 않는 면까지 볼 수 있게 되었다. 그 결과, 토끼가 절구를 찧는 달나라에 대한 환상은 깨어졌지만, 다른 한편에서는 달에 대한 인류의 인식이 더욱 풍성해지는 계기가 되고 있다.

삶의 여정 속에서 인간의 시선은 누적되어 세계관으로 발전한다. 달이 뜨는 밤의 세계를 지배하는 수리부엉이는 시선과 세계관의 관점에서 흥미로운 소재다. 올빼밋과의 수리부엉이는 우리나라에 서식하는 야행성 조류 중에서 덩치가 가장 크다. 암컷의 경우 날개를 편 길이가 1미터 80센티미터가 넘는다. 우리나라 남자

성인이 팔을 벌렸을 때의 길이만큼이다. 밤에 활동하는 올빼미의 특성에다가 강한 발톱과 날카로운 부리를 갖춘 새(수리의 특성)가 수리부엉이다. 그런데 사진 애호가들만 우리나라의 수리부엉이에 관심을 갖고 찍어대고 있지(사실 너무 과해서 문제다) 대부분의 연구자는 별 관심이 없다. 그러니 수리부엉이를 보는 시선이 한쪽에 편중돼 있거나 왜곡돼 있다. 야행성인 조류로서 주로 밤에 활동하니 낮에는 장님과 다를 바 없다는 인식이 대표적인 사례다. 수리부엉이는 빛이 강할 때 동공을 닫음으로써 빛의 양을 조절한다. 그래서 낮에 사물을 인식하는 데에도 아무런 문제가 없다. 다만, 어두울 때 활동해야 자기의 장점을 극대화할 수 있기에 야행성 조류로 살아갈 뿐이다.

사실, 나는 우리나라 유일의 수리부엉이 전문 연구자다. 자연 다큐 PD로 일하는 사람 외에 수리부엉이를 꾸준히 연구하는 사람이 없다는 건 슬프기까지 하다. 그렇다면 우리나라의 연구자들은 왜 이 매혹적인 새에 대해 연구하지 않았고 지금도 하지 않을까? 수리부엉이가 연구되지 못한 데에는 몇 가지 이유가 있다.

첫째, 한동안 수리부엉이를 관찰하기가 어려웠다. 30~40년 전에 쥐를 주식으로 살아가는 동물들이 급감했었는데, 수리부엉이도 그 여파를 피해 갈 수 없었다. 6.25 한국전쟁 후 먹고살기 힘든 시기에 범국가적인 차원에서 전국적인 '쥐잡기 운동'을 펼쳤다. 식량을 축내는 쥐를 잡아서 식량을 확보하고자 한 것이었다. 그런데 그 부작용으로 쥐를 사냥해 살아가는 맹금류, 특히 올빼밋과 조

큰 날개를 펼치고 비행 중인 수리부엉이

류가 큰 타격을 입었다. 한밤중에 쥐약을 먹고 비틀거리는 쥐는 야
행성 동물의 좋은 사냥감이었다. 쥐를 좋아하는 수리부엉이도 쥐
약 2차 중독으로 죽어갔을 것은 뻔하다. 대대적인 쥐약 살포는 의
도와는 상관없이 야행성 맹금류를 절멸 위기로 몰고 갔다. 전 세계
적으로 흔한 동물인 여우가 우리나라에서 사라졌던 것도 쥐잡기
운동과 관련이 있다. 여우도 쥐 사냥의 대가이지 않던가.

어렸을 때 수리부엉이가 '부엉부엉' 하고 우는 소리를 가끔 들
었다. 야밤의 수리부엉이는 어린아이에게 무서움의 상징이었다.
그런데 90년대에 자연 다큐 제작에 나설 무렵엔 수리부엉이에 관
한 정보를 거의 얻을 수가 없었다. 그만큼 수리부엉이의 수가 줄

어 있었다. 그러니 당시 조류 생태를 연구하는 사람들에게 수리부엉이는 범접하기 힘든 새였다. 연구에 있어 일정한 개체 수 확보는 정확한 분석을 위해 필수적인데, 그 확보가 쉽지 않아 연구에 어려움을 겪을 수밖에 없었을 것으로 생각된다.

둘째, 수리부엉이의 번식 주기가 길다는 점을 들 수 있다. 영역 확보, 둥지 정하기, 산란, 양육, 독립 등 일련의 번식 이벤트를 다 완수하려면 거의 1년 가까이 걸린다. 이러한 번식 조건 때문에 단시간 안에 데이터를 얻고자 하는 연구자는 수리부엉이를 연구 대상으로 정하는 데 주저했을 것이다. 번식 기간이 길어지면 연구 비용도 함께 증가하기 때문이다.

셋째, 수리부엉이가 절벽에 둥지를 튼다는 점도 빼놓을 수 없다. 둥지에 접근하려면 위험을 무릅써야 하니 데이터 모으기가 쉽지 않다. 나는 수리부엉이 둥지를 조사할 때 수많은 절벽을 올라야 했다. 걸어서 갈 수 있는 둥지도 있지만 대부분 절벽 가운데에 둥지가 있었다. 가파른 절벽은 아래쪽에서는 오를 수 없고 위쪽에서 밧줄을 타고 내려와야 했다. 조사자가 두 사람이라면 한 사람이 절벽의 둥지를 조사하고 내려오면 다른 사람이 위에서 밧줄을 풀어 주면 그만이다. 하지만 대부분 혼자 조사한 관계로 둥지 조사를 한 후에 다시 올라가 밧줄을 풀어야 했다. 한 곳만 조사해도 진이 빠지고 만다. 그러니 누가 수리부엉이를 연구하겠다고 나서겠는가. 이해가 안 되는 것도 아니다.

넷째, 수리부엉이가 야행성 동물이라는 점이다. 위에서 언급한 바와 같이 주행성 동물이라도 쉽지 않은 연구 대상인데, 밤이라는 제한적 시간에 활동하는 점은 연구자를 더더욱 힘들게 한다. 위험성도 몇 배 더 커진다. 수리부엉이의 매력에 빠져 연구하겠다는 마음을 가졌다고 하더라도 혼자 한밤중에 절벽의 둥지에 올라가 조사해야 한다고 생각하면 기겁하고 그만둘 것이다. 실제로 수리부엉이에 관심 있던 후학들도 나와 함께 야간 조사를 경험해보고는 모두 포기했다. 야행성 동물 연구가 그만큼 어렵다.

'그럼에도 불구하고' 나는 수리부엉이의 매력에 빠져 연구의 길로 들어섰다. 2008년에 수리부엉이 다큐를 제작한 게 계기였다. 처음 가는 길은 언제나 외롭고 힘든 법이다. 모든 걸 스스로 찾아서 확인해야 한다. 시행착오의 기간이 있기에 더 많은 시간과 비용이 든다. 하지만 미지의 길을 처음으로 가다 보면 다른 사람보다 먼저 정보를 얻을 수 있다. 7년간의 수리부엉이 연구를 통해 지금까지 잘 알려지지 않았던 다양한 사실을 먼저 알 수 있었다. 이러한 연구 과정을 통해 수리부엉이에 대한 새로운 시선을 갖게 된 건 덤이다.

수리부엉이가 알려주는 지혜

수리부엉이를 언급하면서 가장 많이 등장하는 단어는 최상위 포식자이다. 최상위 포식자란 먹이사슬의 최정점에서 생태계를 조절하는 역할을 하는 종이다. 조류 중에는 맹금류가 이에 해당하는데 수리부엉이, 검독수리 등이 대표적이다. 두 종은 13킬로그램짜리 노루를 사냥한 기록이 있을 정도로 그 힘이 막강하다. 고라니 새끼, 토끼, 강아지, 고양이, 꿩, 오리류 등도 손쉽게 잡을 정도이니 피식자들에겐 공포의 대상이다. 그래서 야간에 생활하는 수리부엉이를 밤의 제왕으로 부르는 것이다. 하지만 남들과 같은 시선으로 보아서는 새로운 면을 볼 수 없다. 수리부엉이를 제대로 알려면 다른 관점에서 봐야 한다.

우선, 이름부터 살펴보자. 올빼미, 수리부엉이, 소쩍새 등을 올빼밋과로 분류하는데, 과연 이는 합당할까? 위의 세 가지 이름은 보통의 새 이름과 마찬가지로 우는 소리에서 따왔다. 올빼미(후후후~우), 수리부엉이(부엉), 소쩍새(소쩍)를 영어권에서는 각각 Tawny Owl(*Strix aluco*), Eagle Owl(*Bubo bubo*), Scops Owl(*Otus scops*) 등으로 부른다. 종의 상위 개념인 과*family*도 'owl'로 부른다. 수리부엉이도 과의 틀에서 보면 owl이다. 우리나라에서는 여러 명칭이 혼재돼 있다. 일반인은 밤에 활동하는 맹금류를 '부엉이'로 통칭하는 경향이 있다. 그래서 개인적으로는 '올빼밋과'가 아니라 '부엉잇과'로 부르는 게 더 합당하지 않을까 생각한다.

이제 수리부엉이의 생김새를 한번 살펴보자. 수리부엉이의 얼굴 형태는 사람과 판박이다. 인간은 지구상 최고의 포식자로서 두려울 게 없는 존재다. 야생동물을 만났을 때 피하기보다는 공격할 수 있는 위치에 있다. 그래서 침팬지, 고릴라, 원숭이 등 다른 영장류와 마찬가지로 인간의 두 눈은 얼굴 전면에 있다. 보통의 조류가 얼굴 좌우에 눈을 가지고 있는 이유는 천적을 최대한 빨리 인지하고 도망가기 위해서다. 자신을 노리는 자를 먼저 알아채지 못하면 바로 잡히고 만다. 그래서 이들 조류는 신체 구조가 피동적이다. 반면, 생태계 최정점에 자리 잡은 수리부엉이는 누구를 피해 도망갈 일이 거의 없다. 따라서 두 눈을 전면에 두는 공격적인 신체 구조가 생존에 훨씬 유리하다.

수리부엉이는 올빼밋과의 다른 새들과 달리 귀깃*tuft*이 있다. 이는 절벽의 바위나 나뭇가지에 앉아 있을 때 노출을 최소화하려는 위장용이다. 특히 수리부엉이가 둥지에 앉아 있을 때 이 귀깃의 존재는 더욱 빛을 발한다. 주변의 풀과 혼동돼 찾기가 무척이나 어렵다. 이 귀깃을 귀로 오해하기도 하는데 실제로는 귀와 아무런 상관이 없다. 오히려 진화 과정에서 사람의 생김새를 닮으려는 수리부엉이의 몸짓이 아닐지 상상해본다. 현장에서 관찰할 때 수리부엉이의 원판형 얼굴과 귀깃을 보고 있노라면 사람을 닮았다는 느낌을 많이 받는다. 비단 얼굴 생김새 때문만은 아닐 것이다.

독일의 관념주의 철학자 헤겔은 그의 저서 《법철학》(1820) 서문에 다음과 같은 유명한 말을 남겼다.

"미네르바의 올빼미는 황혼 녘에야 비로소 날개를 편다."

여기서 언급된 올빼미는 정확하게 얘기하면 금눈쇠올빼미 *Little Owl/Athene noctua*이다. 우리나라에서도 겨울철에 가끔 관찰되는 종이다. 그렇다고 헤겔이 한 말의 의미를 금눈쇠올빼미 하나에 국한해서 해석할 필요는 없다. 밤에 활동하는 올빼밋과의 대표적인 새 수리부엉이도 당연히 포함될 것이다. 미네르바는 그리스신화 속에 등장하는 지혜의 여신 아테나의 로마식 표기다. 헤겔에게 올빼미는 지혜의 상징이고 자기 자신이다. 언젠가 세상이 자신의 철학을 알아주는 날이 올 것이라 기대했다. 철학자는 세상을 변혁하는 사람이 아니라 일어난 과거를 해석하는 존재라는 인식을 바탕에 깔고 한 말이다. 당대를 대표하던 관념주의 철학자다운 해석이다.

내가 미네르바의 올빼미 이야기를 처음 들은 건 대학 때 독일 철학을 공부하면서부터다. 당시 함께 공부하던 한 친구는 토론할 때 자기의 생각이 옳다는 것을 입증하기 위해 위에서 얘기한 헤겔의 말을 예로 들며 합리화하곤 했다. 게다가 다니던 학교 앞에 '미네르바'라는 카페가 있어서 자주 들르곤 했다. 80년대에도 나름 '좀 있어 보이는' 이름이었다. 그곳에서 커피를 마시면 사색적인 학생처럼 보여 좀 우쭐한 느낌이 들기도 했다. 격변의 시기에 방황하던 또래 학생들은 그곳에서 울려 퍼지는 클래식 음악을 들으며 인생을 논하고 문학을 얘기했다. PD가 되고 나서도 그때의 그 감성을 잊지 못하고 카페 미네르바에 종종 들르곤 했다. 그렇게 미네르바의 올빼미로 대표되는 수리부엉이는 내 삶 속으로 들어왔다.

그런데 유물론자 마르크스는 〈헤겔의 법철학 비판을 위하여: 서설〉(1843)에서 헤겔의 말에 빗대 '갈리아의 수탉*Gallia Rooster*' 이론을 내세웠다. 여러 문제점을 노정한 자본주의 사회를 혁파하길 열망했던 마르크스에게는 사변론에 빠진 헤겔이 못마땅했다.

"비판의 무기는 무기의 비판을 대신할 수 없다. 물질적 힘은 물질적 힘을 통해 전복돼야 한다. 철학이 프롤레타리아트 속에서 그 물질적 무기를 발견하듯이 프롤레타리아트는 철학 속에서 자신의 정신적 무기를 발견한다. 모든 내적 조건이 충족된다면 독일 부활의 날은 갈리아의 수탉의 울음소리에 의해 고지될 것이다."

유물론자 마르크스는 새벽에 우는 수탉이 세상을 깨우듯이 철학자도 그러해야 한다는 주장을 펼쳤다. 헤겔과 정반대의 관점에서 세상을 바라봤다. 여기서 관념론과 유물론, 헤겔과 마르크스의 사상을 논하려는 것이 아니다. 같은 사물이라도 어떻게 보느냐에 따라 달리 보인다는 사실을 말하는 것이다. 바로 그 중심에 인간을 닮은 부엉이가 있다. 예부터 유럽 사람들은 부엉이를 '인간을 닮은 존재, 지혜로운 존재'로 받아들였다. 지금도 경로석을 부엉이 모양으로 상징화하고 있다. 모두가 잠든 밤에 수리부엉이가 횃대에 앉아 있는 모습을 보면 특별함이 느껴진다. 세상을 관조하며 바라보는 것처럼 느껴진다. 높은 곳에 앉아 있으면 세상의 일거수일투족이 다 보일 것이다. 그건 지혜로운 사람의 모습으로 비칠 수밖에 없다. 어쩌면 수리부엉이야말로 진정한 야생의 철학자다.

사람의 얼굴을 닮고 지혜의 상징으로 받아들여지는 수리부엉이는 크기도 사람만 하다. 우리나라의 수리부엉이는 날개편 길이가 약 180센티미터다. 유럽의 수리부엉이는 무려 2미터에 달하는 개체도 있다. 그 지역의 서식 조건에 맞게 인간을 닮았다. 이뿐만이 아니다. 수리부엉이는 저축하는 습성도 있다. 보통의 새는 새

사람과 얼굴이 닮은 수리부엉이는 지혜의 상징으로 여겨진다

끼를 키울 때 벌레를 사냥한 다음 바로 둥지에 가져가 새끼에게 먹인다. 수리부엉이를 비롯한 맹금류는 이와 사뭇 다르다. 먹이를 둥지로 가져가 찢어서 새끼에게 먹인다. 그래서 번식기 맹금류의 둥지를 보면 사냥해둔 새나 쥐 한두 마리쯤은 목격할 수 있다. 이는 사냥 가능할 때 먹이를 부지런히 모아 사냥이 힘들 때를 대비하는 것이라 할 수 있다.

둥지 조사는 생태연구에서 꼭 필요한 일이다. 새끼를 키우는 수리부엉이 둥지를 방문해보면 그때마다 오리나 꿩 한두 마리는 꼭 있었다. 1킬로그램짜리 꿩 한 마리면 이틀은 버틸 수 있는 양이다. 김포에 있는 수리부엉이 둥지를 방문했을 때의 일이다. 눈을 의심할 수밖에 없는 모습을 목격했다. 둥지에는 수컷이 사냥해온 쥐가 무려 열 마리 넘게 있었다. 대부분 집쥐나 등줄쥐였다. 저축왕 수리부엉이의 면모가 엿보이는 대목이다. 잉여 먹이는 새끼의 충분한 성장을 담보해준다. 만일 비가 많이 와서 사냥이 힘들어도 먹이 부족을 겪지 않도록 도와줄 것이다. 수리부엉이 수컷이 의도적으로 많은 먹이를 가져왔는지 아니면 보이는 대로 사냥해서 먹이가 쌓인 것인지는 불분명하다. 한 가지 확실한 점은 잉여 먹이, 즉 저축은 비상시를 대비하는 아주 효과적인 수단이라는 사실이다.

비단 수리부엉이에게만 해당하는 일은 아닐 것이다. 하루하루 힘든 인생을 살면서도 미래의 더 힘든 시기를 미리 대비한다면 우리 삶이 조금은 덜 힘들지 않을까 생각한다. 이처럼 시각을 달리

해서 관찰하면 수리부엉이도 우리 삶을 반추해볼 수 있는 기회를 제공한다.

평생 서로만을 바라보는 수리부엉이처럼

이제 수리부엉이를 또 다른 관점에서 들여다보자. 지금까지 알고 있던 것과 전혀 다른 면모를 볼 수 있을 것이다. 수리부엉이는 1년 내내 한곳에서 사는 텃새다. 1년에 한 번씩 찾아오는 철새나 봄과 가을에 이동하는 나그네새와 달리 텃새로 살면 짝을 정하는 데 과도한 에너지를 사용하지 않아도 된다는 장점이 있다. 꾀꼬리, 파랑새 등 여름 철새는 번식지의 숲에 도착하자마자 짝을 찾는 데 혈안이 된다. 철새가 봄철 특정 지역으로 날아가는 건 번식을 위해서다. 수컷은 깃의 색이나 모양으로 자기의 성적 매력을 뽐내거나 사냥 능력을 과시한다. 또한 암컷의 환심을 사기 위해 먹이 선물 공세를 퍼붓는다. 반면, 텃새는 좀 다른 양상을 띤다. 수컷의 깃이 화려한 색을 띠는 경우는 드물다. 한곳에 머물러 사는데 굳이 색을 만드는 일에 에너지를 쏟을 필요가 없다. 그렇다고 텃새가 성적 매력을 발달시키지 않았다는 건 아니다.

텃새인 수리부엉이가 칠흑 같은 밤에 구애한다면 무엇이 가장 중요할까? 수컷이 제아무리 화려한 색을 갖추었다 한들 어둠 속에서 제대로 드러날 수 있을까? 깃의 모양만 겨우 보일 뿐이다. 한 연구에 의하면, 수리부엉이 수컷의 성적 매력 포인트는 멱의 흰

목의 흰점은 성적 매력을 나타낸다

반점으로 밝혀졌다.* 남자는 사춘기에 들어서면 목소리가 굵어
지고 목젖이 튀어나온다. 소프라노의 여성과 구분되는 바리톤의
저음대를 낼 수 있게 된다. 이러한 특징은 남성성의 중요한 부분
으로 받아들여진다. 만약 청년으로 자란 남성이 여성과 비슷한 가
냘픈 목소리를 낸다면 유전적으로 여성성이 강할 가능성이 있다.
이러한 특징의 남성은 배우자로서 여성의 선택을 받을 확률이 낮
다. 수리부엉이 수컷은 '부엉~ 부엉~' 울 때 멱의 흰색 부분이 도드

*   Vincenzo Penteriani et al.(2006), Brightness variability in the white badge
     of the eagle owl Bubo bubo, *Journal of Avian Biology* 37: 110-116.

라진다. 이 흰색 반점의 휘도輝度가 높다면 한밤중에도 암컷의 눈에
띌 가능성이 크다. 그래서 휘도가 높은 흰색 반점을 가진 수컷은
암컷을 유혹하는 데도 유리하다. 거기에다 '부엉(나 어때?)' 하는 매
력적인 저음을 내면 암컷은 수컷의 매력에 금방 빨려들 것이다.

　　수리부엉이는 한번 짝을 맺으면 평생을 같이 지내는 조류 중
하나다. 게다가 수리부엉이는 1년 내내 교미를 한다. 이게 무슨 소
리냐고 의아해할 사람들이 많을 것이다. 일반적으로 동물은 수정
을 위해서 교미하는 것으로 알려져 있다. 실제로 평상시에는 교미
하지 않다가 번식기가 되면 교미 행동이 빈번해진다. 그 목적은 오
직 한 가지다. 바로 정자와 난자를 수정시키기 위해서다. 그렇다
고 모든 동물이 그런 건 아니다. 시기와 관계없이 늘 섹스를 하는
종이 있다. 바로 보노보다. 보노보에게 섹스란 삶의 일부분이고
개체 간 평화를 유지하는 수단이다. 문제가 생기면 섹스를 통해 화
해를 모색한다. 그만큼 보노보에게 있어 섹스는 삶에서 아주 중요
한 부분을 차지한다. 수리부엉이도 번식기가 되면 알을 낳기 위해
교미한다. 이 시기의 교미는 수정을 위한 것으로 빈도도 아주 높
다. 문제는 그다음이다. 수리부엉이 다큐를 제작할 때 촬영하다가
당시로서는 아주 충격적인 장면을 목격했다. 새끼가 2주 정도 자
랐을 무렵이었는데, 암수가 새끼를 돌보다 말고 느닷없이(?) 사랑
을 나누는 것이었다. 그것도 바로 눈앞에서 그랬다.

　　"쟤네 어떻게 된 거 아냐?"

　　"그러게요. 분명히 교미 맞아요."

나와 촬영감독은 수리부엉이 암수의 행동에 놀라움을 감출수 없었다. 포란 중에 교미하는 모습은 처음 봤기 때문이다. 그래도 처음엔 우연히 일어난 행동이라고 생각했다. 그런데 이게 끝이아니었다. 그 후로도 그들의 사랑은 끝나지 않았다. 이게 무슨 상황이람? 사람도 아닌 것이 수정 목적이 아니라 서로의 만족을 위해 은밀한 시간을 갖다니!

수리부엉이의 교미 장면을 반복적으로 촬영하게 되면서부터그들의 교미 행동에 대한 인식을 바꾸었다. 당시 국내에 수리부엉이 연구자가 없었기에 관련 문헌을 찾아 나섰다. 한참을 헤맨 끝에수리부엉이는 수정 이외의 목적으로도 교미한다는 사실을 확인할수 있었다. 맹금류에게 자주 관찰되는 행동이라는 사실도 덤으로알게 됐다. 그 후 나는 야생 현장에서 관찰한 기록을 바탕으로 수리부엉이의 교미 행동에 관한 논문을 국내에서 처음으로 발표했다.[*] 지금도 수리부엉이의 교미 행동과 그 의미에 관해 연구하고있다.

그렇다면 수리부엉이는 왜 1년 내내 교미하는 것일까? 한마디로 이는 '짝의 관계*pair-bond*'를 유지하기 위한 수단이다. 텃새로서살아가기 위해서는 암수를 단단하게 묶을 수 있는 무언가가 필요한데, 그것이 바로 교미다. 교미의 다른 이름은 '신뢰'다. 교미라는

---

[*] 신동만·백운기(2008), 수리부엉이(Bubo bubo)의 번식생태 및 교미행동에 관한 연구, 한국환경생태학회지 22(1) : 59~65.

행동을 통해 서로에 대한 믿음을 쌓는다. 그렇게 되면 한밤중에 있을지 모를 누군가의 유혹을 떨쳐버리고 온전히 자신의 짝에게 집중할 수 있다. 눈이 맞은 수리부엉이 암수는 짝을 맺는 순간부터 뜨거운 밤을 보낸다. 우리가 잠든 사이에 그들은 그들만의 방식으로 사랑을 나눈다. 시선을 어디에다 두느냐에 따라 사물은 달리 보인다. 수리부엉이를 관찰할 때 야행성 맹금류라는 사실에 매몰되지 않았기에 수리부엉이의 새로운 측면을 볼 수 있었다.

수리부엉이와 관련하여 더 흥미로운 사실은 한번 짝을 맺으면 평생 그 짝과 산다는 점이다. 조류가 일부일처제로 살아가는 것도 특별하지만 짝을 바꾸지 않는다는 사실은 더욱 놀랍다. 한 조사에 따르면 수리부엉이의 이혼율이 제로에 수렴하는 것으로 밝혀졌다. 어느 한쪽이 교통사고, 독극물, 질병 등으로 죽으면 새로운 짝을 구한다. 하지만 평상시엔 짝을 바꾸지 않는다. 촬영과 조사를 위해 야간에 잠복해보면 수많은 유혹의 울음을 들을 수 있다. 아직 짝을 찾지 못한 젊은 수컷과 암컷은 누군가를 만나야 한다. 그러기 위해서는 유혹의 손길을 보내야 한다. 기존 영역에 들어가거나 젊은 선남선녀끼리 또는 중년의 외톨이와 만나야 한다. 하지만 좋은 서식지는 이미 누군가가 차지하고 있으니 쉽지 않다. 처지를 바꾸어서 보면, 땅 주인은 여간 괴로운 게 아니다. 암컷, 수컷할 것 없이 비상이 걸린다. 결국 서로의 믿음을 증명했던 지속적인 교미는 이 순간에 위력을 발휘하며 서로를 지켜낸다.

인간은 사랑해서 결혼하지만 서로 간에 문제가 생기면 헤어지기도 한다. 그리고 그 이혼은 법적으로도 보장받는다. 그런데 수리부엉이는 명시적인 성혼선언문도 작성하지 않는데 어떻게 이혼하지 않는 새가 되었을까? 검은 머리가 파뿌리가 될 때까지 서로에 대한 신뢰를 유지하는 비결은 무엇일까? 인간의 행동에서 그 힌트를 얻을 수 있다. 개인마다 차이가 있지만 부부는 밤이면 잠자리를 갖는다. 젊을 때는 빈번하다가 나이 들면 뜸해지긴 한다. 경제력, 배려심 등도 사랑을 뒷받침하는 수단으로 사용될 수 있다. 하지만 잠자리는 부부간의 사랑을 지속시켜주고 신뢰도를 높여주는 가장 유용한 수단 중의 하나다. 수리부엉이도 인간과 다르지 않다. 평소 교미를 통해 형성된 신뢰감이 외부의 유혹에도 흔들리지 않도록 하는 데 가장 큰 역할을 한다. 수리부엉이의 교미는 암수를 영원한 짝의 관계로 묶어주는 힘이다.

　이와 같은 수리부엉이의 순애보는 눈여겨볼 만하다. 이혼율이 급증하는 시대에 한번 믿으면 평생 믿고 사는 수리부엉이를 통해서 자기 자신을 되돌아볼 일이다. 5월 21일은 부부의 날이다. 21일은 둘(2)이 만나서 하나(1)가 된다는 의미를 내포하고 있다. 부부관계의 소중함을 일깨우고 화목한 가정을 일구자는 취지에서 2007년 제정된 법정기념일이다. 부부의 날 마스코트를 수리부엉이로 정해서 기념하면 어떨지 하는 생각이 든다. 수리부엉이처럼 한결같은 사랑을 하는 동물이 더욱 빛나는 건 우리의 세상이 그렇지 못해서일 것이다. 수리부엉이는 충분히 금실 좋은 부부의 상징이 될 만하다.

사물을 다른 측면에서 보면 그동안 감춰졌던 진실이 드러난다. 야행성 맹금류에 지나지 않았을 수리부엉이를 다른 시선으로 보게 되면서 새로운 사실을 하나둘 알 수 있었다. 그 시선은 다큐의 수준을 한 차원 높였고 나를 연구자의 세계로 이끌었다. 시선은 세상을 보는 창이다. 다른 야생동물도 다른 시선으로 보면 또 다른 숨은 진실을 알 수 있다. 사회생활에서도 다른 시선으로 볼 수 있는 능력은 자기의 경쟁력을 배가시킬 핵심 자산이다.

11

포용

살아 있는 모든 것은
존재 이유가 있다

다투지 않고 함께 살아갈 방법

주변 동물 중 우리나라 사람과 애증의 감정이 가장 강한 동물은 까치가 아닐지 싶다. 많은 지자체와 기업에서 상징 동물로 지정할 만큼 친숙한 동물이 바로 까치다. 예부터 까치가 울면 반가운 손님이 온다고 해서 길조로 받아들였다. 그런데 까치의 운명은 얄궂다. 과수농가에 피해를 주고 전신주의 전선에 피해를 준다는 이유로 유해조수로 지정돼 합법적 포획 대상이다.

우리는 좋든 싫든 매일 까치와 함께 산다. 그러다 보니 까치도 사람을 겁내지 않는다. 사람이 바로 옆에 있어도 아랑곳하지 않고 자기 일을 할 뿐이다. 그러나 알고 보면 까치는 굉장히 예민한 새다.

25년 전 까치 관련 다큐멘터리를 제작할 때의 일이다. 당시에도 몇몇 다큐가 까치를 다룬 적 있었다. 게다가 주변에서 흔하게 볼 수 있는 새여서 까치의 생태를 촬영하는 데 대해서는 별로 걱정하지 않았다. 그런데 등잔 밑이 어둡다고 했던가. 처음부터 까치 촬영은 난관에 부딪혔다. 까치는 둥지 내부를 촬영하기 위해 설치한 소형카메라에 민감하게 반응했다. 예상을 뛰어넘는 거부반응에 둥지 촬영을 포기할 수밖에 없었다. 카메라에 달린 영상 케이블 때문에 그런 거부반응이 있었던 것으로 추정된다. 영상 케이블이 까치에게 일종의 뱀처럼 보이는 착시를 일으키는 모양이다. 과거 구렁이가 민가 주변에 많이 살 때 까치의 둥지도 습격했을 것이다. 이런 기억 때문에 인위적 케이블이 까치에겐 천적의 침입으로 인식되는 것으로 해석할 수 있다. 반면, 교회 첨탑에 둥지를 튼 까치는 케이블 같은 인위적 물건에 관대했다. 나무가 아닌 쇠로 만든 첨탑 지지대와 케이블을 유사하게 받아들여 위협을 느끼지 않는 것으로 보였다.

까치는 보는 관점에 따라 모습이 정반대다. 과수농가와 한국전력 관계자에게는 천덕꾸러기다. 자신에게 피해를 주는 까치를 좋아할 사람이 누가 있겠는가. 그렇다고 까치를 죽여도 좋은 야생동물로만 여긴다면 이 또한 문제다. 인간의 잣대로 야생동물을 마음대로 할 수 있다고 생각하는 오만함이다. 그래서 까치에 대한 관점을 깡그리 바꿀 수 있는 다큐멘터리(《공존실험-까치》, 2001)를 제작하고 싶었다. 그러기 위해서는 까치에 대한 오해를 풀고 까치의 피해를 막을 방법이 절실했다.

까치와 인간이 함께 살 수 있다는 걸 보여주기 위해 내가 제시한 대안은 '조건적 미각기피 행동*CTA/Conditional Taste Aversion*'이었다. 이에 관한 과학적 연구는 이한수 박사팀이 맡았다. 조건적 미각기피 행동은 '동물은 음식을 먹고 위장 계통에 탈이 나면 그 음식을 영원히 기피한다'는 원리에 바탕을 두고 있다. 어릴 때 복숭아를 먹고 배탈이 난 사람은 어른이 돼서도 복숭아를 먹지 않는다. 이는

우리에게 친숙한 새 중 하나인 까치

단순히 개인의 취향이 아니다. 진화 과정에서 먹을 수 있는 음식과 그렇지 않은 음식을 구분하면서 동물들이 발달시켜온 생리적 기제다. 야생에서 살아가는 어떤 새는 붉은색 나방이나 나비를 먹지 않는 경향이 있다. 이러한 색을 가진 먹이는 독성이 있는 것으로 학습되었기 때문이다. 대표적인 사례가 제주왕나비(알락나비)다. 제주왕나비는 독성이 있는 박주가리 잎을 먹어서 몸속에 독을 축적한다. 만약 어떤 새가 제주왕나비를 사냥해서 먹는다면 이 독성 때문에 배탈을 일으킬 것이고 그다음부터는 절대 포식하지 않을 것이다. 이 원리 덕분에 제주왕나비는 천적으로부터 자신을 보호할 수 있다.

나는 이한수 박사팀과 함께 남원의 한 과수원에서 까치를 대상으로 야생 실험을 진행했다. 과수원에 피해를 주는 까치를 포획하지 않고 함께 공존하는 방안을 찾기 위해서였다. 실험 절차는 간단하다. 우선, 사료를 줘서 까치를 유인한 다음, 먹이에 길들면 배 조각을 줘서 먹게 했다. 의심하지 않고 배 조각을 삼키는 단계에 다다르면 특수 작전을 펼친다. 식물에서 채취한 독성을 배 조각 속에 미량 넣어 먹게 한다. 그러면 이 배 조각을 먹은 까치는 배탈을 일으켜 구토한다. 이렇게 되면 까치는 배 향기가 나는 음식은 먹으면 안 된다는 학습을 하게 된다.

　　자, 이제 유쾌한 상상을 해보자! 가을 녘, 배와 사과가 익어가는 남원의 과수원에서는 무슨 일이 일어났을까? 연구진과 제작진의 예상대로 그해 그곳에선 과일 피해가 거의 없었다. 까치들은 배를 쪼기는커녕 배밭의 벌레를 잡는 데만 열중했다. 사전 교육을 받은 과수농가에서도 예전과 달리 까치를 내쫓지 않았다. 까치와 과수농가가 아름다운 공존을 이뤄가는 모습이다. 이 꿈 같은 일은 까치의 독특한 습성을 이용한 덕분에 가능했다. 앞에서 기술한 바와 같이 까치는 자기의 영역을 지키려는 성향이 아주 강하다. 평생 한곳에서 살아가기 때문에 자신만의 땅을 지키는 건 당연하다. 실험에 노출된 까치는 배라는 과일은 역겨운 맛이 나서 먹으면 안 된다는 인식이 몸에 배서 누런 배가 주렁주렁 열렸는데도 거들떠보지 않았다. 그해 그 마을 과수 농민들이 농약을 적게 사용한 덕분에 과수원의 풀밭은 지렁이와 곤충 등 까치에게 충분한 먹이를 제공했다.

〈환경스페셜〉100회 특집으로 기획된 〈공존실험-까치〉는 그 야말로 신선한 바람을 일으켰다. 문제해결의 필요성뿐만 아니라 실질적 대안을 제시했고 프로그램의 흥미도를 잃지 않았기 때문이 다. 방송 후 받은 다양한 상은 덤이었다. 야생과 인간의 갈등을 해 결하려는 노력은 계속되어야 하지만 실제로 대안을 제시하기란 말 처럼 쉽지 않다. 당시 나는 과학적 대안을 제시함으로써 환경 프로 그램의 새 장을 열었다. 〈공존실험-까치〉를 방송한 후 15년이 지난 무렵이었다. 〈환경스페셜〉 팀의 한 후배는 〈공존실험-까치〉를 보 고 자기도 그런 환경 PD가 되고 싶어서 입사했다는 이야기를 들려 주었다. 프로그램 제작의 보람을 느낀 순간이었다.

야생동물을 적이 아닌, 함께 살아가야 할 친구로 받아들이는 포용적 자세야말로 변화의 시작이다. 적대적 태도로 일관한다면 모든 게 없애야 할 대상일 뿐이다. 반면, 작은 생명체도 소중하고 필요한 존재라는 인식을 하게 되면 변화는 생겨나기 시작한다. 뉴 욕에서 퍼덕인 나비의 작은 날갯짓은 베이징에서 엄청난 태풍이 될 수 있다. 그게 세상이다. 공존의 열망을 실천으로 승화시키면 언젠가는 새로운 바람을 몰고 올 것이다.

무료로 두 달 살이 하세요

도시 생활에 염증을 느낀 사람들은 산촌이나 농촌으로 향한다. 그곳에서 새로운 삶을 모색하기 위해서다. 과거 자신이 살던 지역으로 귀향하기도 하지만 아무 연고도 없는 곳에 가기도 한다. 각 지자체에선 농어촌의 빈집에 와서 한번 살아보라고 도시민들에게 손짓한다. 소위 '한 달 살이'다. 지역의 인구감소를 해결하기 위한 고육책이라 할 수 있다. 빈집 자체만 봐도 오래 방치하면 썩어서 무너지고 만다. 사람이 기거해야만 건물 자체가 유지된다. 거주자가 집을 수시로 닦고 보수하기 때문이다.

　야생의 세계에도 빈집이 많다. 새들이 한번 번식한 둥지는 이듬해에 재사용되기도 하지만 대부분 버려진다. 이런 둥지가 한두 개가 아니다. 그런데 딱따구리와 까치의 둥지는 재사용률이 아주 높다. 까막딱따구리, 오색딱따구리, 쇠딱따구리 등 딱따구리류는 다양한 크기의 나무 구멍을 파서 둥지를 만든다. 이듬해에는 대체로 구멍을 새로 뚫는데, 기존의 나무 구멍 둥지는 다른 새들이 재활용한다. 구멍이 비교적 큰 까막딱따구리 둥지는 올빼미, 파랑새, 소쩍새, 솔부엉이, 원앙, 하늘다람쥐 등의 번식 둥지로 사용된다. 알을 품고 새끼를 키우는 데 보통 두 달이 걸리는 걸 고려하면 '두 달 살이'라고 할 만하다. 그런데 둥지 사용료는 없다. 물론 까막딱따구리가 다른 새들을 위해 둥지를 파거나 비워준 것은 아니다. 버려진 빈 둥지를 다른 새들이 이용할 뿐이다.

　만약에 딱따구리들이 없다면 자연적 나무 구멍을 이용하는 소쩍새나 원앙은 번식을 하기가 결코 쉽지 않다. 왜냐하면 나무에 둥지를 틀 수 있을 만큼 큰 구멍이 생기려면 아름드리나무여야 하는데 우리나라의 숲은 젊은 편이어서 상대적으로 고목이 적은 편이다. 그렇다 보니 나무 구멍을 이용하는 새들은 까막딱따구리에게 많이 의존하는 편이다. 하지만 까막딱따구리도 개체 수가 많이 줄어서 어려움이 가중되는 실정이다.

생태계에 빈집을 제공하는 새가 또 하나 있는데 까치다. 까치는 텃새여서 5월 초가 되면 새끼들이 둥지를 떠난다. 이 시기가 되면 까치의 둥지 애착은 점점 적어진다. 이 틈을 이용해 많은 새가 까치의 빈집을 차지한다. 파랑새, 솔부엉이, 소쩍새 등이 대표적인 까치둥지 이용자다. 내가 사는 아파트에는 까치 집이 꽤 많다. 까치가 해마다 새로 둥지를 짓다 보니 자꾸만 늘어간다. 까치가 이전 둥지를 보수해 사용하지 않는 건 아니지만 대부분 다시 짓는다. 그러나 생태계 전체적으로 보면 까치의 둥지 짓기는 헛수고가 아니다. 사용하지 않는 둥지는 시간이 흐르면 자연스레 해체되겠지만 누군가가 사용한다면 까치의 생태적 기여는 상당할 것이다.

아파트 주변에 지어놓은 빈 까치집은 주로 솔부엉이와 파랑새의 차지다. 가끔 주행성인 파랑새와 야행성인 솔부엉이가 서로 경쟁하기도 한다. 낮에는 파랑새가 곡예비행을 하면서 소란을 피운다.

"때그댁 땍땍땍~."

파랑새가 날아다니며 우는 곳을 보면 으레 까치둥지가 있다. 기 싸움이 끝나고 나면 까치가 새끼를 키워냈던 둥지는 파랑새의 보금자리가 된다. 한 생명이 한 달 이상의 에너지를 써서 만든 튼

튼한 둥지를 다른 생명이 재사용한다는 건 생태적으로 반가운 일이다. 그냥 둬봐야 썩기밖에 더 하겠는가.

솔부엉이는 까치집의 효율을 높이는 대표적인 종이다. 어느 날 어둠이 깔릴 무렵 퇴근하다가 익숙한 소리를 들을 수 있었다.

"후후우~ 후후우~."

소나무 위를 올려다보니 가지에 솔부엉이가 앉아 있었다. 솔부엉이가 도시에 사는 게 신기한 것이 아니라 내가 사는 이곳에 산다는 게 반가웠다. 그 후 관심을 기울이다 보니, 한밤중에 자다가 깨서 솔부엉이의 소리를 듣기도 했다. 솔부엉이는 그렇게 몇 년을 같은 까치둥지에서 번식했다. 여름이면 가로등 위에 앉아서 나방을 사냥하던 솔부엉이가 늘 그립다. 올해도 솔부엉이가 찾아올까?

시간을 내어 멀리 숲에 들어가야 야생을 만날 수 있는 건 아니다. 관심을 가지면 가까운 곳에서 충분히 그들을 만날 수 있다. 이 모든 건 우리가 흔하게 보는 까치가 있어서 가능한 일이다. 만약에 도시의 숲에 까치둥지가 없다면 도시의 생태계는 삭막해질 것이다. 파랑새나 솔부엉이는 부족한 고목의 구멍을 찾아 방황해야 할 것이고 그렇게 되면 한반도에 도래하는 개체 수도 줄어들 것이다. 누군가는 까치가 미울 수도 있고 까치로 인해 고통을 받을 수도 있다. 그러나 까치가 없는 야생을 생각해보자. 밤의 왕자 솔부엉이도 없을 것이고 곡예비행의 마술사 파랑새도 더 이상 만날 수 없을 것이다. 그렇다고 까치가 파랑새나 솔부엉이로부터 어떤 대가를 받지도 않는다. 그래서 까치와 다른 새들의 관계는 공존이나 기생

까치가 버린 둥지를 이용하는 솔부엉이

관계도 아니다. 까치가 버린 둥지를 다른 새가 이용할 뿐이다. 까치가 있기에 다양한 숲의 세계가 펼쳐질 수 있다. 이것만은 분명한 사실이다. 까치가 천덕꾸러기로 전락했다고 비아냥거리기보다 이들이 존재함으로써 두 달 동안 키워내는 생명의 가치를 생각해볼 일이다.

　　세상에 나쁜 개는 없듯이 가슴을 활짝 열고 보면 쓸모없는 존재도 없다. 모두가 지구라는 땅에서 살아가는 동반자이다. 비단 야생의 세계만 그러할까? 학력이나 출신 지역에 대한 편견은 헛되다. 함께 지내다 보면 잠시나마 그러한 편견을 가졌던 것이 얼마나 부끄러운 일인지 깨닫게 된다. 다름을 포용하는 자세야말로 이 시대에 필요한 덕목이 아닐까.

흔하다는 것에 대한 반론

다큐멘터리를 만들어온 지난 33년 동안 가장 많이 들었던 말 그리고 나 자신도 가장 많이 했던 말이 하나 있다.

"다큐엔 뭔가 새로운 것*something new*이 있어야 한다."

다큐멘터리를 제작하려면 기존의 프로그램에서 다룬 것과는 다른 것, 새로운 것이 있어야 하고 또 그것을 추구해야 한다는 데에는 이론의 여지가 없다. 시청자들의 눈에 익은 소재는 관심도를 떨어뜨리고 시청률을 갉아먹는 요소다. 그래서 PD들은 매일 뭔가 다른 걸 찾아 머리를 싸매고 고민한다. 굴러떨어지는 바위를 계속해서 다시 올려야 하는 시지프처럼 형벌을 받듯이 새로움을 좇는다. 만드는 일을 하는 PD들의 숙명이다.

그러던 어느날, 새로움만 좇다가 안다고 생각하는 것, 어디서 들어봤지만 제대로 알지는 못하는 것을 익숙하다는 이유로 한쪽으로 치워버리는 우를 범하고 있는 건 아닌가 하는 생각이 들었다. '흔한 것'의 가치를 다시 생각해봐야 하지 않을까.

유해조수로 지정돼 까치와 유사한 운명의 길을 가는 또 하나의 동물이 있다. 흔하게 볼 수 있다고 생각하는 고라니다. 고라니는 한반도와 중국 양쯔강 이남 일부 지역에만 서식하는 한반도 고유종이다. 뻐드렁니처럼 위에서 아래로 툭 튀어나온 송곳니가 특징인 고라니는 특이한 외모에도 불구하고 대부분이 큰 관심을 두지 않는다. 내가 어렸을 때는 고라니와 노루를 잘 구별하지 못해 그냥 노루라고 불렀다. 뿔이 있고 엉덩이가 하얀 노루와 고라니를 구별할 줄 알게 된 것도 자연 다큐를 제작하면서부터였다. 먹을 것이 부족해서 주변에 있는 뭐라도 먹던 70년대에 시골 사람들은 토끼, 꿩, 노루, 고라니 등 많은 야생동물을 잡았다. 동네 인심 좋은 집에서 꿩 한 마리라도 잡으면 그날은 이웃과 특별식을 먹는 날이었다. 노루나 고라니처럼 큰 동물을 잡으면 온 동네 사람들이 모여 잔치를 벌일 정도였다. 당시 야생동물은 그저 살아남기 위한 먹을거리였다.

그 후 30여 년이 흐른 다음, 다시 고라니를 만났다. 2005년에 고라니 다큐를 만들겠다는 기획안을 호기롭게 내밀었다. 그러자 그 흔한 동물을 왜 다루냐고들 물었다. 일반적인 시선으로 보면 맞는 말이다. 아무리 다룰 만해도 기시감이 존재하면 성공하기 어렵다는 게 방송계의 정설이다. 흔한 소재는 시청자들의 관심도가 떨어지기 때문이다. 하지만 이번 사안에 대한 나의 생각은 달랐다. 과연 우리는 고라니에 관해 얼마나 알고 있는가? 다들 한반도 생태계의 최정점에 있었던 호랑이와 표범을 본능적으로 갈구하면서도 이들의 먹이동물에는 관심이 없다. 고라니, 노루 등과 같은 사슴과 동물은 대형 포유류의 먹이원 역할을 하기에 더욱 관심이 필요하다.

고라니를 제대로 알기 위해서는 관심을 갖고 다가가야 한다.

고라니를 매년 포획하는데도 고라니 개체가 늘어나는 건 생태계의 균형점이 무너졌기 때문이다. 생태계 최정점에 있는 호랑이 다큐를 만들기 위해서는 기초작업이 필요하고 그러려면 중대형 포유동물부터 만나야 한다. 그게 고라니와 노루다. 특히 고라니는 우리에게 흔한 동물이라도 외국에는 서식하지 않기 때문에 국제적으로는 관심을 더 끌 수 있다. 이게 고라니 다큐를 제작하겠다는 나의 논리였다.

당시 문제를 제기했던 그분은 이러한 나의 의지를 듣고는 기꺼이 기획안에 동의해주었다. 이렇게 해서 고라니의 생태를 본격적으로 다룬 다큐를 제작할 수 있었다. 〈고라니의 사랑〉은 BBC가 주최하는 세계적 권위의 자연 다큐 페스티벌인 '와일드 스크린'에 우리나라 자연 다큐 사상 최초로 결선에 진출했다. 덕분에 데이비드 애튼버러를 만나는 영광도 누렸다. 그 후에는 프로듀서로서 프레젠터 역할을 하는 그를 벤치마킹해서 〈신동민 PD의 생명이야기〉 시리즈를 제작했다. 어쩌면 애튼버러와의 만남은 오늘의 나를 있게 해준 아주 중요한 변곡점이었다. 이게 바로 인생이고 세상이다. 작고 하찮은, 또는 흔한 것에 관한 관심은 그 속에 숨어 있는 새로운 보물을 찾을 기회를 제공해준다. 남들이 흔하다고 무시하기에 오히려 보여줄 것이 있고 새롭게 접근해볼 수 있다는 장점이 있다.

다시 10년 흐른 2016년, 드디어 호랑이 아이템을 본격적으로 파고들 기회가 찾아왔다. 영화 〈대호〉가 개봉되면서 호랑이에 관

한반도 고유종인 고라니

한 관심이 고조되던 시점이었다. 오랜만에 고등학교 친구들과 저녁 식사를 함께할 자리가 있었다. 이런저런 얘기를 하다가 서지학을 공부한 친구가 호랑이 이야기를 꺼냈다. 내가 자연 다큐를 제작하니 공통분모를 찾다가 호랑이를 화두로 올린 듯했다.

"너, 호랑이에 관심 있어?"

"호랑이는 내 로망이지. 기회가 된다면 한번 제작해보고 싶긴 해."

"옛날 호랑이 사진이 하나 있는데, 아마도 우리나라에서 가장 오래된 사진일 것 같아. 이 사진을 한번 추적해볼래?"

"물론이지. 조만간 네 사무실로 찾아갈 테니 자세히 얘기

해줘.”

그때는 이미 〈멸종〉 3부작을 통해 일제 강점기에 호랑이가 어떻게 사라져갔는지 자료조사를 마친 상태였다. 더 오래된 사진이라면 19세기 후반 대한제국 시기에 찍혔다는 것인데…. 아직 보지도 못한 호랑이 사진을 생각하니 가슴이 쿵덕거렸다. 다음 날, 바로 전화를 해서 만날 날짜를 잡았다.

친구의 사무실은 삼청동 인근에 있었다. 이런저런 얘기를 하다가 문제의 사진을 보여주었다. 상투를 쓴 모습, 총을 든 엽사 그리고 그가 깔고 앉은 사냥한 호랑이의 등…. 사진에 찍힌 호랑이는 대호 그 자체였다. 한반도 숲을 호령하던 수컷 호랑이로 보였다. 이 사진의 출처를 밝혀내고 그 의미를 찾아가는 여행을 하느라 벌써 머릿속이 바쁘게 돌아갔다. 그는 대화의 끝부분에 다큐로 제작할 의향이 있는지를 물었다. 나의 대답은 간단했다.

“당근~.”

이렇게 해서 호랑이 사진 한 장을 가지고 다큐 제작에 돌입했다. 찍힌 연도를 확인하기 위해 영상분석 전문가를 찾아가 사진 분석을 의뢰했다. 비교 표본으로 연대가 확인된 사진(1901년 사진, 1903년 사진 등)을 몇 장 주었다. 며칠 후 연락이 왔다. 호랑이 등에 올라탄 사진 속 상투를 쓴 사냥꾼은 1903년 진도에 촬영된 사진 속 인물과 동일하며 시기는 7년이 빠르다는 결론을 얻었다. 물론 이 모든 건 과학적 분석을 통한 추론이지 사실은 아니다. 부가적인 자료가 더 있어야 역사적 사실로 인정받을 수 있을 것이다. 호랑이

사진 한 장에서 시작해 호랑이가 사라져간 과정을 추적하는 다큐를 완성했다. 심지어 예고도 사진 한 장으로 제작했다. 파격적인 선택이었다. 흔하다는 이유로 외면받던 고라니를 품고 한 발짝 한 발짝 떼기 시작한 발걸음은 KBS스페셜 〈조선 호랑이 왕국은 왜 사라졌는가〉(2016)로 매듭지어졌다.

다큐 촬영을 위해 연해주에 갔을 때 호랑이와 표범의 흔적을 만났다. 연해주의 호랑이는 개체 수가 급격하게 줄어들어 약 500마리에 불과하다. 나는 호랑이를 생각하면 일제 강점기 연해주로 집결했던 독립군이 떠오른다. 독립군도 한반도에서 쫓겨난 호랑이의 길을 따라갔으리라. 호랑이의 길은 독립군의 길이었다. 그들의 고향은 모두 한반도다. 우리의 독립군이 그랬듯 연해주 일대의 호랑이는 호시탐탐 한반도로 돌아오려 한다. 실제로 두만강 일대에서 강을 건넌 호랑이의 흔적이 발견되곤 한다. 과연 호랑이가 한반도로 환국할 날은 올까? 실현 가능성과는 별개로 나는 오늘도 호랑이가 환국하는 그날을 꿈꾼다.

흔한 것이 무조건 새로운 것이 되지는 않는다. 하지만 그 흔한 것을 새로운 각도에서 보려는 노력이 있다면 새로운 것이 될 수 있다. 인생사도 마찬가지다. 저 먼 데 있는 것을 찾아 헤매다가 한 번쯤 주변의 가까운 것에도 눈길을 줄 필요가 있다. 진짜 보석이 바로 내 앞에 있을 수 있다. 등잔 밑은 늘 어두운 법이다.

외래종에게 배운 것

우리는 우리나라가 단일민족으로 구성됐다는 교육을 받으며 자랐다. 단일민족 개념은 5,000년의 유구한 역사와 더불어 자긍심을 심어주기도 했다. 그렇다면 실제로 우리나라는 단일민족 국가일까? 우리 민족은 유사 이래로 수많은 외침을 받아왔다. 최소한 중국, 만주, 몽골, 일본 등의 피가 섞여 있다고 보는 것이 타당하다. 연구자에 따라 한민족의 기원을 북방계열이니 남방계열이니 할 만큼 유전적으로도 다양하게 섞여 있다. 고립된 것이 반드시 좋은 것만은 아니다. 다양한 유전자가 섞일수록 유전적 건강성은 더 커진다.

어느 나라에서나 특정 지역에서만 분포하는 고유종, 토착종은 아주 중요하다. 특정 환경에서만 자랐기 때문에 외부의 간섭에 민감하다. 그래서 보존하려는 노력이 있어야지만 유전적 다양성을 지킬 수 있다. 외래종은 고유종과 반대되는 개념이며 원래의 서식지에서 벗어나 새로운 지역에 정착한 종이다. 보통 인위적인 요인으로 유입돼 야생화한 생물을 가리킨다. 외래종을 구분할 때는 철저히 '원산지'만 따진다. 마지막 빙하기인 뷔름 빙기가 끝나고 간빙기가 시작된(기원전 9677년) 이후 특정 지역에 들어온 모든 생물은 외래종으로 간주한다.

그런데 나를 포함해서 사람들은 그동안 외래종을 나쁜 종으로 취급했다. 식용으로 도입했다가 많은 생태적 문제를 일으킨 황소개구리를 퇴치하기 위해 전 국민이 나서기도 했다. 뱀까지 잡아먹는 황소개구리는 극악무도한 침입자에 불과했다. 그런데 그 많던 황소개구리가 급격하게 줄었다는 보고가 있다. 이는 엄청난 국민적 노력의 결과물일까? 퇴치 노력의 결과물인지 아니면 다른 원인에 의한 것인지는 불분명하다. 게다가 사육하다가 탈출한 뉴트리아를 때려잡는 것도 선^善으로 여겼다. 외래종이기 때문이었다. 최근 20~30년 동안 벌어진 우리의 자화상이다.

외래종도 고유종과 같은 생명이다. 외래종이 무분별하게 확산하기 전에 철저한 관리가 더 필요하다. 사후 약방문 격으로 호들갑을 떠는 건 바람직한 정책이 아닌 것 같다. 우리의 정원이나 화단을 점령한 꽃과 나무는 상당수가 국적도 모르는 것들이다. 국내에서 직접 개량한 것도 있지만 수입한 것이 태반이다. 우리가 먹는 식량, 예를 들어 주 식량인 벼, 감자, 사과 등 가리지 않고 대부분이 수입한 종이다. 식물뿐만 아니라 조류, 포유류, 양서류도 마찬가지다. 예뻐서 사진을 찍어 확인해보면 국적 불명이거나 이름도 없는 개량종이다. 적어도 공원이나 아파트 정원을 조성할 때 고유종을 심도록 유도하는 것이 더 바람직하지 않을지 생각한다. 수입종이나 개량종을 심을 땐 심의를 거쳐서 부득이한 경우에만 허용하는 방안도 고려해볼 만하다.

건강한 야생성을 유지하려는 노력은 가끔 모순적 상황에 직면하기도 한다. 늦가을이면 많은 철새가 우리나라를 찾는다. 추위를 피해 날아드는데, 그들에겐 언제나 먹이가 부족하다. 그래서 시민단체에선 먹이 주기 운동을 경쟁적으로 펼친다. 일정 부분 필요한 일이기도 하다. 하지만 자연적 먹이가 부족한 상황에서 마치 인간이 키우듯이 독수리의 겨울나기를 돕는 건 재고할 필요가 있다. 우리나라의 산하에 수천 마리의 독수리가 살아갈 만큼 동물의 사체가 풍부할까? 야생 스스로 감당하기 힘든 수준으로 독수리가 날아드는 건 먹이 주기의 역효과일 수도 있다. 주로 몽골 지역에서 경쟁에서 밀린 녀석이나 어린 개체들이 남녘 땅을 찾는 것으로 알려져 있다. 그렇다고 굶어 죽는 독수리를 그저 바라보기만 할 수 없기에 진퇴양난이다. 이런 악순환의 고리를 끊기 위해서는 무분별한 먹이 주기를 재고할 필요가 있다. 포용은 무조건 받아들이는 것이 아니다. 받아들일 만한 이유가 존재해야 한다.

이제 근본적인 질문을 던지고자 한다. 외래종은 무조건 나쁘며 제거해야 하는 대상인가? 앞서 얘기했듯이 주변에 수많은 외래종이 서식하는데 모두 유해한가? 반드시 그렇지만은 않은 듯하다. 겨울 철새들은 종마다 선호하는 먹이가 다르다. 하지만 대부분 식물의 씨앗에 의존해 겨울을 난다. 그런데 흥미로운 사실은 우리가 외래종으로 취급하며 제거 대상으로만 여기던 식물의 씨앗을 먹는 철새가 많다는 점이다. 외래종이라고 해서 무조건 제거한다면 한편에서는 새에게 먹이를 주고 다른 한편에서는 새의 먹이를 없애는 꼴이 된다.

최근 전국적으로 급격하게 늘어난 가시박이라는 식물이 있다. 외부에서 유입돼 생태교란종으로 지정돼 있다. 가시박은 호박처럼 유기물이 섞여 있는 토양에서 가장 잘 자란다. 우리나라 천변을 따라 전국으로 급속히 확산하는 이유다. 봄부터 가을까지만 사는 여름형 한해살이지만, 덩굴이 5미터 이상 자라서 주변의 식물에 피해를 준다. 사람들은 가시박을 유해식물로 낙인찍고 제거하느라 야단법석이다. 과거 돼지풀과 미국자리공도 외래식물로 낙인찍고 없애느라 부산을 떨었지만 소용없었다. 우리나라의 땅이 그들이 서식할 수 있는 조건을 갖추고 있기에 번성하는 것이다. 아무리 제거하고자 해도 인간의 바람과는 달리 그렇게 되지 않는다. 그럼 어떻게 해야 할까?

　　내가 자주 걷는 안양천 가에도 많은 외래식물이 서식하는데 지난겨울에 단풍잎돼지풀, 환삼덩굴, 가시박 등의 열매가 철새의 먹이가 되는 걸 보고 놀랐다. '저걸 빨리 제거해야 하는데 시청에서는 뭘 하는 거야' 하며 투덜거리기 일쑤였는데 철새들이 이 열매를 너무나 맛있게 먹는 게 아닌가! 주인공은 우아한 외모를 지닌 밀화부리였다. 녀석들은 조금 떨어져 지켜보는 나를 아랑곳하지 않고 단풍잎돼지풀의 씨앗을 먹기에 바빴다. 그냥 삼키지 않았다. 미국 프로야구 선수들이 해바라기씨를 까먹는 모습과 흡사했다. 밀화부리는 작은 열매를 따서는 부리로 정성스레 씨앗을 발라 먹었다. 그것도 한 마리가 아니라 여러 마리가 특유의 울음소리를 내며 씨앗을 먹기에 바빴다. 그 순간 무슨 맛인지 나도 한번 먹어보고 싶어졌다.

　　이렇게 우리가 외래종이라 부르는 식물의 씨앗은 그대로 두

외래식물의 씨앗을 먹고 겨울을 나는 밀화부리

면 겨울철 월동하는 철새들의 요긴한 먹이가 된다. 우리는 왜 외
래식물을 제거하려고만 할까? 굶주린 철새를 위해 인위적으로 먹
이도 주지 않는가. 그럴 여력이 있으면 먼저 고유식물들을 심고 잘
살아가도록 돕는 노력을 기울여야 한다. 또한 외국에서 유입됐다
고 나쁜 것만은 아니다. 그들이 한반도의 생태계에서 어떤 역할을
하는지를 꼼꼼히 따져봐야 한다. 생태계를 교란하는 측면과 생태
계에 보탬이 되는 측면의 트레이드오프 *trade-off*(균형점)를 찾아볼 필
요가 있다. 야생동물의 먹이자원으로서 유용한 역할을 한다면 그
대로 두는 것이 더 나을지도 모른다. 외부에서 들어온 것, 낯선 것
을 무조건 나쁘게 여겨서는 안 된다. 받아들일 만하면 받아들이는

포용적 태도가 절실하다.

　이러한 포용적 태도가 야생 생태계에만 해당하는 이야기일까? 통계청 인구주택총조사에 의하면, 우리나라에 거주하는 외국인은 작년(2023년) 기준 226만 명에 달한다. 알게 모르게 거주하는 불법체류자까지 합치면 훨씬 더 될 것이다. 그런데 우리는 외국에 거주하는 성공한 교포를 보면 자랑스러워하면서도 국내 거주 외국인에 대해선 멸시하는 이중적 태도를 취하기도 한다. 또한 미국, 유럽 등 선진국 출신 외국인에게는 약간의 경외감을 가지면서, 동남아시아나 아프리카 등에서 온 외국인은 깔보거나 무시하기도 한다. 외국인을 얕잡아보는 건 외국에서 들어온 외래종을 무조건 나쁘다고 여기는 것과 다르지 않다. 필요한 노동력을 제공하는 외국인 노동자가 없다면 우리나라의 크고 작은 공장은 문을 닫아야 할 지경이다. 그렇게 세상이 바뀌었다. 외국인이라고 해서 무조건 좋지도 않고 그렇다고 무조건 나쁘지도 않다. 함께 살아가는 인간일 뿐이다. 가끔 그들이 일으키는 범죄행위는 다른 차원의 문제다. 외국인을 받아들였다면 합법적 테두리 안에서 잘 정착하고 살아갈 수 있도록 도와야 한다. 그들도 이제는 우리 사회의 구성원이다.

　외국에서 들어온 사람들은 우리 문화를 살찌울 수 있는 새로운 자양분이다. 생물학적으로도 여러 인종이 자연스럽게 섞이는 게 나쁘지만은 않다. 세대를 거듭할수록 유전적 다양성이 축적되기 때문이다. 그런데도 우리 것은 옳고 외국에서 온 것은 그르다는 편견은 종교 문제에서 가장 두드러진다. 불교, 유교, 기독교는 모두 외국에서 들어왔다. 세월이 흐르면서 우리 삶 속에 안착했다. 그런데 이슬람교에 대해선 과할 정도로 예민하다. 과거 언론을 통해 이슬람의 부정적인 장면이 많이 노출된 영향이 크다. 마을에 이슬람 사원을 지으면 기를 쓰고 반대한다. 뭔가 문제를 일으킬 것이라는 선입견이 작용한다. 그들도 같은 인간이고 자신의 믿음을 가지고 있을 뿐이다. 헌법에서 종교의 자유를 인정하고 있는데도 그들을 예외적 존재로 대하려 한다. 각종 사회문제를 일으키는 사이비 종교와는 다른 종교라는 걸 인정해야 한다.

우리의 정책도 변할 필요가 있다. 한국인이 외국인과 국제결혼을 해서 가정을 이루어 살면 '다문화가정'이라는 테두리에 속하게 된다. 그들의 자녀는 다문화가정의 굴레에서 벗어날 수 없다. 취지는 그렇지 않다지만 다문화가정이라는 단어가 우리 사회에서 얼마나 부정적인 의미로 받아들여지고 있는지를 생각해볼 필요가 있다. 북한에서 들어온 사람들을 일컫는 '새터민'도 마찬가지다. 이제 그들도 우리 사회에서 함께 살아가는 일원이라는 포용적 인식을 바탕으로 정책을 펴나가야 하지 않을지 생각한다. 출신지가 어디든 외국인이 내국인과 동등하게 우리 사회에 자연스럽게 녹아들었으면 한다. 그러기 위해서는 우리의 포용적 태도가 확산되어야 할 것이다.

12

잠시 멈춤

멈춰야 더 자세히
볼 수 있다

자연에 안긴 사람들

산다는 것은 무엇일까? 어떻게 사는 삶이 잘 사는 것일까? 이는 철학적 물음이자 모든 사람의 고민이다. 나는 유년 시절을 시골에서 보내다가 도시로 나왔다. 산업화를 추진하는 과정에서 농촌 사람들은 하나둘 도시로 나갔다. 도시는 논도 밭도 없는 가난한 사람이 먹고살 수 있는 탈출구나 다름없었다. 나도 그중 한 사람이다. 아버지가 돌아가시자 무엇을 하며 살아야 할지 절망감이 엄습해 왔다. 소유한 농경지가 얼마 되지 않았기에 아직 열네 살이라는 어린 나이에도 앞이 캄캄하게 느껴졌다. 집 팔고 소 팔아서 마련한 돈 50만 원을 들고 대구로 나갔다. 그게 1978년이었다. 도시로 나가 공부하며 미래를 준비하는 게 내게는 유일한 선택지였다. 당시만 해도 노력하면 개천에서 용 나는 게 가능한 시대였다. 어머니와 누나의 희생을 발판 삼아 오직 공부에만 매달렸다. 그 후 자연, 농촌, 시골 등과 같은 단어는 멀리해야 할 것이었다.

어떤 삶을 살든 자신이 태어난 곳은 바꿀 수도 바뀌지도 않는다. 좋든 나쁘든 그 영향을 받으며 산다. 그러던 1996년 어느 날, 보이지 않는 어떤 힘에 끌려 거리를 두고 싶던 자연과 손을 잡았다. 회사 내에서 자연 다큐멘터리를 제작하는 일을 맡게 된 것이다. 이게 계기가 돼 이 순간까지도 자연과 관련된 일을 하고 있다. 자연 다큐를 만들고 동물 생태를 연구한다. 그러고 보면, 나는 아무래도 흙과 바람과 물과 어떤 친화력이 있음이 틀림없는 듯하다.

끌어당김은 또 다른 끌어당김을 만드는 것 같다. 최근 〈내추럴 휴먼 다큐–자연의 철학자들〉(이하 〈자연의 철학자들〉)이라는 프로그램을 기획하고 제작하게 된 것도 같은 맥락이 아닐지 싶다. 나처럼 먹고살기 위해 시골을 떠나왔던 사람이 다시 자연으로 들어가 자신만의 삶을 사는 얘기를 하고 싶었다. 그것도 단순히 자연 속에서 사는 사람이 아니라 기존의 도시적 삶에 대해 반성하고 자연과 더불어 성찰적 삶을 사는 사람들을 만나고 싶었다. 프로그램을 시작할 무렵 우리 사회는 코로나19의 대유행으로 개인의 의사와는 무관하게 닫힌 세상에서 살았다. 이러한 전대미문의 상황은 태초에 자연 속에 살던 인간의 본성을 자극했다. 〈자연의 철학자들〉은 사람들의 허전한 마음을 파고들었다. 시청자들은 '내가 가지 못하는 자연 속에서 자신만의 삶을 살고 있는 주인공의 모습'을 보며 대리만족했다.

'이 코로나가 끝나면 나도 자연으로 돌아가리라!'

〈자연의 철학자들〉에 자신의 삶을 공개한 사람들은 순정한 삶을 산다. 모든 욕망을 버리고 오직 자연이 주는 사계절의 멋과 맛을 온몸으로 느끼며 산다. 은퇴 후 자연에서 새로운 삶을 사는 분들도 있지만 자신의 선택으로 일찌감치 그곳으로 들어간 사람도 많다. 그들의 삶은 빨리빨리 흐르는 도시적 삶과 달리 느릿느릿하다. '느림의 미학'을 몸소 실천하고 있다. 그럼에도 누구와 견주어도 뒤지지 않는 행복을 느낀다. 이 행복한 삶을 찾은 곳이 바로 자연이다. '유유자적', '지금 이 순간', '구름처럼 바람처럼' 등의 부제처럼 다들 자연 합일적 삶을 살려는 분들이다. 평생 자연 다큐를 제작한 PD가 만든 〈자연의 철학자들〉은 그렇게 시청자의 마음을 파고들었다. 다큐멘터리의 시청률이 예전만 못하다 못해 몰락해가는 시대에 최고 시청률 9퍼센트를 넘기기도 했다. 그만큼 많은 사람이 자연 속 삶을 갈구하고 있다는 증거이기도 했다.

그런데 자연 다큐 제작 이력 때문에 내가 이 프로그램을 잘 만들지 강한 의구심을 표현하는 이도 있었다.

"동물 꽁무니만 따라다니던 사람이 휴먼(사람을 소재로 다루는 다큐멘터리)을 어떻게 알아?"

사실 자연과 휴먼 다큐는 서로 다른 영역이다. 기다림을 무기로 만드는 야생동물 다큐와 출연자와의 친화력으로 풀어내는 휴먼 다큐는 다루는 소재와 방식이 서로 다르다. 하지만 〈자연의 철학자들〉은 '내추럴 휴먼 다큐'라는 수식어에서도 알 수 있듯 자연 속에서 살아가는 사람의 얘기다. 그래서 그 진정성을 읽어내려는 노력으로 출연자들이 시청자에게 전하는 메시지를 담아낼 수 있었다. 2년여 동안 자연에 안겨 살아가는 사람들을 만나면서 제작자로서가 아니라 이 시대의 한 시민으로서 어떤 삶을 살아야 하는지를 고민해볼 수 있었다.

그중에서 내게 새로운 영감을 준 분들을 반추해보고자 한다.

예전부터 알고 있거나 간접적으로 알던 분들로, 살아가는 방식은 조금씩 다르지만 자연에 관한 관심과 애정만큼은 두둑했다. 그들이 자연과 함께 살아가는 모습을 바라보는 것만으로도 새로운 행복을 느낀다. 다큐멘터리를 제작할 때도 그랬고 지금도 마찬가지다. 그들의 삶을 조금이라도 본받고 싶다.

새처럼 모든 것을 비우고 가볍게

경기도 포천의 도연암은 새들의 천국이다. 새들의 분주한 지저귐으로 늘 가득 차 있다. 전국 각지에서 찾아오는 손님도 끊이질 않는다. 도연암은 일반인이 생각하는 암자와는 좀 거리가 있다. 잘 꾸며졌거나 정갈한 암자가 아니다. 법당과 손님맞이 방은 컨테이너로 지어서 허접하게 보이기까지 한다. '사찰은 이럴 것이다'라고 막연하게 생각하는 사람들한테는 그렇다. 암자가 번듯한 외관을 갖추지 않았다고 해서 문제가 될 건 없다. 부처를 모신 곳이 화려하다고 해서 불심이 절로 생기지는 않는다. 게다가 이곳의 모든 건 새를 위해서 존재하는 것처럼 보인다. 곳곳에는 설치한 인공 새집과 먹잇대가 눈길을 끈다. 오가는 사람이 있건 말건 새들은 배를 채우고 자기의 일을 할 뿐이다. 도연암은 산새 학교 그 자체다.

법정 스님에게 무소유의 철학을 배우기도 했던 도연 스님이 이곳에 머물고 있다. 부처의 가르침은 불교 경전에 있지 않고 바로 자연 그리고 새들에게 있다는 사실을 깨우치고부터다.

"지금 날고 있는 저 새를 보세요. 얼마나 가벼워요? 날기 위해서 모든 걸 비웠어요. 뼛속까지 비웠어요. 저도 저 새처럼 자유롭게 훨훨 날고 싶어요."

새들처럼 모든 걸 비워내고 살아가기 위해 이곳에 왔고 그렇게 살기 위해 오늘도 정진한다. 어린아이들이 방문하면 새에게 먹이를 주며 가까이 오게 한다. 특히 곤줄박이는 손바닥에 잣을 놓고 기다리면 어김없이 날아와 가져간다. 아이들의 눈엔 사람 가까이 오는 야생 새의 모습이 신기하기만 하다. 그곳엔 새와 사람의 거리가 없다. 새들은 모두 도연암이라는 공간에서 도연 스님과 함께 살아가는 도반이자 친구다.

도연 스님을 처음 만난 건 2007년 무렵 촬영 현장에서였다. 그게 인연이 돼서 가끔 교류하곤 했다. 한번은 스님이 쓴 책을 보내왔다. 제목이 《나는 산새처럼 살고 싶다》였다. 도연암에서 기거하면서 산새들과 살아가는 얘기를 적은 책이다. 이때의 기억으로 〈자연의 철학자들〉을 기획하면서 도연 스님을 떠올렸다. 이런 분이라면 자연과 더불어 살아가는 모습을 보여주기에 적합하다는 생각이 들었다. 그래서 도연 스님에게 연락을 드렸다.

"새로 프로그램을 하나 기획했는데, 스님이 도와주시면 안 되겠습니까? 자연과 함께 사는 사람들 얘깁니다."

"신 박사가 요청하는데, 어떻게 거절하겠습니까? 언제라도 오십시오."

그렇게 해서 스님이 추구하는 비움의 삶을 다큐로 제작하게

됐다. 스님은 여전히 새를 닮기 위해 그리고 새를 기록으로 담아
내기 위해 부지런히 움직인다. 두루미가 있는 곳엔 언제나 찾아가
고, 두루미를 일필휘지로 그리기도 한다. 이렇게 새를 만나는 것
은 스님에겐 수행이고 삶이다. 다친 새를 보살피는 것도 스님이 기
꺼이 맡는 일이다.

스님의 삶은 내가 처음에 기획한 '자연의 철학자' 모습에 가장
잘 어울렸다. 그저 자연 그리고 새와 함께 사는 수준을 넘어서 이
러한 삶을 통해 새로운 성찰을 일궈내는 고차원의 세계를 보여주
었다. 코로나19로 인해 집 안에 갇혀 있어야만 했던 시청자들은
열광했다. 너무나 자유롭게 삶을 살면서도 수행자로서 흐트러짐
이 없는 도연 스님에게 아낌없는 박수를 보냈다. 나 같은 방송장이
는 시청률에 민감하다. 서울 기준 9.3퍼센트를 기록했다. 5퍼센트
를 넘기기도 힘든 게 다큐멘터리 분야의 현실이다. 다큐멘터리가
무슨 드라마도 아니고 시청률이 이렇게 높게 나온단 말인가. 도연
스님 편은 파일럿 프로그램으로 기획된 〈자연의 철학자들〉이 정규
프로그램으로 직진하는 데 결정적인 역할을 했다.

나는 방송 이후도 짬을 내 도연암을 자주 찾아간다. 스님의
'비움 철학'을 조금이라도 더 느끼기 위해서다. 도연암에 머무는
시간은 나 자신을 되돌아볼 기회이기도 하다. 왜 새와 함께 사느냐
고 질문하면 스님은 한결같은 대답을 한다.

"제 나이 일흔이에요. 더 늙기 전에 정말 새가 한번 돼 훨훨 날
고 싶어요. 집착하지 않고 비워가는 삶이 행복한 삶 아니겠어요.

논에서 자유롭게 시간을 보내고 있는 재두루미

새의 둥지를 한번 보세요. 애써 지어놓고도 새끼를 키워내고 나면 기꺼이 두고 떠나요."

　도연 스님이 포천 지장산 기슭에 도연암을 짓고 수행해온 지도 벌써 20년이 넘었다. 한곳에 오래 머물다 보면 맺은 인연도 집안 살림도 머릿속 생각도 많아지기 마련이다. 그래서 스님은 요즘 하나씩 비우려고 노력 중이다. 평생을 비우고 비웠는데도 여전히 다 비워내지 못했다고 생각한다. 그래서 지금도 비우고 또 비운다. 비움은 평생의 수행 과제다. 나고 자라고 늙고 소멸하는 과정을 고스란히 담고 있는 숲을 보면서 작은 욕망에 얽매이는 자신을 인정하고 끊임없이 비워내려는 도연 스님…. 오랜 벗이자 지금도 함께 지내는 새들을 보면서 오늘도 진정한 무소유의 삶을 실천하려고 노력하고 있다. 그의 꿈은 텅 빈 충만함이다.

도연 스님은 요사이 빵 굽기 삼매경에 빠져 있다. 몇 년 전부터 빵을 굽기 시작하더니 실력이 부쩍 늘었다. 그런데 빵을 굽는 것은 스님에게 또 다른 수행이요, 나눔이다. 스스로 먹기도 하지만 대부분 암자를 찾는 사람이나 이웃에게 나눠 준다. 가진 걸 나눔으로써 또 하나의 비움을 실천하는 것이다. 비울수록 또 채워지고 채워지다 보면 나눌 게 더 많아진다.

인간은 대부분 나이가 들어서도 뭔가 더 가지려고 한다. 가진 사람은 가진 대로, 부족한 사람은 부족한 대로 조금이라도 더 가지고 싶어서 안달이다. 그건 욕심이다. 아무리 많이 가진 자라고 하더라도 때가 되면 땅으로 돌아간다. 그때 가지고 가는 건 한 평도 안 되는 관과 수의 한 벌뿐이다. 무엇을 더 가지려고 애써야 할까? 끝없는 소유 욕심을 버려야 진정 행복의 길로 접어들 수 있다. 그것이 지름길이다. 이 여정의 시작은 빠르면 빠를수록 좋다. 어쩌면 우리가 가진 걸 다 비우는 데도 시간이 부족할지도 모른다. 나는 오늘도 자연 속에서 생명의 순환을 보며 비움의 시간을 보내고 있다.

차 한잔 하시지요

시청자들은 방송의 스포트라이트를 받는 사람들에 대해 본질적인 모습과는 별개로 환상을 갖는다. 스타들은 강남의 고급 아파트에서 화려하게 살 거라고 상상한다. 내가 만난 어떤 이는 이와는 정반대되는 길을 가고 있다. 그 주인공은 아나운서 생활을 접고 28년째 산골 농부로 소박한 삶을 살며 자연에 온전히 마음을 기울이는 이계진 씨다. 그는 KBS 공채 1기 아나운서로 방송 생활을 시작했는데, 1995년부터 프리랜서로 활동하며 전성기를 구가했다. 〈퀴즈탐험 신비의 세계〉, 〈TV는 사랑을 싣고〉, 〈체험 삶의 현장〉 등 시청자들의 눈에 익숙한 프로그램으로 사랑을 받았다. 그러던 차에 1996년, 쉰한 살에 그는 느닷없이 탈서울을 결심하고 강원도 산촌으로 들어갔다.

그의 귀거래사에는 나름의 이유가 있었다. 화려한 조명과 박수가 사라진 뒤의 새로운 삶을 준비하고 싶었다. 그가 산골 생활을 하는 데 결정적인 영향을 준 사람 역시 '무소유'를 실천한 법정 스님이었다. 90년대에 법정 스님의 글귀 하나하나는 많은 이에게 귀감이 되었다. 나도 그중 한 사람이다. 50대 끝자락의 나는 여전히 도시의 한 귀퉁이에서 자연을 꿈꿀 뿐인데, 이계진 아나운서는 50대 초반의 나이에 자연으로 회귀했다.

사실 이계진 아나운서와는 구면이었다. 그가 프리랜서이던 시절에 프로그램을 함께한 적이 있다. 1998~1999년에 〈TV내무반 신고합니다〉라는 프로그램을 잠시 제작한 적이 있는데, 그가 이 프로그램의 진행자였다. 당시에는 그가 자연에 관심을 가진 줄도 몰랐고 서로 나이 차이가 한참 나서 어느 정도 거리감도 있었다.

그런 이계진 씨를 24년의 세월을 건너서 〈자연의 철학자들〉에서 다시 만났다. 밀짚모자를 쓰고 경운기를 능숙하게 모는 모습은 내게도 신선한 충격이었다. 모든 걸 다 내려놓은 진짜 이계진의 모습을 보니 마음이 뭉클해졌다.

'끽다끽반喫茶喫飯.' 그가 즐겨 하는 말이다. 차를 마실 때는 차 마시는 것에 집중하고 밥을 먹을 때는 밥을 먹는 것에 온전히 마음을 기울인다는 의미다. 소박한 촌부 이계진 씨가 자연에서 성찰하며 얻은 삶의 철학이다. 방송인으로서 마이크를 잡았던 그의 손은 지난 28년 동안 하루도 흙을 묻히지 않은 날이 없었다. 한때 화전민의 터전이었던 산 중턱의 돌을 걷어내고 일구고 또 일구었다. 자신을 위해서가 아닌 '그 누군가'를 위해 매일같이 나무를 심었다. 그 작은 나무들이 뿌리를 내려 울창한 숲을 이뤄가고 있다. 매 순간 성심을 다하는 삶이 즐겁다고 자신 있게 말한다. 그가 기거하는 산골 집을 한번 방문한 적이 있다. 손수 가꾼 정원을 둘러보면서 그에게 질문을 던졌다.

"이 선생님. 과실수들이 아직 좀 작네요."

"처음에 나무를 심겠다고 하니 지인이 큰 나무를 심으라고 했어요. 그래야 빨리 과일을 따 먹을 수 있다는 거예요. 그런데 금방 열리는 나무를 심으면 키우는 재미가 있겠어요? 묘목을 정성 들여 가꾸고 나중에 자라서 과일이 열리면 얼마나 반갑겠어요? 보살피는 재미를 느끼고 싶어요."

천상 농부다운 그의 말이다. 겨울에는 수도관이 얼지 않도록 나뭇잎을 덮어주는 지혜도 스스로 터득했다. 그럼에도 어쩔 수 없는 욕망을 다스리기 위해 명상을 하고 차를 마신다. 아내와 차를 마시는 시간은 늘 행복해 보인다. 친구들이 방문해도 함께 차를 마시며 욕심을 내려놓는다. 화려한 조명과 박수 소리가 사라진 자리에는 바람과 햇빛, 새소리, 물소리, 흙냄새가 가득하다. 자연의 이치에 순응하며 소박한 일상에 만족하는 삶을 사는 그에게 어느 한 순간 소중하지 않고 아름답지 않은 시간이 없다. 이 모든 건 그가 서울을 박차고 이곳으로 내려올 때 꿈꿨던 삶이다.

이계진 씨의 산촌 생활을 다룬 〈자연의 철학자들〉 편은 시청자들에게 큰 반향을 일으켰다. 유튜브 기준 조회수 500만 회가 넘었다. 다큐멘터리치고는 상당히 이례적인 관심이다. 그가 알려진 인물이었기 때문일까? 그것만은 아닐 것이다. 이계진 씨가 보여준 삶의 진정성이 시청자들에게 느껴졌기 때문일 것이다. '나도 저런 삶을 살고 싶다'는 느낌 말이다. 다큐멘터리로서 성공한 부분이다. 제작한 다큐가 삶을 바꾸는 데 일조한다면 그것보다 더 보람 있는 일이 어디 있겠는가.

나는 다시 과감한 선택을 했다. 2023년부터는 〈자연의 철학자들〉 내레이션을 이계진 씨에게 맡겼다. 그 자신이 출연한 편에 대한 시청자들의 폭발적 지지를 프로그램 속에 녹여내고 싶었다. 혹여 내가 자연 속에서 자신만의 길을 가는 분에게 너무 도시적인 삶을 덧칠하지나 않을지 우려도 있었다. 하지만 이계진 씨도 매주 새로운 자연의 철학자들을 만나면서 좋은 자극을 받는 듯 보여 다

소박한 촌부의 삶을 선택한 이계진 씨의 집

행스러웠다. 얼마 안 있어 〈자연의 철학자들〉이 막을 내리는 바람에 이계진 씨와 함께한 시간은 아쉽게도 5개월밖에 되지 않았다. 하지만 그와의 두 번째 동행은 서로에게 행복이라는 단어를 선사해주었다. 먼저 산촌으로 귀의한 이계진 씨를 따라서 이제는 내가 자연으로 귀거래사할 일만 남았다.

길을 걷다 멈춰 서서

모든 사람은 언젠가는 자신이 태어났던 자연과 땅으로 되돌아간다. 그렇지만 그 자연과 땅이 시골에만 있는 건 아니다. 대부분 현대인이 살아가는 도시에도 자연은 있다. 그도 그럴 것이 도시도 원래는 숲이었고 하천이었다. 산업화와 도시화의 물결이 들이닥치면서 숲의 나무를 베내고 콘크리트 건물을 세웠다. 그곳엔 소비하는 인간만이 생존을 위해 우글거린다. 이러한 도시는 농촌 사람들의 동경 대상이었고 미래였다. 휘황찬란한 도시에 가면 모두 행복할 것 같았다. 나도 어떻게든 살아보려고 시골에서 도시로 뛰어들었다. 하지만 대도시는 매연을 내뿜는 차량으로 공기가 오염됐고, 산업도시는 공장 폐수와 유독가스가 넘쳐나는 죽음의 공간이었다.

어느 날 도시 사람들은 황폐해진 자신의 삶을 되돌아보게 됐다. 도시화와 산업화의 부정적인 측면을 인식하기 시작한 것이다. 이제 자신이 버리고 떠나왔던 숲을 그리워하고 녹색을 꿈꾸고 있다. 여기에는 우리 사회의 성숙도 또한 영향을 미쳤다. 군자만의 아름다운 갯벌을 매립하고 시화호를 만든 후 죽어가는 물고기는 90년대에 환경오염의 대명사였다. 이에 문제 제기를 하는 환경운동이 당시 얼마나 치열하게 전개됐던가. 〈환경스페셜〉과 자연 다큐멘터리는 이런 배경하에서 닻을 올렸다. 그 일원으로 함께 제작했던 환경 프로그램은 환경에 대한 사회적 인식을 바꾸는 데 크게 이바지했다.

이제 다시 도시를 생각한다. 여전히 성냥갑 같은 아파트를 다닥다닥 짓고 있지만 새로운 변화도 생겨나고 있다. 곳곳에서 아파트와 함께 소규모 공원도 조성된다. 낡은 아파트를 허물고 재건축을 하면 일정한 녹지공간도 만들게 돼 있다. 재건축 아파트의 경제적 가치는 차치하고라도 과거보다 훨씬 많은 숲을 만들고 있는 건 사실이다. 현재 내가 사는 아파트도 재건축한 아파트인데 정원이 비교적 잘 조성되어 있다. 그러다 보니 다양한 새와 곤충이 날아든다. 심지어 20여 년 전 일부 지역에서만 드문드문 보이던 직박구리는 이제 도시에서 우점종 조류가 됐다.

도시에 숲과 녹지공간이 여전히 부족한 건 사실이다. 그렇지만 자연이 아예 없는 건 아니다. 도시에 살면서도 녹색을 느끼고 새의 노랫소리를 들을 수 있는 곳이 의외로 많다. 도시의 숲에 귀 기울이면 어디에 견주어도 손색없는 생명의 공간이 있다. 자연은 저 먼 곳뿐만 아니라 바로 옆에도 있다. 이러한 확장된 시야를 갖추면 도시에서도 자연의 순수함을 느끼며 살 수 있다.

이처럼 도시에서 살면서도 도시 속에 숨겨진 자연을 찾고 기록하는 멋진 분들이 늘어가고 있다. 매일 도시의 숲으로 출근하는 이우만 작가도 그중 한 사람이다. 아파트나 빌라 할 것 없이 조금만 걸으면 작은 산 하나 정도는 끼고 있는데, 이우만 씨는 그 도시에서 보물을 찾았다. 적어도 내가 보기엔 그렇다. 그의 직업은 자연 세밀화 화가다. 매일 그림을 그리고 글을 쓴다. 물론 이에 앞서 일과처럼 살고 있는 빌라 뒷산을 오른다. 어떤 사람은 운동을 위해 마을 뒷산을 오르며 땀을 뻘뻘 흘린다. 하지만 그는 새를 관찰하기 위해 뒷산의 숲길을 걷는다. 정상까지 오르는 게 목적이 아니다. 걷다가 멈춰 서기를 반복한다. 꽃이 피면 향을 느끼고 새가 지저귀면 그 소리에 귀 기울인다.

"많은 사람이 이곳 봉제산에 와요. 그런데도 어떤 새가 오는지 몰라요. 작은 새는 무조건 참새로만 생각해요. 실제로는 박새, 쇠박새, 딱따구리 등 없는 게 없어요. 심지어 팔색조도 들르거든요."

길을 가다가 한 번쯤 멈추기 위해서는 용기가 필요하다. 숨이 차서 힘들어 멈추는 것은 진정한 멈춤이 아니다. 그건 육체적 피로를 씻어내기 위한 수단에 불과하다. 멈춰 서서 주변에 마음을 줄 줄 알아야 한다. 그러면 감춰졌던 자연은 빗장을 풀고 자기의 속살을 드러낸다. 이우만 작가는 바로 그 멈춤의 미학을 느끼며 사는 사람이다. 특별한 경우를 제외하면 탐조를 위해 먼 곳으로 떠나는 경우는 드물다. 시시각각 변하는 숲을 몸으로 느끼기만 해도 자연에 안기는 느낌을 받는다고 한다. 그에게 뒷산은 쉼의 터전이다. 걷다가 멈춰 기록한 새는 세밀화로 다시 태어난다. 다정한 새 관찰자 이우만 작가는 이렇게 뒷산에서 촬영한 사진과 영상을 바탕으로 새의 특징적인 모습을 포착하고 화폭에 담는다. 자연을 담아 그린 그의 세밀화는 우리 시대의 야생에 대한 기록이 된다.

예전부터 이우만 작가를 알고 있긴 했어도 한 번도 만난 적은 없다. 그럼에도 나는 그를 자연의 철학자로 섭외했다. 함께 SNS 활동을 하면서 그의 진정성을 봤기 때문이다. 그는 단순히 사진이나 동영상을 찍는 데 머물지 않았다. 그 속에 감춰진 의미를 찾아 내려는 몇 안 되는 분 중 한 사람이다. 도시의 일상에서 앞만 보고

봉제산에서 만난 쇠박새

달려가지 않고 주변의 자연과 새에게 따뜻한 시선을 주는 페이스
북 친구이다.

　　사람들은 새가 살아가기 위해서는 많은 나무와 넓은 숲이 필
요하다고 생각한다. 하지만 새는 배를 채울 소박한 먹이와 자기 몸
을 숨기고 쉬어갈 작은 공간만 있으면 도시에서도 충분히 함께 살
수 있다. 이우만 작가는 도시의 새들에게 무엇이 부족한지 알고 있
다. 바로 물이다. 뒷산에서 걷다가 멈춰 서서 살피다 보니 깨달은
사실이다. 그가 걷는 봉제산에는 작은 개울이 있다. 그런데 평상
시엔 낙엽으로 덮여 있어서 물이 거의 드러나지 않았다. 그래서 그
는 개울에 손바닥만 한 웅덩이를 만들어주었다. 그러자 이내 산새

들이 모여들었다. 새들은 이곳에서 목을 적시고 멱을 감았다. 인간의 작은 배려가 도시의 새들에게 큰 힘이 된다는 걸 깨달았다. 그래서 그가 사는 빌라의 화단에도 물을 담은 통을 둔다. 물을 담을 수 있는 용기면 뭐든 상관없다. 깨어진 장독 조각도 훌륭한 물통이다. 박새가 목욕하고 뱁새가 목을 축인다.

야생과 함께 살기 위해서는 무엇이 가장 필요할까? 내 생각에는 이 작가처럼 배려하는 마음이야말로 가장 필요한 덕목이 아닐지 싶다. 작은 배려가 생명을 살리고 자연을 살린다. 그리고 그 모습을 지켜보는 이 작가는 흐뭇한 미소를 얻는다. 바로 이런 것이 지친 심신을 힐링해주는 것 아닐까? 새의 편안하고 활기찬 모습을 보면 자신도 행복하다고 느낀다. 매일 걷다가 멈춰 서서 새들의 안부를 묻는 건 그의 일상이 됐다.

숲길을 걷다가 잠시 고요한 눈길을 주는 순간, 자연은 온전히 '나의 것'이 된다. 그냥 지나치면 있어도 있는 것이 아니다. 진정한 숲은 눈길을 줄 때 보이고 느껴진다. 그리고 그 숲은 바로 우리 옆에 있다.

야생의 철학자로 산다는 것

만물이 소생하는 4월이면 너무나도 바쁘다. 아파트 정원 곳곳의 생명이 눈을 맞추자고 손짓한다. 옅은 하늘색의 현호색은 가장 반가운 꽃이다. 이곳 아파트에 사는 누구도 현호색 꽃에 눈길을 주지 않는다. 하지만 나에게는 너무나 보고 싶은 꽃이어서 때가 되면 언제 피나 늘 들여다본다. 몇 년 전에 처음 만난 이래로 현호색의 포기 수가 점점 늘어가고 있다. 이렇게 시간이 흐르면 화단 전체가 현호색으로 가득 찰 날이 올 것이다. 광대나물이며 제비꽃, 개구리발톱, 봄맞이꽃, 꽃마리 등도 지천에서 돋아나 객석을 차지한다. 곧 노래 경연이 펼쳐지기 때문이다.

"횟 횟 횟 휘잇 삐삐삐삐, 휘욧 휘욧 휘이 찌잇."

되지빠귀의 솔로 곡이다. 한 가락으로는 부족한지 여러 가락을 읊조린다. 거실 창문만 열어놓아도 선명하게 들을 수 있다. 박새는 여명이 오기 전부터 노래를 부른다. 애절한 사랑의 노래다. 5월이 되면 우리나라에서 가장 아름다운 노래를 부르는 주인공도 당도할 것이다.

"히요, 호호, 호이오."

꾀꼬리의 울음이다. 노란색 무대복을 입고 노래를 부르는 꾀꼬리는 아파트 앞산에 산다. 나는 꾀꼬리를 여러 차례 촬영했다. 꾀꼬리가 이목을 사로잡은 대목은 역시나 노래였다. 꾀꼬리는 주로 참나무나 밤나무 가지에 둥지를 튼다. 산란할 무렵 암수가 둥지에 앉아서 노래를 부르는 장면을 관찰한 적이 있다. 그런데 위의 일반적인 꾀꼬리 울음소리와는 전혀 다른 곡조를 뽑아냈다. 1분 이상 연속해서 노래를 불렀다. 수컷이 암컷에게 전하는 사랑의 세레나데였다. 새가 내는 소리라고 믿기 어려울 정도의 노랫가락이었다. 가히 야생의 명가수다웠다. 고운 목소리를 가진 사람한테 '꾀꼬리 같다'고 비유하는 이유를 알 수 있었다.

가까이 있는 꽃이나 새에게 관심을 보내지 않으면 그저 이름 모를 꽃이고 새일 뿐이다. 하지만 반갑게 인사하면 어여쁜 꽃이고 반가운 새가 된다. 그렇게 다가가면 그 꽃의 친구가 되고 그 새의 친구가 된다. 서로 거리는 없어지고 한 공간에 있는 것이 행복해진다. 최근 몇 년 동안에 그들에게 마음을 열고 다가간 이후 내게 벌어진 일들이다. 전원생활을 하겠다는 꿈을 준비하고 있는 중이지만 거기에서 만날 생명을 아파트에서 만난다. 그들을 지켜보고 기록하며 일과를 시작하면 하루가 즐겁다. 회사에 와서도 다음 날 만나서 대화할 생각을 하면 흐뭇해진다. 그렇게 나는 야생과 친구가 되어가고 있다.

혹자는 나를 두고 '야생의 철학자'라고 한다. 그 정도의 내공이 있는지는 잘 모르겠다. 분명한 것은 야생을 관찰하고 기록하는 게 싫었다면 오랜 세월 동안 야생에 머물지 못했을 것이라는 점이다. 자연 다큐 제작은 나의 직무였지만 그저 직무에만 머문 건 아니다. 그랬더라면 진작에 그만두었을 것이다. 아이들이 자라나는 시기에 장기간 집을 떠나 야생 현장에 머문다는 게 그리 쉬운 일은 아니었기 때문이다. 허구한 날 야생동물을 밤새도록 기다리는 일은 나 같은 아침형 인간에겐 고역 중에서 고역이었다. 그럼에도 다큐멘터리를 하나 완성할 때마다 그들을 조금씩 알아가는 게 너무나 즐거웠다. 오직 관찰하는 자만이 얻을 수 있는 열매였다. 지금 생각해 보면 다큐도 만들고 야생도 만났으니 일석이조가 아니었던가.

이제 진짜 야생의 철학자로서 살고 싶다. 자연 다큐를 28년 동안 제작하면서 야생을 '조금' 알게 됐다. 지금까지 제한된 일정으로 인해 못다 나눈 대화를 더 깊게 나누고 싶다. 그러다 보면 그들의 언어와 행동을 조금이라도 더 이해할 수 있을 것이다. 그리고 관심을 가지고 이해하다 보면 그들을 더욱 사랑하게 되지 않을까?

야생과 자연은 먼 곳에 있지 않다. 우리 바로 가까이에 있다.

그 자연은 소유해야 할 대상이 아니다. 말 그대로 '있는 그대로의 모습'을 보고 느낄 수 있어야 한다. 눈과 귀를 열어야만 꽃이 피는 모습이 보이고 새가 지저귀는 소리가 들린다. 그래야 자연에 임하는 것 자체가 삶이 되고 삶은 자연이 된다. 그 속에서 살다가 보면 어느 순간 물아일체가 되고 무위자연이 된다. 내가 이곳에서 태어났듯이 다시 돌아갈 고향이다. 우리와 자연은 둘이 아니라 하나다!

지난가을부터는 흰머리오목눈이를 만나고 있다. 나와 친구가 된 흰머리오목눈이는 아침부터 나를 부른다.

"찌르르~ 찌르르~."

걷던 길을 잠시 멈추고 그에게 눈인사를 건넨다. 흰머리오목눈이도 하얀 얼굴을 돌려 인사한다.

"찌르르~ 찌르르~."

흰머리오목눈이와 나 사이에 거리는 없다.

자연에서 배운 12가지 인생 수업

야생의 철학자들

1판 1쇄 인쇄 2025년 1월 24일
1판 1쇄 발행 2025년 1월 31일

지은이 신동만
펴낸이 고병욱
사진 신동만

기획편집1실장 윤현주 **책임편집** 신민희
마케팅 이일권 황혜리 복다은 **디자인** 공희 백은주
제작 김기창 **관리** 주동은 **총무** 노재경 송민진 서대원

펴낸곳 청림출판(주)
등록 제2023-000081호

본사 04799 서울시 성동구 아차산로17길 49 1010호 청림출판(주)
제2사옥 10881 경기도 파주시 회동길 173 청림아트스페이스
전화 02-546-4341 **팩스** 02-546-8053

홈페이지 www.chungrim.com **이메일** cr2@chungrim.com
인스타그램 @chungrimbooks **블로그** blog.naver.com/chungrimpub
페이스북 www.facebook.com/chungrimpub

ⓒ 신동만, 2025

ISBN 979-11-5540-246-7 03810

※ 이 책은 저작권법에 따라 보호를 받는 저작물이므로 무단 전재와 무단 복제를 금합니다.
※ 책값은 뒤표지에 있습니다. 잘못된 책은 구입하신 서점에서 바꾸어 드립니다.
※ 추수밭은 청림출판(주)의 인문 교양도서 전문 브랜드입니다.